崇文国学普及文库

读古人书 友天下士
昌明国学 弘扬文化

浮生六记

［清］沈复 著

宋致新 注译

长江出版传媒 崇文书局

图书在版编目（CIP）数据

浮生六记 /（清）沈复著；宋致新注译．
-- 武汉：崇文书局，2020.6
（崇文国学普及文库）
ISBN 978-7-5403-5697-2

Ⅰ．①浮…

Ⅱ．①沈… ②宋…

Ⅲ．①古典散文—散文集—中国—清代 ②《浮生六记》—注释 ③《浮生六记》—译文

Ⅳ．① I264.9

中国版本图书馆 CIP 数据核字 (2019) 第 226393 号

浮生六记

责任编辑	刘 丹
装帧设计	刘嘉鹏　甘淑媛
出版发行	长江出版传媒　崇文书局
业务电话	027-87293001
印　　刷	湖北画中画印刷有限公司
版　　次	2020年6月第1版
印　　次	2020年6月第1次印刷
开　　本	880×1230　1/32
印　　张	7.5
定　　价	35.80元

本书如有印装质量问题，可向承印厂调换

本作品之出版权（含电子版权）、发行权、改编权、翻译权等著作权以及本作品装帧设计的著作权均受我国著作权法及有关国际版权公约保护。任何非经我社许可的仿制、改编、转载、印刷、销售、传播之行为，我社将追究其法律责任。

版权所有，侵权必究。

总序

现代意义的"国学"概念，是在19世纪西学东渐的背景下，为了保存和弘扬中国优秀传统文化而提出来的。1935年，王缁尘在世界书局出版了《国学讲话》一书，第3页有这样一段说明："庚子义和团一役以后，西洋势力益膨胀于中国，士人之研究西学者日益众，翻译西书者亦日益多，而哲学、伦理、政治诸说，皆异于旧有之学术。于是概称此种书籍曰'新学'，而称固有之学术曰'旧学'矣。另一方面，不屑以旧学之名称我固有之学术，于是有发行杂志，名之曰《国粹学报》，以与西来之学术相抗。'国粹'之名随之而起。继则有识之士，以为中国固有之学术，未必尽为精粹也，于是将'保存国粹'之称，改为'整理国故'，研究此项学术者称为'国故学'……"从"旧学"到"国故学"，再到"国学"，名称的改变意味着褒贬的不同，反映出身处内忧外患之中的近代诸多有识之士对中国优秀传统文化失落的忧思和希望民族振兴的宏大志愿。

从学术的角度看，国学的文献载体是经、史、子、集。崇文书局的这一套国学经典普及文库，就是从传统的经、史、子、集中精选出来的。属于经部的，如《诗经》《论语》《孟子》《周易》《大学》《中庸》《左传》；属于史部的，如《战国策》《史记》《三国志》《贞观政要》《资治通鉴》；属于子部的，如《道德经》《庄子》《孙子兵法》《鬼谷子》《世说新语》《颜氏家训》《容斋随笔》《本草纲目》《阅微草堂笔记》；属于集部的，如《楚辞》《唐诗三百首》《豪放词》《婉

1

约词》《宋词三百首》《千家诗》《元曲三百首》《随园诗话》。这套书内容丰富，而分量适中。一个希望对中国优秀传统文化有所了解的人，读了这些书，一般说来，犯常识性错误的可能性就很小了。

崇文书局之所以出版这套国学经典普及文库，不只是为了普及国学常识，更重要的目的是，希望有助于国民素质的提高。在国学教育中，有一种倾向需要警惕，即把中国优秀的传统文化"博物馆化"。"博物馆化"是20世纪中叶美国学者列文森在《儒教中国及其现代命运》中提出的一个术语。列文森认为，中国传统文化在很多方面已经被博物馆化了。虽然中国传统的经典依然有人阅读，但这已不属于他们了。"不属于他们"的意思是说，这些东西没有生命力，在社会上没有起到提升我们生活品格的作用。很多人阅读古代经典，就像参观埃及文物一样。考古发掘出来的珍贵文物，和我们的生命没有多大的关系，和我们的生活没有多大关系，这就叫作博物馆化。"博物馆化"的国学经典是没有现实生命力的。要让国学经典恢复生命力，有效的方法是使之成为生活的一部分。崇文书局之所以强调普及，深意在此，期待读者在阅读这些经典时，努力用经典来指导自己的内外生活，努力做一个有高尚的人格境界的人。

国学经典的普及，既是当下国民教育的需要，也是中华民族健康发展的需要。章太炎曾指出，了解本民族文化的过程就是一个接受爱国主义教育的过程："仆以为民族主义如稼穑然，要以史籍所载人物制度、地理风俗之类为之灌溉，则蔚然以兴矣。不然，徒知主义之可贵，而不知民族之可爱，吾恐其渐就萎黄也。"（《答铁铮》）优秀的传统文化中，那些与维护民族的生存、发展和社会进步密切相关的思想、感情，构成了一个民族的核心价值观。我们经常表彰"中国的脊梁"，一个毋庸置疑的事实是，近代以前，"中国的脊梁"都是在传统的国学经典的熏陶下成长起来的。所以，读崇文书局的这一套国学经典普及读本,虽然不必正襟危坐,也不必总是花大块的时间,更不必像备考那样一字一句锱铢必较,但保持一种敬重的心态是完全必要的。

期待读者诸君喜欢这套书,期待读者诸君与这套书成为形影相随的朋友。

陈文新

(教育部长江学者特聘教授,武汉大学杰出教授)

前言

中国现代作家林语堂曾将《浮生六记》翻译成英文介绍到美国，在《英汉对照本序》中，他盛赞《浮生六记》中的芸娘"是中国文学上一个最可爱的女人""'闺中记乐'是古今中外文学中最温柔最细腻的记载"；俞平伯在《校点重印〈浮生六记〉序》中，则惊叹它"俨如一块纯美的水晶，只见明莹，不见衬露明莹的颜色；只见精微，不见制作精微的痕迹"，这些评价并非过誉之词。

有趣的是，《浮生六记》的作者沈复，既非秀才举子，也非操文为业的人，他虽出身于"衣冠之家"，从师读过几年书，但不久即习幕经商，后又卖画为生，浪迹天涯，充其量，只是一个文学爱好者而已。他写《浮生六记》是为了真实地记录下自己的生活和思想情感，恐怕连做梦也没想到它会传之后世，经久不衰吧！"文章本天成，妙手偶得之"，作者较少读经史子集，反而形成他下笔时率真自然、不拘格套，"无酸语、赘语、道学语"（俞平伯）的优势，更何况他所展示的生活阅历是如此丰富，所表现的思想情感又是如此细腻。

李白有诗云："浮生若梦，为欢几何？"东坡有诗云："事如春梦了无痕。"人们这种对生命易逝、往事如烟的感慨，大约总得到了一定年纪，有了相当的人生阅历之后才发得出。沈复写《浮生六记》时有46岁，已经进入人生的秋天，他必定感到自己往昔的生活中有许多有价值、不能忘怀的东西，这才产生了不可遏止的创作冲动。《浮生六记》可以说是一篇题材范围较广泛的自传，在这里，作者以生动的文笔回忆了他个人生活的方方面面（其中包括他的婚姻爱情生活、家庭变故、生活中的闲情逸趣、山水游记等），字里行间流露出作者的人生态度、价值观念、性格气质、美学趣味等，这种详尽而生动的自叙传，在古代是极其罕见的。

《浮生六记》的艺术魅力之一在于它真实地展示了作者的家庭生活，曲折委婉地写出了夫妻之间的恩爱之情，刻画了芸娘这个蕴含着新的时代气息的美好的妇女形象以及她不能见容于传统宗法大家庭所必然遭受的悲剧命运。

在传统社会父母包办的婚姻中，少有爱情的位置，沈三白和芸娘的婚姻却很幸运地先有爱情作为基础，他们两家是姑舅表亲，三白从小便立志"非淑姊不娶"，芸娘在未出嫁之前的一次亲朋聚会中藏粥专待未婚夫的事被众人传为笑柄，两人婚前便情深如此，这就不难想见他们婚后的"爱恋之情，有不可以言语形容者"了。你看，新婚后三白的父亲召他到学馆读书，告别芸娘，他"恍同林鸟失群，天地异色"，先生放他回家，他"喜同戍人得赦"，回到家中，与芸娘见面，"握手未通片语，而两人魂魄恍恍然化烟成雾，觉耳中惺然一响，不知更有此身矣"。作者对爱情的描写，简直到了出神入化的境地。

芸四岁丧父，家境贫寒，她靠着刺绣养活寡母幼弟，并供弟弟读书，从小就是自食其力、当家做主的人。她天性聪慧、勤奋好学，"刺绣之暇，渐通吟咏"，显然，在这样的家境中，她所受到的传统观念的压抑和桎梏是较少的。及至婚后，丈夫的挚爱又使她的个性得到进一步的舒展，使她对生活充满了兴趣。三白不仅不用男尊女卑那一套传统的夫权思想去压制她，相反地，总是支持她，鼓励她去冲破传统观念的束缚。他曾怂恿她女扮男装去水仙庙观看神诞花照，曾与她密谋托言归宁而去游历太湖，他们还商定等到芸娘鬓发斑白后要偕同出游，饱览江南的名山秀水，……这些想法做法，虽然还没有被三白的父母所发现、所谴责，但实际上如果用礼教的标准去衡量，已经是大大地"出格、越轨"了。

其实，从主观上讲，芸娘也"满望努力做一好媳妇"，她刚过门时每天起得很早，勤俭持家，沉默少语，对人恭而有礼，在公婆发生矛盾时她"宁受责于翁，勿失欢于姑"，甚而至于热心张罗为丈夫纳妾，都无不显示着传统的"妇德"对她的影响。但在一个家规甚严而又充满了矛盾和利害之争的大家庭中，夫妻关系过于亲密、组成恩恩爱爱的"二人世界"本身就是容易招致物议的,况且芸又是天性活泼,知书通文而具有一定独立能力的女性呢？也许她不该代笔写信不知进退地卷入公婆为纳妾一事而引起的矛盾中，不该多管闲事地为三白的弟弟启堂借债作保，不该忘乎所以地在给丈夫的信中称公公为"老人"，不该自作主张地在外面交结三朋四友，……总之，这一切"不该"，都由于她的天性太真纯，对人太不设防了，因此即使她不做错这件事也会做错那件事，正如一双天足即使勉强穿在小鞋中也终有胀破小鞋的一天，加之又有启堂这个心术不正的小人从中挑拨，他们被父母视为忤逆而逐出家门，就在所难免了。

鲁迅先生在《伤逝》中曾表现了一对恩爱夫妻从大家庭中背叛出来后所面临的经济困境，三白和芸娘这一对富有浪漫气质的夫妻被逐出家门后所面临的是同样严峻的现实。芸娘的性格是坚强的，她早就有居住乡间、自食其力的家庭生活理想，他们第一次被逐，借住在朋友的萧爽楼中，靠着芸娘刺绣和率领妪仆纺织成衣的收入，日子也满过得去；在第二次被逐时，她已病得十分沉重，还果断安排儿女前途，坚信"两三年内，必当布置团圆"；在锡山华氏家，她病体稍稍康复，又为丈夫筹划借钱谋职等事，无奈命蹇时乖，沉重的打击一次又一次接踵而来，芸娘这个具有活泼的自由精神的女性终于被贫病和忧愤夺去了生命。芸娘死后，三白在极度痛苦之中，曾说出"奉劝世间夫妇，固不可彼此相仇，亦不可过于情笃""'女子无才便是德'，真千古至言也"，这样悲愤的反语，又感叹"处家人情，非钱不行"，恰好说明他们的家庭生活悲剧，是具有独立意识的恩爱夫妻不见容于旧式宗法大家庭的悲剧，而倘若没有一定的经济基础，想要摆脱宗法大家庭的控制而独立也是不可能的。

芸曾经说过"求亲不如求友"，这是她的肺腑之言。他们两次被家庭放逐，都是朋友们向她伸出援手。友谊在他们的生活中一直起着很重要的作用，而这与他们自己对友谊的看重显然分不开。"多情重诺，爽直不羁"，是他们夫妇为人处世的共同特点，他们在萧爽楼借居时，家里简直成了一所"文艺沙龙"，诸多的朋友到此来恣情随意，或谈或饮，或诗或画，芸不仅对客人热情款待，"拔钗沽酒，不动声色"，而且自己也加入男士们的行列，联诗作画，落落大方。她在大家出外郊游时，还大胆想象出雇来馄饨担子相跟随，使众人在野餐中能吃到热腾腾的饭菜，大为游人所羡，她真不愧是文人画家交口称赞的女主人（难怪林语堂先生也异想天开地要到他们家来喝酒聊天，还十分生动地想象到当自己坐在椅子上打瞌睡时，芸会用一条毛毯盖在他腿上呢）。除了丈夫的朋友外，芸自己也有许多女友，如锡山华氏，是她做女儿时结拜的盟姐，她能在芸最困难时派人把她接到家里来养病，可见两人的友情多么深厚！此外，如王二姑，俞六姑，船女素云等，芸不仅自己和她们要好，也乐于让丈夫和她们结交，一同饮酒出游。在"男女授受不亲"的时代，夫妻二人拥有这么多的男朋女友，实在是极为罕见极为难得的，它反映了这对恩爱夫妻开放的性格，以及对于一种新型的人际关系的追求。

《浮生六记》的艺术魅力之二，在于它表现了作者对大自然和艺术的酷爱，以及从中获得的种种乐趣。实际上，三白夫妇无论是享受闺房之乐，还是交友之乐，也总是和享受大自然和艺术的乐趣融合在一起。苏州的园林艺术名甲天下，三白故居所傍的沧浪亭本身也是名园建筑之一，在这样文化环境和艺术氛围的薰染之中，三白不仅爱好绘画，而且在园林艺术、盆景花木的经营和鉴赏方面都有很高的造诣。

他喜好旅游,曾漫游半天下的名山秀水,用艺术家的眼光去评判古迹名胜,发表自己独特的见解,同时又在艺术中师法自然,把大自然的清新气息带到艺术创作中来。他善于布置园亭楼阁,套室回廊,能使之大小相生、虚实互见;对于叠石成山,栽花取势,也有颇多的见解和技法,在盆景和插花这些精微艺术上,他尤能匠心独运,巧夺天工,一枝一叶、一山一石,在他手中都能化为艺术创造。例如,在"闲情记趣"中,他用宣州石仿效云林石法叠成凸凹不平的峻岩,如临江石矶,石上遍植茑萝,石下水中遍植白莲,深秋花开,红白相间,"神游其中,如登蓬莱";他将老莲子进行一番处理,再加以种植,可使"花发大如酒杯,叶缩如碗口,亭亭可爱",他在插花上追求自然,讲求气势,而芸娘又根据绘画中的草虫之法建议他将昆虫刺死钉在花叶上,观之"宛然如生",使瓶花更富有画意。芸娘也富有艺术心灵,但作为一个家庭主妇,她更着重把艺术精神带到日常生活中来。她在锡山时曾发明"活花屏",用木梢作架,插竹编屏,摆上砂盆,种上扁豆,让枝蔓盘延屏上,夏天时"透风蔽日,恍如绿荫满窗";在萧爽楼时她曾用旧竹帘做成平台栏杆,置一梅花盒用以盛菜待客,既节俭,又雅致。"闲情记趣"结尾之处写道:

夏月荷花初时,晚含而晓放。芸用小纱囊撮茶叶少许,置花心。明早取出,烹天泉水泡之,香韵尤绝。

俗话说:"清风明月不用一钱买。"对于能够从大自然中获得乐趣的人来说,一种简朴的和平宁静的生活就能使他们心满意足了。芸娘所说的"布衣菜饭,可乐终生"的话,决非浮泛的套语,而是发自心底的声音。

《浮生六记》中前四记的手稿,是1877年(清光绪三年)被苏州人杨引传在城中旧书摊上发现的,以后便竞相传抄,刊行于世;后二记的"发现者"是20世纪二三十年代上海世界书局的编辑王均卿，据他自称也是在苏州旧书摊上发现了"足本"《浮生六记》，这个发现在当时出版界曾轰动一时，但后来又有人指出，此二记是王托人伪造的。（详见乔雨舟《狗尾续貂王均卿》）郑逸梅先生也说："三白的四记，笔墨轻灵，以后的二记，笔墨滞重，也足证明非一人手笔。"如此看来，现在的"后二记"只是后人并不成功的续作而已，这件事情固然令人扫兴，但它也从一个侧面反映了前四记的影响之大，流传之广，以及读者渴望看到六记全貌的热切心情。《浮生六记》目前确认的只有前四记，就像断臂维纳斯、曹雪芹的前八十回《红楼梦》一样令人遗憾，但值得庆幸的是，它和它们一样，本身已是一个自足而又极富魅力的艺术珍品，——也许缺失本身也是一种美，可以启人联想，而后人将它修补完整的企图往往很难成功。——不管怎样，编者在编选《浮生六记》时，还是将后二记的原文选入其中，略加注释，聊备一格，是真是伪，是优是劣，也让读者凭着自己的心智作一番判断吧。

目录

卷一　闺房记乐……………………………………………………1
卷二　闲情记趣……………………………………………………43
卷三　坎坷记愁……………………………………………………65
卷四　浪游记快……………………………………………………106
卷五　中山记历……………………………………………………177
卷六　养生记道……………………………………………………210

卷一　闺房记乐

　　余生乾隆癸未①冬十一月二十有二日，正值太平盛世，且在衣冠之家②，居苏州沧浪亭③畔。天之厚我，可谓至矣。东坡云："事如春梦了无痕。"苟不记之笔墨，未免有辜彼苍之厚。

　　因思《关雎》冠《三百篇》之首④，故列夫妇于首卷；余以次递及⑤焉。所愧少年失学，稍识之无⑥，不过记其实情实事而已。若必考订其文法，是责明于垢鉴矣。

【注释】

① 乾隆癸未：清乾隆二十八年（1763）。
② 衣冠之家：士大夫、官绅之家。
③ 沧浪亭：苏州名园。五代时为吴越广陵王的花园，后归北宋诗人苏舜钦，苏在园内筑沧浪亭，后因以亭名园。该园在园林设计中独具一格。
④ "因思"句：《关雎》是诗经的第一篇，歌唱男女之间的爱情，故本书将"闺房之乐"列为首卷。"三百篇"，《诗经》的代称。
⑤ 以次递及：按次序往下写。
⑥ 稍识之无：之无，"之"字与"无"字，相传唐白居易刚生六七月，就能辨识这两字。后来用"稍识之无"称识字不多，学识浅陋。

【译文】

　　我出生在乾隆癸未年（1763）冬天十一月二十二日，正逢太平盛世，并且是生在一个士大夫的家庭里，家又住在苏州沧浪亭畔。老天待我，实在是仁厚备至了。苏东坡有诗句说："事如春梦了无痕。"我如果不把我的生平用笔墨记述下来，未免辜负了苍天对我的厚爱。

　　我想到《诗经》中的"关雎"是三百篇中的首篇，因此把有关夫妇生活的内容放在卷首；其他的按顺序往下写。我所感到惭愧的是少年失学，识字不多，所写的不过是如实地记下所发生过的事情而已。如果要从我这里考订文法，等于是要求有灰尘的镜子能够照明一样了。

　　余幼聘金沙于氏，八龄而夭；娶陈氏。陈名芸，字淑珍，舅氏心余先生女也。生而颖慧，学语时，口授《琵琶行》①，即能成诵。四龄失怙②；母金氏，弟克昌，家徒壁立。芸既长，娴女红，三口仰其十指供给，克昌从师修脯③无缺。一日，于书簏④中得《琵琶行》，挨字而认，始识字，刺绣之暇，渐通吟咏，有"秋侵人影瘦，霜染菊花肥"之句。

　　余年十三，随母归宁⑤，两小无嫌，得见所作，虽叹其才思隽秀，窃恐其福泽不深，然心注不能释，告母曰："若为儿择妇，非淑姊不娶。"母亦爱其柔和，即脱金约指缔姻焉。此乾隆乙未七月十六日也。

【注释】

① 《琵琶行》：唐白居易的叙事长诗。

② 失怙（hù）：失去父亲。

③ 修脯：入学时送给教师的礼物。修，束修；脯，干肉。

④ 书簏（lù）：装书的竹箱。

⑤ 归宁：已婚女子回娘家。

【译文】

　　我自幼与金沙的于氏订亲，她八岁就死了，于是娶了陈氏。她叫陈芸，字淑珍，是我舅舅陈心余先生的女儿。她天性聪慧，牙牙学语时，教她《琵琶行》，即刻就能背诵。她四岁时失去了父亲，母亲姓金，弟弟叫克昌，家里一贫如洗。芸长大后，会做针线活，一家三口全靠她做针线的收入过日子。克昌上学，送给老师的礼物从未缺少过。有一天，芸从书籍里翻出长诗《琵琶行》，一个字一个字挨着认，就开始学会了认字。在刺绣的空暇中，又渐渐学会了作诗，有"秋侵人影瘦，霜染菊花肥"的句子。

我十三岁那年，随着母亲回姥姥家去，看到芸的诗作，虽然感叹她的才思隽秀，心中又暗自担心她的福分不深，但心里十分爱她不能自释，就对母亲说："如果为我挑媳妇，非芸姐我不娶。"母亲也爱她的柔和温顺，就脱下金戒指为我们订了亲。这是乾隆乙未年（1775）七月十六日的事情。

是年冬，值其堂姊出阁，余又随母往。芸与余同齿而长余十月，自幼姊弟相呼，故仍呼之曰淑姊。

时但见满室鲜衣，芸独通体素淡，仅新其鞋而已。见其绣制精巧，询为己作，始知其慧心不仅在笔墨也。

其形削肩长项，瘦不露骨，眉弯目秀，顾盼神飞，唯两齿微露，似非佳相。一种缠绵之态，令人之意也消。

索观诗稿，有仅一联，或三四句，多未成篇者。询其故，笑曰："无师之作，愿得知己堪师者敲成①之耳。"余戏题其签曰"锦囊佳句②"，不知夭寿之机③此已伏矣。

是夜送亲城外，返已漏三下，腹饥索饵，婢妪以枣脯进，余嫌其甜。芸暗牵余袖，随至其室，见藏有暖粥并小菜焉。余欣然举箸，忽闻芸堂兄玉衡呼曰："淑妹速来！"芸急闭门曰："已疲乏，将卧矣。"玉衡挤身而入，见余将吃粥，乃笑睨芸曰："顷我索粥，汝曰'尽矣！'乃藏此专待汝婿耶？"芸大窘避去，上下哗笑之。余亦负气，挈老仆先归。

自吃粥被嘲，再往，芸即避匿，余知其恐贻人笑也。

【注释】

① 敲成：经推敲修改而定稿。
② 锦囊佳句：锦囊，锦制的口袋。锦囊佳句，暗合唐代诗人李贺事。相传李贺常骑驴出，背破锦囊，途中得佳句，即书投囊中，及暮归，整理成篇。李贺年仅二十七岁而卒，故下文说"寿夭之机此已伏矣"。
③ 夭寿之机：寿命不长的征兆。

【译文】

这年冬天，适逢芸的堂姐出嫁，我又随着母亲到她家去。芸和我同年而比我大十个月，我俩从小就以姐弟相称，所以这时仍然叫她芸姐。

去时看到满屋的人都穿得很鲜艳，唯独芸姐一人衣衫素淡，只有一双鞋是新的。我见她的鞋绣得很精巧，一问，原来是她自己做的。这才知道她的慧心不仅在写字吟诗上。

芸姐生得削肩长颈，瘦不露骨，眉弯目秀，神采飞扬。只有两个门牙微微露出，似非佳相。她有一种温柔缠绵的仪态，令人为之销魂荡魄。

我看她的诗稿，有的只有一联，有的只有三四句，大多数是没有写成的。问其原因，芸笑着说："这都是无师之作，但愿能得到知己而又堪称为老师的人来最后敲定。"我开玩笑地在她的诗稿上题了"锦囊佳句"四个字，不知此时已隐藏着芸姐寿命不长的征兆。

这天夜里我送客到城外，回来已是三更时分，我肚中饥饿想找点吃的，女仆们送来了枣脯，我嫌它太甜。芸姐暗地里牵了牵我的衣袖，我就随着她到她屋里，看到藏有热粥和小菜，我欣然举箸，忽然听到芸姐的堂兄玉衡喊道："淑妹快来！"芸姐急忙关了门说："我已经累了，正准备睡觉。"玉衡从门外挤了进来，看到我正准备吃粥，就笑着斜着眼对芸说："刚才我要吃粥，你说没了，原来藏在这里专门留给你的夫婿吃啊！"芸姐大为窘迫，躲到一边去了，上上下下的人都笑话她。我也赌气，带了一个老仆先回去了。

自打吃粥一事被人嘲笑后，我再到芸家去，芸就躲开，我知道她是恐怕再被人笑话。

至乾隆庚子①正月廿二日花烛之夕，见瘦怯身材依然如昔，头巾既揭，相视嫣然。合卺②后，并肩夜膳，余暗于案下握其腕，暖尖滑腻，胸中不觉怦怦作跳。让之食，适逢斋期，已数年矣。暗计吃斋之初，正余出痘之期③，因笑谓曰："今我光鲜无恙，姊可从此开戒否？"芸笑之以目，点之以首。

【注释】

① 乾隆庚子：乾隆四十五年（1780）。
② 合卺（jǐn）：举行婚礼。卺，酒器。
③ "暗计"句：暗暗计算芸开始吃斋的日期，正是在我出天花的时候。（此说明芸是为了作者出痘顺利而许愿吃斋的。）

【译文】

到乾隆庚子年（1780）正月二十二日我和她拜堂成亲，我看到她瘦削的身材依然和往昔一样。我揭开她的盖头，两人相视，会心而笑。大礼之后，我俩并肩而坐吃夜宵，我暗暗在桌下握住她的手腕，感到暖细滑润，心里不觉怦怦直跳。我让她吃荤菜，刚好这天正逢上她的斋期，她已吃斋数年了。我暗自计算她开始吃斋的日期，正是在我出天花的时候。于是我笑着对她说："现在我脸上光溜溜的没落下毛病，姐姐是否可以从此开斋呢？"芸姐笑着看看我，点点头。

廿四日为余姊于归①，廿三国忌②不能作乐，故廿二夜即为余姊款嫁③,芸出堂陪宴。余在洞房与伴娘对酌,拇战辄北④,大醉而卧,醒则芸正晓妆未竟也。

是日亲朋络绎,上灯后始作乐。廿四子正⑤,余作新舅送嫁,丑末⑥归来,业已灯残人静。悄然入室,伴妪盹于床下,芸卸妆尚未卧,高烧银烛,低垂粉颈,不知观何书而出神若此。因抚其肩曰:"姊连日辛苦,何犹孜孜不倦耶?"

芸忙回首起立曰:"顷正欲卧,开橱得此书,不觉阅之忘倦。《西厢》⑦之名,闻之熟矣,今始得见,真不愧才子之名,但未免形容尖薄耳。"

余笑曰:"唯其才子,笔墨方能尖薄。"

伴妪在旁促卧,令其闭门先去,遂与比肩调笑,恍同密友重逢。戏探其怀,亦怦怦作跳,因俯其耳曰:"姊何心春乃尔⑧耶?"芸回眸微笑,便觉一缕情丝摇人魂魄;拥之入帐,不知东方之既白。

【注释】

① 于归:出嫁。
② 国忌:古代称皇帝及皇后的死日为国忌。
③ 款嫁:为嫁女而款待宾客。
④ 拇战辄北:划拳总是输。
⑤ 子正:夜间十二点。
⑥ 丑末:凌晨三点。
⑦ 《西厢》:《西厢记》,元代杂剧名,王实甫撰。写张生与崔莺莺的爱情故事,表达了反对封建礼教的思想。
⑧ 心春(chōng)乃尔:心跳如此。

【译文】

二十四日是我姐姐的出嫁日,二十三日是国忌日,不能办喜事,所以二十二日我家就为我姐出嫁而大宴宾客。芸在厅堂上陪宴,我在洞房里和伴娘对饮。我划拳总是输,喝得酩酊大醉之后就睡了,醒来时芸已在梳理晓妆了。

这一天亲朋络绎不绝,直到点灯后家里才热闹起来。二十四日夜间十二点,我做新舅爷送嫁,凌晨三点回家时,已是灯残人静,我悄悄地走进屋里,侍女在床踏板上打盹,芸娘卸了妆还没睡,点着明亮的银烛,低垂着粉颈,不知在津津有味地看什么书。我于是抚着她的肩膀说:"姐姐连日辛苦,为何还如此孜孜不倦地读书呢?"

芸连忙回头站起来说:"刚才正准备睡,打开柜子看到这本书,读着不知不觉地就忘了疲倦。《西厢记》这本书的名字,早就听说了,今天才看到,真不愧是才子所写的,但未免形容得太尖酸刻薄了点。"

我笑着说:"正因为他是才子,笔墨才能如此尖酸刻薄。"

侍女在一旁催促我们睡觉,我叫她关上门先去,于是我和芸姐在一起,肩并着肩,说说笑笑,好像是亲密的朋友久别重逢。我戏谑地把手放在她怀里,她的胸口也怦怦作跳,于是我俯在她耳边说:"姐姐的心为什么跳得这么厉害?"芸姐回眸微微一笑,我便觉得有一缕情丝荡入我的魂魄,拥着她进入帐中,不知不觉就已经到了天明。

芸作新妇,初甚缄默,终日无怒容,与之言,微笑而已。事上以敬,处下以和,井井然未尝稍失。每见朝暾①上窗,即披衣急起,如有人呼促者然。余笑曰:"今非吃粥比矣,何尚畏人嘲耶?"芸曰:"曩之藏粥待君,传为话柄。今非畏嘲,恐堂上道新娘懒惰耳。"

余虽恋其卧而德其正,因亦随之早起。自此耳鬓相磨,亲同形影,爱恋之情有不可以言语形容者。

【注释】

① 朝暾(tūn):朝阳,朝晖。

【译文】

芸姐做新媳妇，最初沉默寡言，一天到晚没有怒容。和人说话，总是笑眯眯的，对长辈恭敬，对下人和气，处理事情井然有条，从不失礼。她每天清晨看到阳光射到窗纸上，就急忙披衣起床，好像有人在催促着她一样。我笑着说："如今不是你从前偷偷藏粥给我吃的时候了，何必还怕别人嘲笑呢？"芸说："从前我藏粥给你吃，被人们传为笑柄。如今并非怕人嘲笑，而是怕公婆说新媳妇懒惰啊。"我虽然想让她多睡一会儿而又认为她早起是应该的，因此也随之早起。从此以后，我俩耳鬓相磨，形影不离，彼此爱恋的心情无法用言语去形容。

而欢娱易过，转瞬弥月①。时吾父稼夫公在会稽幕府②，专役相迓③，受业于武林赵省斋先生门下④。先生循循善诱，余今日之尚能握管，先生力也。

归来完姻时，原订随侍到馆，闻信之余，心甚怅然，恐芸之对人堕泪，而芸反强颜劝勉，代整行装，是晚但觉神色稍异而已。临行，向余小语曰："无人调护，自去经心！"

及登舟解缆，正当桃李争妍之候，而余则恍同林鸟失群，天地异色。到馆后，吾父即渡江东去。

居三月，如十年之隔。芸虽时有书来，必两问一答，半多勉励词，余皆浮套语，心殊怏怏。每当风生竹院，月上蕉窗，对景怀人，梦魂颠倒。

先生知其情，即致书吾父。出十题而遣余暂归，喜同戍人得赦。登舟后，反觉一刻如年。及抵家，吾母处问安毕，入房，芸起相迎，握手未通片语，而两人魂魄恍恍然化烟成雾，觉耳中惺然一响，不知更有此身矣。

【注释】

① 转瞬弥月：转眼过了一个月。弥月，整月。
② 会（kuài）稽幕府：会稽，今浙江绍兴。幕府，将帅在外的营帐，后亦指官衙。
③ 专役相迓（yà）：专程派人来接我。迓，迎接。
④ "受业"句：在杭州赵省斋先生门下求学。武林，杭州的别称。

【译文】

　　然而欢乐的时光容易过去，转眼之间我们已经结婚一个月。当时我的父亲稼夫公在会稽幕府，他专门派人回来接我，到杭州的赵省斋先生门下读书。赵省斋先生循循善诱，我如今尚能拿笔写作，都是先生教诲的结果。

　　我回来完婚时，原来说好让芸和我一起到学馆去，收到父亲的信之后，心里十分惆怅。我唯恐芸会当着众人落泪，而芸反而强颜欢笑地勉励我，为我整理行装。当天晚上我只觉得她的神情稍稍有些异样罢了。临别时，她对我小声嘱咐说："没有人照顾你，自己要多加小心！"

　　当我解缆登身的时候，正是桃李争妍的春天，而我却恍若失群之鸟，只觉得天地异色。我到了学馆之后，父亲就渡江东去了。

　　我在学馆待了三个月，就像与芸分别了十年。芸虽然时常有信来，但总是两问一答，大半说些勉励的话，其余的都是些浮面的套话，我心中十分怏怏不快。每当清风吹过院中的竹林，月亮爬上窗外的芭蕉时，我总是对景怀人，神魂不定。

　　先生了解到我的心思，就写信给我的父亲，出了十个题目叫我暂时回家。我高兴得好像戍边的士兵被恩准大赦一样。回去的船上，更觉得度日如年。一回家，到母亲那里问过安，就回到自己房中。芸起身迎接，两人手拉手没说一句话，而两人的魂魄恍惚之中好像已化为烟雾。我只觉得耳中嗡的一响，连自己身在何处也不知道了。

时当六月，内室炎蒸，幸居沧浪亭爱莲居西间壁，板桥内一轩临流，名曰"我取"，取"清斯濯缨，浊斯濯足"①意也；檐前老树一株，浓阴覆窗，人面俱绿，隔岸游人往来不绝，此吾父稼夫公垂帘宴客处也。禀命吾母，携芸消夏于此，因暑罢绣，终日伴余课书论古，品月评花而已。芸不善饮，强之可三杯，教以射覆②为令。自以为人间之乐，无过于此矣。

【注释】

① 清斯濯（zhuó）缨，浊斯濯足：语出《孟子·离娄·上》："沧浪之水清兮，可以濯我缨；沧浪之水浊兮，可以濯我足。"有委命任运、自得其乐之意。

② 射覆：酒令的一种。用相连字句隐物为谜而使人猜度。

【译文】

当时正值六月，室内炎热闷蒸，幸亏我们住在沧浪亭爱莲居的西屋隔壁，板桥内有一个轩室临着河流，名叫"我取轩"，取"清斯濯缨，浊斯濯足"之意。屋檐前有一株老树，浓荫复窗，绿荫把人的脸都映绿了。隔岸游人往来不绝。这是我的父亲稼夫公垂帘宴客的地方。我征得了母亲的同意，带着芸在这里消夏。芸因为天气炎热也停止了刺绣，每日陪着我温课读书，谈今论古，品月赏花。芸不善饮酒，勉强着可以喝三杯，我教她射覆为酒令，自以为人间之乐，没有人能比得上我们的。

一日，芸问曰："各种古文，宗何为是？"余曰："《国策》《南华》①取其灵快，匡衡、刘向②取其雅健，史迁、班固③取其博大，昌黎④取其浑，柳州⑤取其峭，庐陵⑥取其宕，三苏⑦取其辩，他若贾、董策对⑧，庾、徐骈体⑨，陆贽奏议⑩，取资者不能尽举，在人之慧心领会耳。"

芸曰："古文全在识高气雄，女子学之恐难入彀⑪；唯诗之一道，妾稍有领悟耳。"

余曰："唐以诗取士，而诗之宗匠必推李、杜⑫。卿爱宗何人？"

芸发议曰："杜诗锤炼精纯，李诗潇洒落拓；与其学杜之森严，不如学李之活泼。"

余曰："工部为诗家之大盛，学者多宗之，卿独取李，何也？"

芸曰："格律谨严，词旨老当，诚杜所擅；但李诗宛如姑射仙子⑬，有一种落花流水之趣，令人可爱。非杜亚于李，不过妾之私心宗杜心浅，爱李心深。"

余笑曰："初不料陈淑珍乃李青莲知己。"

芸笑曰："妾尚有启蒙师白乐天先生，时感于怀，未尝稍释。"

余曰："何谓也？"

芸曰："彼非作《琵琶行》者耶？"

余笑曰："异哉！李太白是知己，白乐天是启蒙师，余适字三白为卿婿，卿与'白'字何其有缘耶？"

芸笑曰："白字有缘，将来恐白字连篇耳。"（吴音呼别字为白字）相与大笑。

余曰："卿既知诗，亦当知赋之弃取？"

芸曰："《楚辞》为赋之祖，妾学浅费解。就汉晋人中，调高语炼，似觉相如⑭为最。"

余戏曰："当日文君之从长卿⑮，或不在琴而在此乎？"复相与大笑而罢。

【注释】

① 国策、南华：国策，《战国策》；南华，《南华经》，即《庄子》。

② 匡衡、刘向：匡衡，汉东海人，善说诗；刘向，西汉沛县人，著

有《新序》《说苑》等书。

③ 史迁、班固：史迁，司马迁，西汉夏阳人，《史记》的作者；班固，西汉安陵人，《汉书》的作者。

④ 昌黎：即韩愈，唐代著名文学家，因郡望在河北昌黎，故称韩昌黎。

⑤ 柳州：即柳宗元，宋代著名文学家，因曾贬官柳州，故称柳柳州。

⑥ 庐陵：即欧阳修，宋代著名文学家，江西庐陵人。

⑦ 三苏：指苏洵及其子苏轼、苏辙，皆为宋代著名文学家。

⑧ 贾、董策对：贾谊、董仲舒的策对。贾谊，西汉政论家、文学家，著有《新书》十卷；董仲舒，西汉儒学大师，著有《举贤良对策》。

⑨ 庾（yǔ）徐骈体：庾信、徐陵的骈体文。庾信，南朝文学家，著有名篇《哀江南赋》；徐陵，南朝文学家，文章绮艳，与庾信齐名，世称徐庾体。

⑩ 陆贽奏议：陆贽，唐大历年进士，德宗召为翰林学士，曾作奏议数十篇，针砭时弊，为后世所重。

⑪ 入彀（gòu）：进入弓箭射程之内为入彀，在此指入门。

⑫ 李、杜：指唐代大诗人李白、杜甫。李白，又号青莲居士，杜甫曾任工部员外郎，故下文中李青莲、杜工部亦指二人。

⑬ 姑射（yè）仙子：《庄子·逍遥游》中的仙女。

⑭ 相如：司马相如，字长卿，汉成都人，以赋见长，著有《子虚赋》《上林赋》等。

⑮ 文君之从长卿：文君，卓文君，西汉临邛富商卓王孙之女，相传她为司马相如的琴声所动，两人相爱私奔。

【译文】

　　一天，芸问我说："各类古代的文章，应当师法哪一种才对？"

我说："从《战国策》和《庄子》中，可以取其灵动和机敏，从匡衡和刘向的著作中，可以取其高雅和雄健，从司马迁和班固的著作中，可以取其恢宏博大，从韩愈的著作中可以取其浑厚，从柳宗元的作品中，可以取其峭拔，欧阳修的文章取其起伏跌宕，苏洵、苏轼、苏辙的文章取其雄辩，其他如贾谊、董仲舒的策对，庾信、徐陵的骈文，陆贽的奏议，有可取之处的不能悉数举出，全在于自己用慧心去领会它。"

芸说："古人的文章全在于识见高超，气势恢宏，女子学它恐怕难以入门，只有诗这一行，我还稍稍有点领悟。"

我说："唐代科考以诗取士。而诗歌的宗师必推李白、杜甫，你喜欢学习他们中的哪一个？"

芸发议论说："杜甫的诗凝炼精美纯正厚实，李白的诗潇洒自在落拓不羁，与其学杜诗的严谨，不如学李诗的活泼。"

我说："杜工部是诗人中的圣人，学诗的人大多学习他的诗，而你独独学习李白，这是为何？"

芸说："格律谨严、用词老练精当，这确是杜诗的特点，但李诗好像是姑射仙子，有一种流水落花的情趣，令人感到亲切可爱。不是说杜诗亚于李诗，只不过是我从内心里对杜诗不如对李诗喜爱得那么深。"

我笑着说："想不到陈淑珍原来是李青莲的一个知己啊。"

芸笑着说："我还有启蒙老师白居易先生呢，我时时都在感谢他，从来不敢稍稍忘怀。"

我说："为什么呢？"

芸说："他不是《琵琶行》的作者吗？"

我笑着说："奇了，李太白是你的知己，白乐天是你的启蒙老师，我刚好字三白是你的丈夫，你和'白'字怎么这么有缘呢？"

芸笑着说："和白字有缘，将来恐怕白字连篇哩。"（苏州话说别字为白字）我们俩一起大笑起来。

我说："你既然懂诗，也应该知道赋的优劣吧？"

芸说："《楚辞》是赋的鼻祖，我的才学太浅看不懂它，就汉晋的作品而论，格调高远、语言精炼的，似乎觉得当推司马相如为第一。"

我打趣说："当初卓文君与司马相如一起私奔，恐怕不是因为他的琴弹得好，而是因为赋写得好吧？"

两人又一起大笑起来。

余性爽直，落拓不羁；芸若腐儒，迂拘多礼，偶为披衣整袖，必连声道"得罪"，或递巾授扇，必起身来接。余始厌之，曰："卿欲以礼缚我耶？"语曰：'礼多必诈'。"芸两颊发赤，曰："恭而有礼，何反言诈？"

余曰："恭敬在心，不在虚文。"芸曰："至亲莫如父母，可内敬在心而外肆狂放耶？余曰："前言戏之耳。"芸曰："世间反目，多由戏起，后勿冤妾，令人郁死！"余乃挽之入怀，抚慰之，始解颜为笑。自此"岂敢""得罪"竟成语助词矣。鸿案相庄①廿有三年，年愈久而情愈密。家庭之内，或暗室相逢，窄途邂逅，必握手问曰："何处去？"私心忒忒②，如恐旁人见之者。实则同行并坐，初犹避人，久则不以为意。芸或与人坐谈，见余至，必起立，偏挪其身，余就而并焉，彼此皆不觉其所以然者。始以为惭，继成不期然而然。独怪老年夫妇相视如仇者，不知何意。或曰："非如是，焉得白头偕老哉！"斯言诚然欤？

【注释】

① 鸿案相庄：案，盛食物的有足木盘。《后汉书·梁鸿传》记载，梁鸿妻孟光每食必对鸿举案齐眉，后用"鸿案相庄"形容夫妻相敬如宾。

② 私心忒（tè）忒：爱心浓厚。私心，在此指爱心，忒忒，太，过于。

【译文】

我的性情爽直，不拘小节，芸的性格好像很迂腐，拘谨多礼。我偶尔为她披衣整袖，她总是连声说"得罪"，有时候递给她一条毛巾或一把扇子，她也总是起身来接。我开始很不喜欢她这样，说："你要用礼节来束缚我吗？常言道：礼数太多一定是虚伪的。"芸听了两颊发红，说："恭敬有礼，怎么反说是虚伪的呢？"我说："恭敬是在心里，不在于表面的一套。"芸说："最亲的人莫如父母，你难道可以对他们内心恭敬而外表放肆吗？"我词穷地说："我刚才是跟你开玩笑的。"芸说："世间的夫妻反目，大多是由于开玩笑所引起。以后再不准这样冤枉我，要把人活活气死。"我于是把她揽在怀里，安慰她，她这才破颜为笑。这以后，在我们之间，"岂敢""得罪"，竟成了常用语。我俩像梁鸿和孟光一样举案齐眉，相敬如宾地生活了二十三年，时间过得愈久，感情愈是亲密。在大家庭中，我俩有时在暗室碰上，小路相逢，总是握着手问："到哪里去？"那种过于浓厚的爱心，好像生怕别人看到了一样。实际上我俩在一起时总是同行并坐，一开始还回避别人，久了也就不以为意。有时芸正在与别人谈话，看到我来了，总要站起来，向一边挪挪身子，我就与她并肩而坐，两个人都是不知不觉地就这么做了。开始时我们还感到惭愧，后来就成了自然而然的事。我们总是奇怪有些老年夫妇彼此像仇人一样，不知道是什么缘故。有人说："如果不是这样，怎么能白头偕老呢？"难道果真如此吗？

是年七夕^①，芸设香烛瓜果，同拜天孙^②于"我取轩"中，余镌"愿生生世世为夫妇"图章二方，余执朱文，芸执白文^③，以为往来书信之用。是夜月色颇佳，俯视河中，波光如练，轻罗小扇，并坐水窗，仰见飞云过天，变态万状。芸曰："宇宙之大，同此一月，不知今日世间，亦有如我两人之情兴否？"余曰："纳凉玩月，到处有之；若品论云霞，或求之幽闺绣闼，慧心默证者固亦不少；若夫妇同观，所品论者，恐不在此云霞耳。"未几，烛烬月沉，撤果归卧。

【注释】

① 七夕：农历七月七日夜。传说牛郎织女此夕在天河鹊桥相会。
② 天孙：织女星。传说织女是天帝的孙女。
③ 朱文、白文：图章的阳文印出的是红字，称朱文；阴文印出的是白字，称白文。

【译文】

这一年的七夕，芸摆下了香烛瓜果，和我一起在"我取轩"中参拜织女星。我刻了两枚"愿生生世世为夫妇"的图章，我拿朱文，芸拿白文，可以用在往来的书信上。这一夜月色很好，我们俯看河中，波光像洁白的丝带，芸拿着轻罗小扇，和我并坐在临水的窗前。我们仰头看着飞云飘过天边，形状千变万化。芸说："宇宙如此之大，天下人同此一月，不知今晚的人世间，还有没有像我俩这样饶有兴致地赏月的人呢？"我说："纳凉赏月的人，到处都有，如果说欣赏月色云霞，也许在深闺绣阁之中，也能找到不少能用慧心去默默体味的女子，但如果说到夫妻共同赏月，所品味欣赏的，恐怕就不仅仅是月色云霞了。"过了一会儿，香尽月沉，我们收拾了瓜果，回去休息。

七月望①，俗谓之鬼节。芸备小酌，拟邀月畅饮，夜忽阴云如晦。芸愀（qiǎo）然曰："妾能与君白头偕老，月轮当出。"余亦索然②。但见隔岸萤光，明灭万点，梳织于柳堤蓼渚③间。余与芸联句以遣闷怀，而两韵之后，逾联逾纵，想入非夷④，随口乱道。芸已漱涎涕泪，笑倒余怀，不能成声矣。觉其鬓边茉莉，浓香扑鼻，因拍其背以他词解之曰:"想古人以茉莉形色如珠,故供助妆压鬓⑤,不知此花必沾油头粉面之气,其香更可爱,所供佛手当退三舍矣。"芸乃止笑曰:"佛手乃香中君子,只在有意无意间;茉莉是香中小人,故须借人之势,其香也如胁肩谄笑⑥。"余曰:"卿何远君子而近小人?"芸曰:"我笑君子爱小人耳。"正话间,漏已三滴,渐见风扫云开,一轮涌出,乃大喜。倚窗对酌,酒未三杯,忽闻桥下哄然一声,如有人堕。就窗细瞩,波明如镜,不见一物,唯闻河滩有只鸭急奔声。余知沧浪亭畔素有溺鬼,恐芸胆怯,未敢即言。芸曰:"噫!此声也,胡为乎来哉?"不禁毛骨皆栗,急闭窗,携酒归房。一灯如豆,罗帐低垂,弓影杯蛇⑦,惊神未定。剔灯入帐,芸已寒热大作,余亦继之,困顿两旬。真所谓乐极灾生,亦是白头不终之兆。

【注释】

① 七月望:农历七月十五,俗称中元节,亦称鬼节。

② 索然:兴致不高。

③ 蓼(liǎo)渚:长满了蓼草的水中小块陆地。

④ 非夷:不合常规,离谱。

⑤ 助妆压鬓:作为装饰物插在鬓角。

⑥ 胁肩谄笑:缩敛肩膀,装出笑脸,形容阿谀谄媚貌。

⑦ 弓影杯蛇:即杯弓蛇影。相传一人作客喝酒时,挂在墙上的弓影映入杯中,他疑惑为蛇在杯中,回去后生了病。后因以形容疑神疑鬼,自相惊扰。

【译文】

　　七月十五日,民间称之为鬼节,芸准备了一些酒菜,我俩准备邀月畅饮。夜晚天空突然阴云密布,天色昏暗。芸愁眉不展地说:"如果我能和你白头偕老的话,月亮就会出来。"我也感到兴味索然,只见隔岸的萤火虫明明灭灭,仿佛有几万只,在长满柳树的堤岸和长满蓼草的水边来往穿梭。我和芸用联句来排遣胸中的烦闷,但联了两韵之后,越联越离谱,想入非非,信口开河,芸笑得眼泪和口水都流出来了,笑倒在我怀里,简直说不出话来。我闻见她鬓边的茉莉浓香扑鼻,于是拍着她的背,用其他的话来缓解,说:"我想古人因为茉莉的形状和颜色都像珍珠,所以把它用来作为妇女的头饰,没想到这花必须要沾上女人头上的油,面上的粉的气味,就越发香味浓郁,连做供果的佛手都要让它三分了。"芸止住了笑,说:"佛手是香中的君子,其香味只在有意无意之间;茉莉是香中的小人,所以要借别人的势力,它的香味也就像是阿谀谄媚了。"我说:"你为何要远君子而近小人呢?"芸说:"我笑君子而爱小人哩。"正说着,夜漏已到了三更,渐渐看到天空中风扫云开,一轮明月冲云而出,我们心中大喜,于是倚窗对饮。还没喝到三杯,忽然听到桥下"哄"的一声,好像有人落水,我急忙走近窗户仔细察看,水上波光如镜,看不到任何迹象,只听到河滩上有一只鸭子在奔跑。我知道沧浪湖中过去曾有过溺死鬼,担心芸害怕,不敢说出,芸说:"哟,这是什么声音?从何而来的呢?"我俩不禁毛骨悚然,急忙关上窗户,带了酒回到房中。房中灯火昏暗,罗帐垂挂着,我俩疑神疑鬼,惊魂未定,挑亮了灯上床睡觉时,芸已经是发冷发热。接着我也病了,被疾病困扰了两个月。这真是所谓的乐极生悲,也是我俩不能白头偕老的征兆。

中秋日,余病初愈,以芸半年新妇,未尝一至间壁之沧浪亭,先令老仆约守者勿放闲人,于将晚时,偕芸及余幼妹,一妪一婢扶焉,老仆前导,过石桥,进门折东,曲径而入,叠石成山,林木葱翠。亭在土山之巅;循级至亭心,周遭极目可数里,炊烟四起,晚霞灿然。隔岸名"近山林",为大宪行台①宴集之地,时正谊书院犹未启也。携一毯设亭中,席地环坐,守者烹茶以进。少焉，一轮明月，已上林梢，渐觉风生袖底，月到波心，俗虑尘怀，爽然顿释。芸曰："今日之游乐矣。若驾一叶扁舟，往来亭下，不更快哉！"时已上灯，忆及七月十五夜之惊，相扶下亭而归。吴俗：妇女是晚不拘大家小户，皆出结队而游，名曰"走月亮"。沧浪亭幽雅清旷，反无一人至者。

【注释】

① 大宪行台：巡抚出巡时的驻所。

【译文】

中秋节，我的病刚好，因为想到芸做了半年的新媳妇，一次也没到过隔壁的沧浪亭，于是我先吩咐老仆与沧浪亭的守门人约好，不要放闲人进去，在黄昏时分，我带着芸和我的小妹妹，由一个仆妇和一个婢女扶着，老仆在前面带路，走过了石桥，进了大门向东，沿着曲径来到沧浪亭园。园中叠石成山，林木葱翠，亭子坐落在土山顶上，我们拾级而上，到了亭心，向四周眺望，极目可以看到几里之外，炊烟四起，晚霞灿烂。河的对岸叫"近山林"，是巡抚出巡时的宴饮集会之地，当时正谊书院还没有修建。我们带了一条毡毯铺在亭中的地上，席地围坐，守门人为我们烹好茶水。一会儿，一轮明月爬上了林梢，我渐渐觉得清风生于袖底，月光映到波心，世俗的种种念头，都顿时消失得无影无踪，心情十分爽快。芸说："今天玩得真是痛快，如果驾着一叶扁舟，在亭下的河中来来往往，岂不是更痛快吗？"当时已到点灯时分，我想到七月十五日夜晚所受到的惊吓，于是与她相互搀扶着下亭回家。苏州的习俗：妇女在这天晚上，不论是大户人家还是小户人家，都要出来结队游玩，名目叫"走月亮"。沧浪亭幽雅清静空旷，反而没有一人到这里来。

吾父稼夫公喜认义子，以故余异姓弟兄有二十六人；吾母亦有义女九人。九人中王二姑、俞六姑与芸最和好。王痴憨善饮,俞豪爽善谈。每集,必逐余居外,而得三女同榻,此俞六姑一人计也。余笑曰:"俟妹于归后,我当邀妹丈来,一住必十日。"俞曰:"我亦来此,与嫂同榻,不大妙耶?"芸与王微笑而已。

时为吾弟启堂娶妇,迁居饮马桥之仓米巷。屋虽宏畅,非复沧浪亭之幽雅矣。

吾母诞辰演剧,芸初以为奇观。吾父素无忌讳,点演《惨别》等剧,老伶刻画,见者情动。余窥帘见芸忽起去,良久不出,入内探之,俞与王亦继至。见芸一人支颐独坐镜奁之侧。余曰:"何不快乃尔?"芸曰:"观剧原以陶情①,今日之戏,徒令人肠断耳。"俞与王皆笑之。余曰:"此深于情者也。"俞曰:"嫂将竟日独坐于此耶?"芸曰:"俟有可观者再往耳。"王闻言先出,请吾母点《刺梁》②《后索》③等剧,劝芸出观,始称快。

【注释】

① 陶情:使人喜悦。陶,乐。《礼记·檀弓下》:"人喜则斯陶,陶斯咏。"
② 刺梁:清戏曲家朱佐朝《渔家乐》传奇的一折,讲述了渔家女邬飞霞刺死梁冀替父报仇的故事。
③ 后索:清戏曲家姚子懿《后寻亲记》传奇中的一折。

【译文】

我的父亲稼夫公喜欢认义子,所以我有异姓兄弟二十六人,我的母亲也有义女九人,这九人中王二姑、俞六姑和芸最为要好。王二姑性情憨厚,善于饮酒,俞六姑豪爽健谈,她们每次相聚,总把我赶到外屋去住,她们三人睡一张床,这是俞六姑的一个鬼主意。我笑着说:"等到俞妹嫁人之后,我就邀妹夫来,一住就住上个十天。"俞六姑说:"我也到这里来,和嫂嫂同床,岂不是很妙吗?"芸和王二姑听了笑而不言。

当时为了给我弟弟启堂娶妻，我们迁到饮马桥的仓米巷去住。那里房屋虽然宽敞，却没有沧浪亭畔的幽雅了。

我的母亲过生日，家里请来了戏班子，芸起初感到很新奇，我的父亲一向不讲忌讳，点了《惨别》等剧目。老演员的表演，使观者动情，我从帘外看到芸忽然站起来走进里屋去了，很久也不出来，进去探问，俞六姑和王二姑也相继进去了，看见芸一个人手托着下巴，独自坐在梳妆台旁。我问她："怎么这么不快活呀？"芸说："看戏本来是为了让人高兴，今天的戏只能叫人伤心而已。"俞六姑、王二姑都笑她，我说："她是一个太重感情的人。"俞六姑说："嫂嫂打算独自在这里坐一天吗？"芸说："等到有好看的剧目再出去。"王二姑听了这话先出去了，请我母亲点了《刺梁》《后索》等剧目，劝芸出来观看，她这才快活起来。

余堂伯父素存公早亡无后，吾父以余嗣①焉。墓在西跨塘福寿山祖茔之侧，每年春日必挈芸拜扫。王二姑闻其地有戈园之胜，请同往。芸见地下小乱石有苔纹，斑驳可观，指示余曰："以此叠盆山，较宣州白石为古致。"余曰："若此者恐难多得。"王曰："嫂果爱此，我为拾之。"即向守坟者借麻袋一，鹤步而拾之。每得一块，余曰"善"，即收之；余曰"否"，即去之。未几，粉汗盈盈，曳袋返曰："再拾则力不胜矣。"芸且拣且言曰："我闻山果收获，必藉猴力，果然！"王愤撮十指作哈痒状，余横阻之，责芸曰："人劳汝逸，犹作此语，无怪妹之动愤也。"归途游戈园，稚绿娇红，争研竞媚。王素憨，逢花必折。芸叱曰："既无瓶养，又不簪戴，多折何为！"王曰："不知痛痒者何害？"余笑曰："将来罚嫁麻面多须郎，为花泄忿。"王怒余以目，掷花于地，以莲钩②拨入池中，曰："何欺侮我之甚也！"芸笑解之而罢。

【注释】

① 嗣：过继。

② 莲钩：小脚。

【译文】

  我的堂伯父素存公死得很早，没有子嗣，父亲就把我过继给他。堂伯父的墓地在西跨塘福寿山祖坟的侧面，每年春天我都要带着芸去扫墓。王二姑听说那里有个名为戈园的名胜，也要和我们同去。到了那里，芸看到地下的小石头中有些有花纹，色彩斑驳可供观赏，就提醒我说："用这个来叠盆景中的假山，比宣州白石还要古朴别致。"我说："像这样的石头恐怕不可多得。"王二姑说："嫂嫂如果真的喜欢这样的石头，我来替你拾。"于是她向守坟人借来一条麻袋，迈着两条长腿边走边拾，每拾得一块，我说"可以"，她就收进袋中，我说"不行"，她就丢掉，一会儿工夫，王二姑粉汗盈盈，拖着麻袋往回走，说："再拾就没有劲儿了。"芸一边拾一边说："我听说山果收获时，总要借助于猴子的劳力，果然如此！"王二姑听了气得撮起十指，要去哈芸的痒，我阻止住她，责备芸说："别人劳动你安逸，还说这种话，怪不得妹妹要动怒呢。"回来的时候，我们游历了戈园，园内枝繁叶茂，争奇斗艳，王二姑性情鲁莽，见花就折，芸骂她说："既不能插在瓶中，又不戴在头上，折那么多干什么？"王二姑说："花又不知痛痒，折了有什么关系？"我笑着说："将来罚你嫁个麻脸多须的男人，为花出一口气。"王二姑气得用眼睛盯着我，把花丢在地上，又用脚尖拨到池水中，说："你欺侮我，太过分了！"芸笑着劝解这才作罢。

  芸初缄默，喜听余议论。余调其言，如蟋蟀之用纤草，渐能发议。其每日饭必用茶泡，喜食芥卤乳腐，吴俗呼为"臭乳腐"；又喜食虾卤瓜。此二物余生平所最恶者，因戏之曰："狗无胃而食粪，以其不知臭秽；蜣螂①团粪而化蝉，以其欲修高举也。卿其狗耶？蝉耶？"芸曰："腐取其价廉而可粥可饭，幼时食惯。今至君家，已如蜣螂化蝉，犹喜食之者，不忘本也。至卤瓜之味，到此初尝耳。"余曰："然则我家系狗窦②耶？"芸窘而强解曰："夫粪，人家皆有之，要在食与不食之别耳。然君喜食蒜，妾亦强啖之。腐不敢强，瓜可掩鼻略尝，入咽当知其美，此犹无盐③貌丑而德美也。"余笑曰："卿陷我作狗耶？"芸曰："妾作狗久矣，屈君试尝之。"以箸强塞余口，余掩鼻咀嚼之，似觉脆美，开鼻再嚼，竟成异味，从此亦喜食。芸以麻油加白糖少许拌卤腐，亦鲜美。以卤瓜捣烂拌卤腐，名之曰"双鲜酱"，有异味。余曰："始恶而终好之，理之不可解也。"芸曰："情之所钟，虽丑不嫌。"

【注释】

① 蜣（qiāng）螂：俗名屎壳郎。喜食粪土，推粪团。相传蝉由它蜕变而来。
② 狗窦：狗洞。
③ 无盐：传说故事中的人物，姓钟离名春，因系齐国无盐邑人而得名，貌丑而有德，齐宣王立为王后。

【译文】

芸刚嫁给我时沉默少语，喜欢听我高谈阔论，我故意引逗她说话，就像是逗蟋蟀要用草梗一样，渐渐地她的话也多了起来。她每天吃饭总是用茶泡饭，喜欢吃芥卤泡的腐乳，就是苏州俗称的"臭乳腐"，又喜欢吃虾卤瓜，这两种食物是我平时最厌恶的，因此我对她开玩笑说："狗没有胃而吃粪，因为它不知道粪的臭秽；屎壳郎吃粪而变成蝉，因为它想修炼而高飞，你是狗呢，还是蝉呢？"芸说："腐乳便宜，又可以咽粥下饭，我小时吃惯了，如今到了你家，已经是屎壳郎化蝉，之所以还喜欢吃它，是由于不想忘本。至于卤瓜的味道，是到你家之后才学着吃的。"我说："难道我家是狗洞吗？"芸很窘迫地解释说："有臭味的食品家家都有，只是在于吃与不吃的区别，你喜欢吃蒜，我也跟着勉强去吃，腐乳不敢勉强你，卤瓜你倒可以捂着鼻子稍微尝尝，吃到嘴里你就会知道好吃，这就像丑女无盐一样，貌丑而德美。"我笑着说："你想把我当成狗吗？"芸说："我做狗已经很久了，委屈你也尝一尝。"她用筷子硬把卤瓜塞在我嘴里，我捂着鼻子嚼了嚼，觉得味道挺脆美，不捂鼻子再嚼一嚼，竟觉得是一种异香之味，从此便也喜欢吃卤瓜。芸用麻油加少许白糖拌腐乳，我吃着也觉得鲜美可口。芸把卤瓜捣烂拌腐乳，取名叫"双鲜酱"，有异样的鲜味。我说："一开始厌恶它而最终又喜欢它，这真是莫名其妙的事。"芸说："情之所钟，虽丑不嫌。"

余启堂弟妇，王虚舟先生孙女也，催妆①时偶缺珠花。芸出其纳采②所受者呈吾母，婢妪旁惜之。芸曰："凡为妇人，已属纯阴，珠乃纯阴之精，用为首饰，阳气全克矣，何贵焉？"而于破书残画，反极珍惜。书之残缺不全者，必搜集分门，汇订成帙，统名之曰"断简残编"；字画之破损者，必觅故纸，粘补成幅，有破缺处，倩予全好而卷之，名曰"弃余集赏"。于女红中馈③之暇，终日琐琐，不惮烦倦。芸于破笥烂卷中，偶获片纸可观者，如得异宝。（旧邻冯妪每收乱卷卖之。）其癖好与余同，且能察眼意，懂眉语，一举一动，示之以色，无不头头是道。

【注释】

① 催妆：旧时婚礼的一种仪式。婚礼头一天或当天，男方提前向女家送去冠帔花粉等。
② 纳采：古代婚礼"六礼"之一。女家答应议婚后，男家备礼前去求婚，女方受礼为纳采。

③ 中馈：古时指妇女在家主持饮食之事。

【译文】

　　我弟弟启堂的媳妇，是王虚舟先生的孙女，我家在为弟弟举行婚礼前向她家送彩礼时，偶尔缺少珠花，芸拿出自己受彩礼所得的珠花给我母亲，婢女仆妇在一旁为她惋惜，芸说："作为女子，已经是纯阴之人，珍珠又是纯阴的精华，用它作首饰，阳气全克掉了，有什么值得可惜的呢？"但是对于破书残画，她反而极其爱惜。书有了残缺不全的，她总是搜集在一起，分门别类，汇订成册，统名之为《断简残编》；字画有破损的，她总是找来旧纸，将它们粘补成幅，有破缺之处，请我把它们修补完好并且装订成卷，取名叫《弃余集赏》。她在针线、烹饪的余暇，总是忙于这些琐事，不怕麻烦。芸在破竹筐烂纸卷中，偶然发现一张字画有可观之处，总是如获至宝。（过去邻居冯妈经常收集乱字画卷卖给她。）她的癖好和我相同，并且能察颜观色，懂得暗示，一举一动，稍加点拨，无不安排得有条有理。

　　余尝曰："惜卿雌而伏①，苟能化女为男，相与访名山，搜胜迹，遨游天下，不亦快哉！"芸曰："此何难？俟妾鬓斑之后，虽不能远游五岳，而近地虎阜②灵岩③，南至西湖，北至平山④，尽可偕游。"

　　余曰："恐卿鬓斑之日，步履已艰。"

　　芸曰："今世不能，期以来世。"

　　余曰："来世卿当作男，我为女子相从。"

　　芸曰："必得不昧今生，方觉有情趣。"

　　余笑曰："幼时一粥犹谈不了；若来世不昧今生，合卺之夕，细谈隔世，更无合眼时矣。"

　　芸曰："世传月下老人专司人间婚姻事，今生夫妇已承牵合，来世姻缘亦须仰藉神力，盍绘一像祀之？"

时有苕溪⑤戚柳堤，名遵，善写人物，倩绘一像，一手挽红丝，一手携杖悬姻缘簿，童颜鹤发，奔驰于非烟非雾中，此戚君得意笔也。友人石琢堂为题赞语于首，悬之内室，每逢朔望，余夫妇必焚香拜祷。后因家庭多故，此画竟失所在，不知落在谁家矣。"他生未卜此生休"，两人痴情，果邀神鉴耶？

【注释】

① 雌而伏：意思为"屈居人下为女子"。
② 虎阜：即苏州虎丘。
③ 灵岩：山名，在苏州城外。山下有石室，相传为吴王囚范蠡之所。
④ 平山：山名，在扬州邗江。
⑤ 苕（tiáo）溪：水名，在浙江北部。

【译文】

我曾对芸说："可惜你是个女子，如果能变成一个男子，和我一起访名山，搜胜迹，游遍天下的山山水水，岂不快乐？"

芸说："这有何难？等到我的鬓发斑白之后，虽然不能远游五岳，但是近处的虎丘、灵岩，南边的西湖，北边的平山，都可以一起去游玩。"

我说："恐怕你鬓发斑白之日，已经走不动了。"

芸说："今生不能游，寄希望于来世。"

我说："来世你当男子，我当女子跟随着你。"

芸说："来世一定要不忘今生，才会觉得有趣。"

我笑着说："小时候一件吃粥的事现在还谈不完，如果来世记得今生的事，结婚的那夜，我俩细细回忆前世的事，更没有合眼的时候了。"

芸说："人们都说月下老人专门主管人间的婚姻之事，我们今生做夫妇已经承蒙他牵合，来世姻缘也还须仰藉他的神力，何不画一幅画像来祭祀他呢？"

当时苕溪有个画家戚柳堤，名声很大，善于画人物，我请他绘了一张月下老人的像，老人一手拿着红丝线，一手拿着拐杖，拐杖上悬着婚姻簿，鹤发童颜，奔驰于一片迷迷濛濛之中。这是戚先生的一幅得意之作。我的朋友石琢堂为我们在画首题了赞语，画挂在屋里，每逢初一、十五，我们夫妇俩总要烧香拜祷。后来因为家庭的变故，这张画竟丢失了，不知落到了谁家。"他生未卜此生休"，我俩的痴情，果真能得到神的明察吗？

迁仓米巷，余颜①其卧楼曰"宾香阁"，盖以芸名而取如宾意也。院窄墙高，一无可取，后有厢楼，通藏书处，开窗对陆氏废园，但有荒凉之象。沧浪风景，时切芸怀。

有老妪居金母桥之东，埂巷之北。绕屋皆菜圃，编篱为门。门外有池，约亩许，花光树影，错杂篱边。其地即元末张士诚②王府废基也。屋西数武，瓦砾堆成土山，登其巅可远眺，地旷人稀，颇饶野趣。妪偶言及，芸神往不置，谓余曰："自别沧浪，梦魂常绕，今不得已而思其次，其老妪之居乎？"余曰："连朝秋暑灼人，正思得一清凉地以消长昼。卿若愿往，我先观其家，可居，即袱被而往，作一月盘桓何如？"芸曰："恐堂上不许。"余曰："我自请之。"越日，至其地，屋仅二间，前后隔而为四，纸窗竹榻，颇有幽趣。老妪知余意，欣然出其卧室为赁，四壁糊以白纸，顿觉改观。于是禀知吾母，挈芸居焉。

【注释】

① 颜：指堂上或门上的楣。此处指在门楣上题字。
② 张士诚：元末泰州人，曾起兵反元，自称诚王。后降元，为明将所俘，自缢死。

【译文】

迁到仓米巷,我在我的卧楼门楣上题了"宾香阁"几个字,这是因为芸而命名的,取夫妻相敬如宾之意。这里院窄墙高,没什么景致,后面有个侧楼通往藏书处,开窗对着陆氏废园,但那里是一片荒凉的景象。沧浪亭畔的山山水水,时时牵动着芸的情怀。

我家有个老妈妈家住在金母桥以东,埂巷以北,房屋的四周都是菜园,门墙是篱笆编成的,门外有一个池塘有一亩多,花卉树木,错杂地长在篱边,那里原是元末张士诚王府的废墟遗址。往屋西走不远,有一个瓦砾堆成的土山,登上山顶可以远眺。地旷人稀,颇有野趣。老妈妈偶然对我们谈起那里,芸听了神往不已,对我说:"自从离开了沧浪亭,我连做梦都想念那里,如今不得已而求其次的,不正是老妈妈的这个住处吗?"我说:"一连几天秋暑灼人,我正想找个清凉的地方来消磨光阴,你如果愿意去,我先到她家看看,可以住,就带上行李去。做好住上一个月的打算如何?"芸说:"恐怕母亲不许可。"我说:"由我来跟她说。"第二天,我到了那里,看到房屋仅有两间,前后一隔为四,屋里纸窗竹榻,颇有清幽雅致的情趣。老妈妈知道我的意思,欣然腾出她的卧室来租给我,四面墙上糊上白纸,顿时觉得面貌大为改观。于是我征得了母亲的同意,带着芸到那里去住。

邻仅老夫妇二人,灌园为业,知余夫妇避暑于此,先来通殷勤[①],并钓池鱼,摘园蔬为馈。偿其价,不受,芸作鞋报之,始谢而受。时方七月,绿树荫浓,水面风来,蝉鸣聒耳。邻老又为制鱼竿,与芸垂钓于柳荫深处。日落时,登土山,观晚霞夕照,随意联吟,有"兽云吞落日,弓月弹流星"之句。少焉,月印池中,虫声四起,设竹榻于篱下。老妪报酒温饭熟,遂就月光对酌,微醺[②]而饭。浴罢,则凉鞋蕉扇。或坐或卧,听邻老谈因果报应事。三鼓归卧,周体清凉,几不知身居城市矣。

篱边倩邻老购菊，遍植之。九月花开，又与芸居十日，吾母亦欣然来观，持螯③对菊，赏玩竟日。芸喜曰："他年当与君卜筑④于此，买绕屋菜园十亩，课仆妪，植瓜蔬，以供薪水。君画我绣，以为诗酒之需。布衣菜饭，可乐终身，不必作远游计也。"余深然之。今即得有境地，而知己沦亡，可胜浩叹！

【注释】

① 通殷勤：表示友好。
② 醺（xūn）：醉。
③ 持螯：手拿螃蟹夹。
④ 卜筑：择地建屋。

【译文】

邻居只有一对老夫妇，以种菜为业。他们听说我们夫妇前来避暑，先到我们这里来表示问候，并且钓了池中的鱼，摘了园中的菜送给我们吃。给他们钱，他们不要，芸做了鞋送给他们作为还报，这才感激地收下了。当时正是七月，绿树浓荫覆盖，水面清风徐徐，蝉鸣声不绝于耳。邻居老翁又为我们制作了鱼竿，我与芸坐在柳荫深处垂钓。黄昏时分，登上土山，观赏夕阳晚霞，随意联诗，有"兽云吞落日，弓月弹流星"的句子。过了一会儿，月亮映在池塘中，虫鸣声四起，我们摆一张竹榻在篱下，老妈妈说一声酒菜准备好了，我们就在月光下相对小酌，喝得微醉时才吃饭。洗完澡，趿着拖鞋拿着芭扇，或坐或躺，听邻居老翁讲民间因果报应的传说。三更睡觉时，通体清凉，几乎忘记是身居城市中了。

沿着篱笆墙边，我们请老翁买来菊花全部栽满。九月菊花开放，我又和芸在这里住了十天，我的母亲也欣然前来赏花，对着菊花吃螃蟹，整整玩了一天。芸高兴地说："将来我和你要在这里择地建一所房子，绕着房屋四周买上十几亩菜地，督促仆人，种瓜果蔬菜，作为生活费用；你画画我刺绣，卖得钱作为友人聚会作诗时的买酒钱。穿布衣，吃菜饭，一生都快快活活的，不必做出外远游的打算。"我非常同意她的话。如今即使得到这样的境地，而知己已死，又怎能不叫人叹息呢？

离余家半里许，醋库巷有洞庭君祠①，俗呼水仙庙，回廊曲折，小有园亭。每逢神诞②，众姓各认一落，密悬一式之玻璃灯，中设宝座，旁列瓶几，插花陈设，以较胜负。日唯演戏，夜则参差高下插烛于瓶花间，名曰"花照"。花光灯影，宝鼎香浮，若龙宫夜宴。司事者或笙箫歌唱，或煮茗清谈，观者如蚁集，檐下皆设栏为限。

【注释】

① 洞庭君祠：洞庭，在此为太湖的别称。洞庭君祠，即祭祀太湖之神的庙宇。
② 神诞：太湖之神的诞辰日。

【译文】

离我家半里路左右的醋库巷中，有个祭祀太湖之神的祠庙，俗称水仙庙，里面回廊曲折，有小型的园亭。每逢太湖之神的诞辰日，众多不同姓氏的家族在这里各自包下一个院落，密密麻麻地悬挂着清一色的玻璃灯，中间设上宝座，旁边摆上花瓶几案，插花陈设，互相比赛，看谁家布置得最好。白天这里只是演戏，到了晚上，则在瓶花之间参差不齐、高高低低地插上许多蜡烛，名目叫"花照"，花光映着灯影，鼎炉冒着香烟，好像是龙宫中正在大摆夜宴。主事的人有的吹着笙箫歌唱，有的烹茶清谈，围观的人如蚂蚁聚集，屋檐下都设有栏杆拦住观众。

余为众友邀去,插花布置,因得躬逢①其盛。归家向芸艳称②之。芸曰:"惜妾非男子,不能往。"余曰:"冠我冠,衣我衣,亦化女为男之法也。"于是易髻为辫③,添扫蛾眉④,加余冠,微露两鬓,尚可掩饰,服余衣长一寸又半,于腰间折而缝之,外加马褂。芸曰:"脚下将奈何?"余曰:"坊间有蝴蝶履⑤,小大由之,购亦极易,且早晚可代撒鞋之用,不亦善乎?"芸欣然,及晚餐后,装束既毕,效男子拱手阔步者良久,忽变卦曰:"妾不去矣。为人识出既不便,堂上闻之又不可。"余怂恿曰:"庙中司事者谁不知我,即识出,亦不过付之一笑耳。吾母现在九妹丈家,密去密来,焉得知之?"芸揽镜自照,狂笑不已。余强挽之,悄然径去。遍游庙中,无识出为女子者,或问何人,以表弟对,拱手而已。最后至一处,有少妇幼女坐于所设宝座后,乃杨姓司事者之眷属也。芸忽趋彼通款曲⑥,身一侧,而不觉一按少妇之肩。旁有婢媪怒而起曰:"何物狂生,不法乃尔!"余欲为措词掩饰。芸见势恶,即脱帽跷足示之曰:"我亦女子耳。"相与愕然,转怒为欢。留茶点,唤肩舆送归。

【注释】

① 躬逢:亲自参加。
② 艳称:活灵活现地描绘一番。艳,文辞华丽。
③ 易髻(jì)为辫:把盘发改为辫子。清代男子拖辫,此指女扮男装。
④ 添扫蛾眉:将眉毛画浓。
⑤ 蝴蝶履:鞋面中间有接缝的便鞋。
⑥ 通款曲:搭话、闲谈。

【译文】

　　我被许多朋友邀去,帮助插花布置,因而得以亲眼看到那里的盛况，回家后我对芸活灵活现地描绘了一番，芸说："可惜我不是男人，不能去看。"我说："戴上我的帽子，穿上我的衣服，也是化女为男的办法嘛。"于是让她把盘发改为辫子，把眉毛画浓，戴上我的帽子，稍稍掩盖住两边露出的鬓发。她穿上我的长衫，长了一寸半，就在腰间打折缝上，外面再套上马褂。芸说："脚下怎么办？"我说："店铺里有蝴蝶履卖，有各种型号，买起来也方便，而且以后早晚还可以当撒鞋穿，不是很好吗？"芸很高兴，吃完晚饭，装束完毕，她模仿着男子拱手阔步的样子好一会儿，突然变卦说："我不去了，被人识破，既不方便，母亲听说了也不允许。"我怂恿她说："庙中主事的人谁不认识我，就是认出来，也不过付之一笑而已。母亲现在正在九妹丈家做客，我们悄悄去，悄悄回，她怎么会知道？"

芸拿起镜子把自己端详了一番，大笑得止不住，我硬拉着她，悄悄地去了。我们游遍了整个庙宇，没有人看出她是女的，有人问我这是何人，我说是我表弟，芸只是拱拱手而已。最后到了一个地方，有少妇幼女坐在所设的宝座后面，她们是姓杨的主事人的家属。芸忽然走上前去和她们搭话，身子一侧，手不由得扶了扶那少妇的肩膀，旁边的婢女仆妇发怒地站起来说："哪里来的狂生，这样不守礼节！"我正准备为她找借口开脱，芸看她们怒气冲冲，就脱帽跷脚给她们看，说："我也是女子。"她们都大为吃惊，转怒为喜，留我们吃了茶点，又喊了轿子送我们回家。

吴江[①]钱师竹病故，吾父信归，命余往吊。芸私谓余曰："吴江必经太湖[②]，妾欲偕往，一宽眼界。"余曰："正虑独行踽踽，得卿同行固妙，但无可托词耳。"芸曰："托言归宁。君先登舟，妾当继至。"余曰："若然，归途当泊舟万年桥下，与卿待月乘凉，以续沧浪韵事[③]。"

时六月十八日也。是日早凉，携一仆先至胥江[④]渡口，登舟而待。芸果肩舆至，解维出虎啸桥，渐见风帆沙鸟，水天一色。芸曰："此即所谓太湖耶？今得见天地之宽，不虚此生矣。想闺中人有终身不能见此者。"闲话未几，风摇岸柳，已抵江城。

【注释】

① 吴江：县名，在江苏苏州南。
② 太湖：在苏州西南，面积有三万六千顷。
③ 沧浪韵事：指前文所述八月十五游沧浪亭的事。
④ 胥江：在苏州西南，相传因伍子胥而得名。

【译文】

吴江的钱师竹病故，我父亲写信回来，叫我去吊丧。芸私下对我说："去吴江要经过太湖，我想跟你一起去开开眼界。"我说："我正发愁一个人去踽踽独行，和你一起去当然很好，但是没有什么借口呀。"芸说："我借口回娘家去。你先上船，我随后就来。"我说："如果这样的话，回来时可以把船停在万年桥下，我与你在船上赏月乘凉，以继续我们在沧浪亭赏月的韵事。"

这天是六月十八日，一大清早，我带了个仆人先到胥江渡口，上了船等着，芸果然坐着轿来了，解缆开船出了虎啸桥，我们渐渐看到风帆掠过，沙鸥盘旋，水天一色。芸说："这就是人们所说的太湖吗？今天我算看到了天地有多么宽阔，没有虚度此生。想想有多少闺中女子一生也看不到这样的景象。"我们说了一会儿闲话，风吹拂着岸边的柳条，已经到了吴江。

余登岸拜奠毕，归视舟中洞然^①，急询舟子。舟子指曰："不见长桥柳荫下观鱼鹰捕鱼者乎？"盖芸已与船家女登岸矣。余至其后，芸犹粉汗盈盈，倚女而出神焉。余拍其肩曰："罗衫汗透矣！"芸回首曰："恐钱家有人到舟，故暂避之。君何回来之速也？"

余笑曰，"欲捕逃②耳。"

于是相挽登舟，返棹至万年桥下，阳乌③犹未落也。舟窗尽落，清风徐来，纨扇罗衫，剖瓜解暑。少焉，霞映桥红，烟笼柳暗，银蟾④欲上，渔火满江矣。

【注释】

① 洞然：空空的。
② 捕逃：追捕逃犯。
③ 阳乌：太阳。
④ 银蟾：月亮。

【译文】

我上岸后，为钱师竹吊丧，祭奠完毕，回到船上，看到里面空空荡荡，急忙询问船夫，船夫指着前面说："你没看到长桥柳荫下那个看鱼鹰捕鱼的人吗？"原来芸已经和船家女登岸了。我走到芸背后，看到她粉汗盈盈地扶着渔女，正在出神呢。我拍拍她的肩说："罗衫汗透了。"芸回头一看，说："我怕钱家有人到船上来，所以暂且避一下，你怎么回来得这么快？"我笑着说："要捕逃犯嘛。"

于是我们互相搀扶着上船，往回行驶到万年桥下，太阳还没西沉，我们把船上的窗子全部打开，清风徐徐吹来，芸手执纨扇，身着罗衫，我们一起吃瓜解暑。过了一会儿，晚霞映红了桥身，暮色笼罩着江柳，月亮将出时，江上已经是万点渔火了。

命仆至船梢与舟子同饮。船家女名素云，与余有杯酒交①，人颇不俗。招之与芸同坐。船头不张灯火，待月快酌，射覆为令。素云双目闪闪，听良久，曰："觞政②侬颇娴习。从未闻有斯令，愿受教。"芸即譬其言而开导之，终茫然。余笑曰："女先生且罢论。我有一言作譬，即了然矣。"芸曰："君若何譬之？"余曰：

"鹤善舞而不能耕,牛善耕而不能舞,物性然也。先生欲反而教之,无乃劳乎?"素云笑捶余肩曰:"汝骂我耶?"芸出令曰:"只许动口,不许动手!违者罚大觥。"素云量豪,满斟一觥,一吸而尽。余曰:"动手但准摸索,不准捶人。"芸笑挽素云置余怀,曰:"请君摸索畅怀。"余笑曰:"卿非解人,摸索在有意无意间耳。拥而狂探,田舍郎之所为也。"时四鬟所簪茉莉为酒气所蒸,杂以粉汗油香,芳馨透鼻。余戏曰:"小人臭味充满船头,令人作恶。"素云不禁握拳连捶曰:"谁教汝狂嗅耶?"

芸呼曰:"违令,罚两大觥!"

素云曰:"彼又以小人骂我,不应捶耶?"

芸曰:"彼之所谓小人,盖有故也。请干此,当告汝。"

素云乃连尽两觥。芸乃告以沧浪旧居乘凉事。

素云曰:"若然,真错怪矣。当再罚。"又干一觥。

芸曰:"久闻素娘善歌,可一聆妙音否?"素即以象箸击小碟而歌。芸欣然畅饮,不觉酩酊,乃乘舆先归。余又与素云茶话片刻,步月而回。

【注释】

① 杯酒交:一起喝过酒的交情。

② 觞政:酒令。

【译文】

我吩咐仆人到船尾去和船夫一起饮酒。船家女名素云,与我有一起喝过酒的交情,人颇不俗气。把她叫来与芸同坐,我们在船头不点灯,待月饮酒,以射覆为令。素云睁大双眼,听了一会儿说:"酒令我很熟悉,但从没听说过有以射覆为令的,你们教教我。"芸就打比方去开导她,她始终弄不明白。我笑着说:"女先生别教了,我打个比方就清楚了。"芸说:"你打什么比方?"我说:"鹤会跳舞不会耕地,牛会耕地不会跳舞，这是动物的本性决定的，先生要反着去教，岂不是徒劳吗？"素云笑着捶我的肩膀说："你干吗骂我？"芸出酒令说："只许动口，不许动手！违者罚一大杯！"素云酒量大，满斟一杯，一饮而尽。我说："动手只准摸索，不许捶人。"芸笑着挽起素云往我怀里一推，说："请你尽情地摸索吧。"我笑着说："你不是能领悟意趣的人，摸索只在有意无意之间，抱住拼命摸索，是乡下人的做法。"这时她们两人鬓角上所插的茉莉花被酒气一蒸，加上粉汗油香，芬香扑鼻，我开玩笑说："小人臭味充满船头，令人作呕。"素云不禁握着拳头连连捶我说："谁叫你去猛闻呢？"芸叫起来："违令，罚两大杯！"

素云说："他又骂我是小人，不该捶吗？"

芸说："他所说的小人，是有典故的，请干此杯，我来告诉你。"

素云于是连干两杯，芸就告诉她过去在沧浪亭旧居乘凉时称茉莉为小人的事。

素云说："如果是这样，真是错怪他了，应当再罚一杯！"又干了一杯。

芸说："久闻素娘很会唱歌，能不能让我们聆听一下美妙的歌声？"素云就用象牙筷子击着小碟唱起来。芸欣然畅饮，不觉酩酊大醉，于是她先乘着轿子回去了，我又和素云边喝茶边聊了一会儿天，才踏着月色步行而归。

时余寄居友人鲁半舫家萧爽楼中。越数日，鲁夫人误有所闻，私告芸曰："前日闻若婿挟两妓饮于万年桥舟中，子知之否？"芸曰："有之，其一即我也。"因以偕游始末详告之。鲁大笑，释然而去。

乾隆甲寅[①]七月，余自粤东归，有同伴携妾回者，曰徐秀峰，余之表妹婿也，艳称新人之美，邀芸往观。芸他日谓秀峰曰："美则美矣，韵犹未也。"秀峰曰："然则若郎纳妾，必美而韵者乎？"

芸曰："然。"从此痴心物色，而短于资。

时有浙妓温冷香者，寓于吴，有《咏柳絮》四律，沸传吴下，好事者多和之。余友吴江张闲憨素赏冷香，携柳絮诗索和。芸微其人而置之。余技痒②而和其韵，中有"触我春愁偏婉转，撩他离绪更缠绵"之句，芸甚击节③。

【注释】

① 乾隆甲寅年：乾隆五十九年（1794）。
② 技痒：谓人擅长某种技艺，一有机会便忍不住有所表现。
③ 击节：击物或拍掌来打拍，用以形容对他人诗文或艺术作品等的称赞。

【译文】

当时我寄居在朋友鲁半舫家中的萧爽楼里，过了几天，鲁夫人误听了传闻，私下对芸说："前几天听说你丈夫和两个妓女在万年桥下的船中喝酒，你知道不知道这件事？"芸说："有这事，其中一人就是我。"于是就把她和我一起出游的始末详细告诉了鲁夫人。鲁夫人大笑，打消了疑虑而去。

乾隆五十九年（1794）七月，我从广东回来，有一个叫徐秀峰的同伴带回一个妾室。徐秀峰是我表妹的丈夫，他炫耀新娶的妾室长得十分美，邀请芸去看。有一天，芸对秀峰说："她美是很美，但是还缺少点韵味。"秀峰说："那么，如果你的丈夫纳妾，必定是要寻个美丽而有韵味的吧。"芸说："正是。"从此以后就痴心为我物色，但缺乏资金。

当时有个浙江妓女叫温冷香的，住在苏州，她写的有《咏柳絮》四首，在苏州城里传得沸沸扬扬，好事的人都去唱和这首诗，我的朋友吴江的张闲憨一向赏识冷香，拿了她的《咏柳絮》来要我唱和。芸瞧不起冷香这个人，于是把诗放在一边，我一时技痒，依韵和了几首，其中有"触我春愁偏婉转,撩他离绪更缠绵"之句,芸十分赞赏。

明年,乙卯①秋八月五日,吾母将挈芸游虎丘,闲憨忽至,曰:"余亦有虎丘之游。今日特邀君作探花使者②。"因请吾母先行,期于虎丘半塘相晤。拉余至冷香寓,见冷香已半老,有女名憨园,瓜期未破③,亭亭玉立,真"一泓秋水照人寒"者也。款接间,颇知文墨。有妹文园尚雏。余此时初无痴想,且念一杯之叙,非寒士所能酬,而既入个中,私心忐忑,强为酬答。

因私谓闲憨曰:"余贫士也,子以尤物玩我乎?"

闲憨笑曰:"非也。今日有友人邀憨园答我,席主④为尊客拉去,我代客转邀客,毋烦他虑也。"余始释然。

【注释】

① 乙卯:乾隆六十年(1795)。
② 探花使者:此处指逛妓院。
③ 瓜期未破:瓜字可分剖成二八字,故诗文中习称女子十六岁为破瓜之年。瓜期未破,指还不满十六岁;另一说指尚为处女。
④ 席主:作东的人。

【译文】

第二年,即乙卯年(1795)秋天八月五日,我母亲准备带着芸到虎丘去游玩,张闲憨突然来了,对我说:"我也要到虎丘去游玩,今天特地来邀请你作个探花使者。"于是我请母亲带着芸先走,约好与她们在虎丘半塘见面,张闲憨则拉我到温冷香的住处。我看到冷香已是徐娘半老,她有个女儿名叫憨园,刚刚十六岁,亭亭玉立,真是"一泓秋水照人寒"。憨园在款待问候我们时,看得出颇为知书通文,她有个妹妹叫文园的还很小。我当时并没有什么痴想,只是想到妓院饮酒叙谈的费用,并非像我这样的寒士所能出得起的,可是既然到了这种场合，心中难免忐忑不安，只得勉强坐在那里应酬。

于是我私下对张闲憨说："我是一介贫士，你想用尤物来耍弄我吗？"

闲憨笑着说："不是的。今天本来有个朋友邀请憨园答谢我，现在这个作东的人被重要的客人拉走了，我是代他转为邀客，你不必有其他顾虑。"我这才放下心来。

至半塘，两舟相遇，令憨园过舟叩见我母。芸憨相见，欢同旧识，携手登山，备览名胜。芸独爱"千顷云"高旷，坐赏良久。返至"野芳滨"，畅饮甚欢。并舟而泊。

及解维，芸谓余曰："子陪张君，留憨陪妾可乎？"余诺之。返棹至都亭桥，始过船分袂①。归家已三鼓。

芸曰："今日得见美而韵者矣，顷已约憨园，明日过我，当为子图之。"

余骇曰："此非金屋②不能贮，穷措大③岂敢生此妄想哉！况我两人伉俪正笃④，何必外求？"

芸笑曰："我自爱之，子姑待之。"

【注释】

① 分袂（mèi）：分手。袂，衣袖。
② 金屋：极言屋之华丽。汉武帝为太子时，长公主欲以阿娇许之，武帝说："若得阿娇作妇，当作金屋贮之。"
③ 穷措大：穷书生。
④ 伉俪正笃（dǔ）：夫妻恩爱正深。

【译文】

随后我和闲憨、憨园一起到半塘去，在船上和我母亲的船相遇，我叫憨园过去拜见了我母亲。芸和憨园相见，如同老朋友见面一样高兴，两人手拉着手去登山，尽情游览胜景。芸最爱"千顷云"的高旷，坐在那里欣赏了很久。回去时到了"野芳滨"，大家一起饮酒，十分欢畅。两只船也停泊在一起。

到解缆开船时，芸对我说："你陪陪张闲憨，留下憨园陪我行吗？"我答应了。往回开船到了都亭桥，两只船才分别。我们回家时已是三更。

芸说："我今天才看见美丽而有韵味的人了，我刚才已经和憨园约好，明天她来拜访我，我应当帮助你得到她。"

我惊骇地说："像她这样的女子，没有金屋不能贮。我一个穷书生怎么敢生出这样的妄想？况且我们夫妻恩爱正深，又何必外求呢？"

芸笑着说："我非常喜欢她，你就等着吧。"

明午憨果至。芸殷勤款接，筵中以猜枚①（赢吟输饮）为令，终席无一罗致语②。及憨园归，芸曰："顷③又与密约，十八日来此结为姊妹，子宜备牲宰④以待。"笑指臂上翡翠钏曰："若见此钏属于憨，事必谐矣。顷已吐意，未深结其心也。"余姑听之。

十八日大雨，憨竟冒雨至，入室良久，始挽手出，见余有羞色，盖翡翠钏已在憨臂矣。焚香结盟后，拟再续前饮，适憨有石湖之游，即别去。

芸欣然告余曰："丽人已得，君何以谢媒耶？"余询其详。

芸曰："向之秘言⑤，恐憨意另有所属也。顷探之无他，语之曰：'妹知今日之意否？'憨曰：'蒙夫人抬举，真蓬蒿倚玉树⑥也。但吾母望我奢，恐难自主耳，愿彼此缓图之。'脱钏上臂时，又语之曰：'玉取其坚，且有团圞⑦不断之意，妹试笼之，以为先兆。'憨曰：'聚合之权，总在夫人也。'即此观之，憨心已得，所难必者冷香耳,当再图之。"

余笑曰:"卿将效笠翁⑧之《怜香伴》⑨耶?"

芸曰:"然。"

自此无日不谈憨园矣。后憨为有力者夺去,不果。芸竟以之死。

【注释】

① 猜枚:饮酒时助兴的游戏。取若干小物件握于拳中供人猜测,中者为胜。
② 罗致语:招纳憨园的话。
③ 顷:刚才。
④ 牲宰:供祭祀用的家畜。
⑤ 秘言:不挑明去谈。
⑥ 蓬蒿倚玉树:犹言高攀。
⑦ 团圞(luán):团圆。
⑧ 笠翁:李渔(1611—1679),号笠翁,清代戏曲家。
⑨ 《怜香伴》:传奇名,写妻为夫娶妾之事。

【译文】

第二天下午憨园果然来了。芸殷勤款待,酒席中以猜枚(赢了吟诗,输了喝酒)为令,一直到散席,芸并没有说一句要招纳憨园的话。憨园走后,芸说:"刚才又和她密约,十八日她到这里来和我结拜姐妹,你可以准备一下祭拜用的牲畜。"她笑着指指手臂上戴的翡翠玉钏说:"如果你看到这个玉钏归了憨园,事情就成了。刚才她已经有点意思,但是还没有和她深谈。"我姑且听之。

十八日下大雨,憨园竟然冒着雨来了。她进屋里很久,才和芸两人手挽着手走出来,看到我时面有羞色,原来翡翠玉钏已经戴在憨园的手臂上了。她俩焚香结盟后,本来我们还准备再继续喝酒,刚好憨园还有游石湖的约会,她就告辞回去了。

芸欣喜地告诉我说："佳人已经得到了，你用什么来谢媒人？"我问她详细经过，芸说："一直没有跟她挑明去讲，是恐怕憨园心里另有所爱，刚才了解到她并没有其他想法。我对她说：'妹妹知道我今天的意思吗？'憨园说：'承蒙夫人抬举，我真像是蓬蒿倚玉树了。但我的母亲对我有很高的奢望，我恐怕难以自主，我愿意和你们一起慢慢想办法。'我把玉钏戴到她手臂上时，又对她说：'玉钏取其质地坚硬，并有团圆不断的意思，妹妹先戴上它，作为一个好的兆头。'憨园说：'能不能团圆，全凭夫人决定。'由此看来，憨园的心里是愿意的，所难的必然是冷香了，应当再想办法。"

我笑着说："你准备效法李笠翁《怜香伴》中那位为夫娶妾的夫人吗？"

芸说："当然。"

从此以后我们没有哪一天不谈憨园。后来，憨园被强有力的人夺走了，事情没办成，而这竟成了导致芸的死亡的一个原因。

卷二　闲情记趣

　　余忆童稚时，能张目对日，明察秋毫①，见藐小微物，必细察其纹理，故时有物外之趣②。夏蚊成雷，私拟③作群鹤舞空。心之所向，则或千或百，果然鹤也。昂首观之，项为之强。又留蚊于素帐中，徐喷以烟，使其冲烟飞鸣，作青云白鹤观，果如鹤唳云端，怡然称快。于土墙凹凸处，花台小草丛杂处，常蹲其身，使与台齐；定神细视，以丛草为林，以虫蚁为兽，以土砾凸者为丘，凹者为壑，神游其中，怡然自得。一日，见二虫斗草间，观之正浓，忽有庞然大物拔山倒树而来，盖一癞虾蟆也，舌一吐而二虫尽为所吞。余年幼，方出神，不觉呀然惊恐。神定，捉虾蟆，鞭数十，驱之别院。年长思之，二虫之斗，盖图奸不从④也。古语云："奸近杀。"⑤虫亦然耶？贪此生涯，卵为蚯蚓所哈（吴俗呼阳曰卵），肿不能便。捉鸭开口哈之，婢妪偶释手，鸭颠其颈作吞噬状⑥，惊而大哭，传为话柄。此皆幼时闲情也。

【注释】

① 明察秋毫：秋毫，是鸟兽在秋天新生长出来的细毛，比喻极纤小的事物。明察秋毫，谓目光敏锐、观察入微，连最微小的东西也能看到。
② 物外之趣：超越实物而想象的乐趣。
③ 私拟：内心想象。
④ 图奸不从：图谋干坏事而不顺应自然。

⑤ 奸近杀：邪恶不正就近于灭亡。
⑥ 吞噬（shì）状：像要吞下去的样子。

【译文】

　　我记得我童年的时候，能睁着眼睛直视太阳，还能非常清楚地看到极其细微的东西。对于微小纤细的事物，总要仔细观察它的纹路条理，所以常常有超越实物而想象的乐趣。夏天蚊声如雷，我把它们想象成一群仙鹤在空中飞舞，心里这么一想，成百上千只蚊子，就好像真的变成了仙鹤一样。我仰着头去欣赏它们，脖子都看得僵直了；我还曾经把蚊子关在帐子里，慢慢地对着它喷一口烟，使它冲烟而飞，把这当作青云白鹤去观赏，果真就仿佛看到鹤鸣于云间一样，我为此感到非常愉快。在土墙的凸凹之处，花坛上的杂草丛生之处，我常常蹲下身来，让视线和台阶平齐，定神凝视，把丛草看作树林，把昆虫蚂蚁看作野兽，把凸的土块看作山丘，凹的看作沟壑，神游其中，怡然自得。有一天，我看见两只昆虫在草丛中打架，看得正有趣，忽然有一个庞然大物"拔山倒树"而来，原来是一只癞蛤蟆，它舌头一伸，把两只虫都吃掉了。我当时年幼，又正在出神，对此不由得感到非常惊恐，定下神来，捉住癞蛤蟆，打了几十鞭子，把它赶到别院去了。长大以后再回想这件事，二虫相斗，是图谋作恶而不顺应自然，古语说："为非作歹就近于灭亡。"昆虫不也是如此吗？我十分耽迷于这种冥思默想，有一次不小心，生殖器被蚯蚓咬了一口（苏州话称生殖器为卵），肿得不能小便，家里人捉来一只鸭子，想用它的口水为我解毒，女仆们偶然一松手，鸭子抖动着它的颈脖，好像要把我的生殖器吞下去一样，吓得我大哭起来，这事被家里人传为笑柄。这些都是童年时的闲情。

　　及长，爱花成癖，喜剪盆树。识张兰坡，始精剪枝养节之法，继悟接花叠石之法。花以兰为最，取其幽香韵致也，而瓣品之稍堪入谱者①不可多得。兰坡临终时，赠余荷瓣素心春兰一盆，皆肩平心阔，茎细瓣净，可以入谱者。余珍如拱璧②。值余幕游于外，芸能亲为灌溉，花叶颇茂。不二年，一旦忽萎死。起根视之，皆白如玉，且兰芽勃然③。初不可解，以为无福消受，浩叹而已。事后始悉有人欲分不允，故用滚汤灌杀也。从此誓不植兰。

次取杜鹃，虽无香而色可久玩，且易剪裁。以芸惜枝怜叶，不忍畅剪④，故难成树。其他盆玩皆然。

【注释】

① 瓣品之稍堪入谱者：指兰花中品种比较名贵，可以列入花谱的。
② 拱璧：能用双手合抱的大璧。后泛称珍贵之物。
③ 勃然：生机勃勃。
④ 畅剪：彻底修剪。

【译文】

长大以后，我爱花成癖，喜欢修剪盆景树木。认识了张兰坡之后，才开始精通于剪枝养节的技法，后来又领悟了接花叠石的技法。花中以兰花为最可取，因为它有着幽香和韵致，然而品种比较名贵、可以载入花谱的兰花并不可多得。张兰坡临死前，送给我一盆荷瓣素心春兰，开出花来，都是肩平心阔，茎细瓣净，是可以入谱的，我对它视若珍宝。当时我正在外面做幕僚，芸能够亲自管理灌溉这盆兰花，花叶长得很茂盛。不到两年，有一天，兰花忽然枯死了，我把它的根拔出来一看，都洁白如玉，根上发出的芽也是生机勃勃的。当初不明白它为什么会死，以为是自己没福消受，只有叹息而已。后来才知道，有人想分到这盆兰花而我们没答应他，所以用开水把它烫死了。我自此以后发誓不种兰花。花中其次可取的是杜鹃，它虽然没有香味，但花色可以长久欣赏，而且容易修剪。由于芸怜惜枝叶，不忍心彻底修剪，所以它们总难成树。其他的盆景也是这样。

唯每年篱东①菊绽，秋兴成癖，喜摘插瓶，不爱盆玩。非盆玩不足观，以家无园圃，不能自植，货于市者，俱丛杂无致，故不取耳。其插花朵，数宜单，不宜双。每瓶取一种，不取二色。瓶口取阔大，不取窄小，阔大者舒展。不拘自五七花至三四十花，必于瓶口中一丛怒起，以不散漫，不挤轧，不靠瓶口为妙。所谓"起把宜紧"也。或亭亭玉立，或飞舞横斜，花取参差，间以花蕊，以免飞钹耍盘②之病。叶取不乱，梗取不强。用针宜藏，针长宁断之，毋令针针露梗，所谓"瓶口宜清"也。视桌之大小，一桌三瓶至七瓶而止，多则眉目不分，即同市井之菊屏矣。几之高低，自三四寸至二尺五六寸而止，必须参差高下，互相照应，以气势联络为上。若中高两低，后高前低，成排对列，又犯俗所谓"锦灰堆"矣。或密或疏，或进或出，全在会心者③得画意乃可。

【注释】

① 篱东：即东篱。陶渊明《饮酒诗》之五："采菊东篱下，悠然见南山。"后因以借指菊花或种菊之处。
② 飞钹（bó）耍盘：指杂技表演。钹，打击乐器。
③ 会心者：能够心领神会的人。

【译文】

唯有每年秋天菊花开放时，我的秋兴成为一种癖好。对菊花我喜欢插瓶，不喜欢盆栽，不是盆菊不足观赏，而是因为我自己家里没有花圃，不能亲手种植，若到市场上去买，都是些杂芜而没有意态的，所以我不选用盆菊。插瓶中的菊花，花朵宜选单数，不宜选双数，每瓶选一种品种，不取二色。瓶口要阔大，不要窄小，阔大的看着舒展，没有拘束。花朵不管是五、七朵还是三四十朵，都必须从瓶口上一丛怒放开去，以不散漫、不拥挤、不靠着瓶口为佳，这就是所谓的"起把宜紧"；花枝或是亭亭玉立，或是飞舞横斜，花朵要安排得参差不齐，中间用花架将它们固定起来，以免使人看上去就像杂技中的飞钹耍盘一样。叶子取其不乱，枝梗取其柔顺不强，用铁丝扎把要不露痕迹。铁丝太长宁可截断它，不要让它从梗中露出，这就是所谓的"瓶口宜清"。瓶花供案要看桌子的大小，一桌摆上三瓶到七瓶为好，多了则眉目不分，和市场上的菊花货架一样了。几案的高低，可以从三四寸到二尺五六寸，必须高低参差，互相照应，以在气势上互相联系为好，如果中间高两边低，后面高前面低，成排对列，又犯了俗称所谓"锦灰堆"的毛病。或疏或密，或进或出，全在于懂得意趣的人把它们安排得富有诗情画意。

若盆碗盘洗，用漂青、松香、榆皮、面和油，先熬以稻灰，收成胶。以铜片按钉向上，将膏火化，粘铜片于盘碗盆洗中，俟冷，将花用铁丝扎把，插于钉上，宜斜偏取势，不可居中，更宜枝疏叶清，不可拥挤，然后加水，用碗沙少许掩铜片，使观者疑丛花生于碗底方妙。

若以木本花果插瓶，剪裁之法（不能色色自觅，倩人攀折者每不合意），必执在手中，横斜以观其势，反侧以取其态。相定之后，剪去杂枝，以疏瘦古怪为佳。再思其梗如何入瓶，或折或曲，插入瓶口，方免背叶侧花之患。若一枝到手，先拘定其梗[1]之直者插瓶中，势必枝乱梗强，花侧叶背，既难取态，更无韵致矣。折梗打曲之法：锯其梗之半而嵌以砖石，则直者曲矣。如患梗倒，敲一二钉以管之。即枫叶竹枝，乱草荆棘[2]，均堪入选。或绿竹一竿，配以枸杞[3]数粒，几茎细草，伴以荆棘两枝，苟位置得宜，另有世外之趣[4]。

【注释】

① 梗：植物的直茎。

② 荆棘：丛生有刺的灌木。
③ 枸杞：木名，夏秋开淡紫色的花，果实为枸杞子，可入药。
④ 世外之趣：超凡脱俗的情致。

【译文】

如果在盆、碗、盘、洗中插花，就用漂青、松香、榆皮、面和油，先和稻灰一起熬成胶，把钉子固定在铜片上，钉尖朝上，再将胶膏加热，把铜片粘在盆碗盘洗的底部，等到胶冷后，把花用铁丝扎成把，插在钉子上。取势宜于稍斜稍偏，不宜居中；更宜于枝疏叶清，不宜拥挤。然后加上水，用少量沙子埋住底部铜片，使观赏者仿佛感到花是从碗底生出来的为妙。

如果用木本花果插瓶，修剪的方法（因为不能样样都自己去寻找，请人攀折的往往不合意），必须要把花枝拿在手上，先横斜着观察它的势态，再反侧过来取它的姿态。看好之后，剪去杂枝，以疏瘦古怪的为佳。再考虑它的直梗如何插瓶，或者将它折断，或者将它弯曲，再插入瓶口，才能避免叶背花侧等弊病。如果一枝花木到手，先拘泥于它的直梗一定要直着插入瓶中，势必会造成枝乱梗强，花侧叶背，既没有姿态，更没有韵味。把直梗变曲的方法：把直梗锯开一半嵌上砖石，直的就弯曲了，如果怕它折断，敲上一二个钉子固定住。即使是枫叶竹枝、乱草荆棘，都可以用来插瓶。或者把一枝绿竹，配上点缀着几粒枸杞子的枸杞枝，几根野草，外加两三枝荆棘，只要位置安排得适宜，都有一种超凡脱俗的情致。

若新栽花木，不妨歪斜取势，听其盆侧，一年后枝叶自能向上。如树树直栽，即难取势矣。至剪裁叶树，先取根露鸡爪①者，左右剪成三节②，然后起枝③。一枝一节，七枝到顶，或九枝到顶。枝忌对节如肩臂，节忌臃肿如鹤膝。须盘旋出枝④，不可光留左右，以避"赤胸露背"之病。又不可前后直出。有名"双起""三起"

者，一根而起两三树也。如根无爪形，便成插树，故不取。

然一树剪成，至少得三四十年，余生平仅见吾乡万翁名彩章者，一生剪成数树。又在扬州商家见有虞山游客携送黄杨翠柏各一盆，惜乎明珠暗投⑤，余未见其可⑥也。若留枝盘如宝塔，扎枝曲如蚯蚓者，便成匠气矣。

【注释】

① 鸡爪：根形似鸡爪。
② 节：植物枝干交接的部位。
③ 起枝：留下枝干上旁出的枝条。
④ 盘旋出枝：沿着四面八方留出枝条。
⑤ 明珠暗投：指名贵之物没有得到真正的赏识者。
⑥ 可：赞赏，满意。

【译文】

如果移栽花木，不妨歪斜着取势，听任它歪斜着长在盆中，一年之后，枝叶自然能够向上。如果每棵都直着栽，就难以具有姿态。至于修剪盆景树木的枝叶，先选取根的形状似鸡爪的，将它的下部剪去三节，然后留枝，一节留一枝，七枝到顶，或九枝到顶，一根枝干上要避免两根枝条像手臂那样对称地长出，结节处要避免像鹤膝那样臃肿突出。必须沿着四面八方地向上留出枝条，不可光留左右的枝条，以避免"赤胸露背"的弊病，又不可前后直出枝条。有所谓"双起""三起"的，是一兜树根上长出两三棵树来，如果根不是鸡爪形，就会变成树木扦插，所以不宜选取。

然而盆景中一棵树木修剪成功，至少得三四十年。我一生只见过我们同乡有个叫万彩章的老人，一生修剪了好几棵盆景树木。我还在扬州一个商人家里看到有常熟虞山的游客带来送给他的黄杨、翠柏盆景各一盆，可惜是明珠暗投，我不认为这样做有什么可取的。如果所留的枝条盘旋得像宝塔，扎的枝条弯曲得像蚯蚓，那就成匠气了。

点缀盆中花石，小景可以入画，大景可以入神。一瓯清茗，神能趋入其中，方可供幽斋之玩。种水仙无灵璧石①，余尝以炭之有石意者代之。黄芽菜②心，其白如玉，取大小五七枝，用沙土植长方盆内，以炭代石，黑白分明，颇有意思。以此类推，幽趣无穷，难以枚举。如石菖蒲③结子，用冷米汤同嚼喷炭上，置阴湿地，能长细菖蒲，随意移养盆碗中，茸茸可爱。以老莲子磨薄两头，入蛋壳使鸡翼之，俟雏成取出，用久年燕巢泥加天门冬④十分之二，捣烂拌匀，植于小器中，灌以河水，晒以朝阳，花发大如酒杯，叶缩如碗口，亭亭可爱。

【注释】

① 灵璧石：一种点缀盆景的小石头。
② 黄芽菜：大白菜的俗称。
③ 石菖蒲：草本植物，形似菖蒲，但植株矮小，多栽培供观赏。根状茎可以入药。
④ 天门冬：亦称"天冬草"，多年生攀援草本。块根可入药。

【译文】

点缀盆景中的花石，小景可以富有画意，大景可以神奇莫测。一碗清茶，神志能进入其中，才可供人在清幽的斋屋中品尝。种水仙没有灵璧石，我曾经用煤炭中有石头意趣的去代替。大白菜心，白得像玉，我选用大小五七棵，用沙土种在方形盆中，用煤炭代替盆石，黑白分明，饶有意趣。类似于这样的很多，幽趣无穷，难以一一列举。例如把石菖蒲的种子和冷米汤一起嚼碎，喷在煤石上，放在阴凉潮湿的地方，能长出细细的菖蒲苗，随意移植在盆碗之中，绿茸茸的十分可爱；把老莲子两头磨薄，放到蛋壳中让母鸡去孵它，等到小鸡出来时把它取出，再用陈年燕巢泥加上天门冬十分之二，捣烂拌匀，把老莲子种在小器皿中，用河水浇灌，用朝阳照晒，莲花长出后，只有酒杯那么大，叶子缩小到只有碗口大，亭亭可爱。

若夫园亭楼阁，套室回廊，叠石成山，栽花取势，又在大中见小，小中见大，虚中有实，实中有虚，或藏或露，或浅或深，不仅在"周、回、曲、折"四字，又不在地广石多，徒烦工费。或掘地堆土成山，间以块石，杂以花草，篱用梅编，墙以藤引，则无山而成山矣。大中见小者：散漫处植易长之竹，编易茂之梅以屏之。小中见大者：窄院之墙，宜凹凸其形，饰以绿色，引以藤蔓，嵌大石，凿字作碑记①形，推窗如临石壁，便觉峻峭无穷。虚中有实者：或山穷水尽处，一折而豁然开朗；或轩阁设厨处，一开而可通别院。实中有虚者：开门于不通之院，映以竹石，如有实无也；设矮栏于墙头，如上有月台②，而实虚也。

贫士屋少人多，当仿吾乡太平船③后梢之位置，再加转移其间。台级为床，前后借凑，可作三榻，间以板而裱以纸，则前后上下皆越绝④。譬之如行长路，即不觉其窄矣。余夫妇乔寓扬州时，曾仿此法。屋仅两椽，上下卧房、厨灶、客座皆越绝，而绰然有余。芸曾笑曰："位置虽精，终非富贵家气象也。"是诚然欤！

【注释】

① 碑记：石上镌刻文字，作纪念物或标记。
② 月台：赏月的露天平台。
③ 太平船：有舱可居的小船。
④ 越绝：打破原有界限，形成相对独立的空间。

【译文】

如果布置园亭楼阁、套室回廊，或者叠石成山、栽花取势，又宜于从大中见小、小中见大,使之虚中有实、实中有虚,或藏或露,或深或浅,并不仅仅在于"周回曲折"四字,也不在于地广石多,那只能是徒费工本劳力而已。或者挖地堆成土山,间杂着堆些石块,散漫地种上些花草,篱笆用梅枝编成,墙上用藤蔓牵满,则无山而有山了。大中见小的方法:空荡之处种上容易生长的竹子,编成容易茂盛的梅篱来遮挡;小中见大的方法:窄院中的墙壁,适宜做得凸凹不平,用绿色装饰,牵上藤蔓,嵌上大石,石上凿字使它好像是碑记一样,推窗而望,如临石壁,便会使人觉得峻峭开阔;虚中有实的办法:或在仿佛山穷水尽之处,使人一拐弯而豁然开朗,或在轩阁中设有厨房之处,一开门又通别院;实中有虚的方法:在封闭的院子中开一个假门用竹石掩映,好像开门另有院落,其实没有;在墙头上设上矮栏杆,好像上面有个阳台,其实没有。

贫士屋少人多,房屋可以仿照我们乡里的"太平船"后舱的设计,再加上可以拆开、移动的家具。以台阶作为床榻,前后互相借用,可以设置三张床榻;再用板壁隔开裱上纸,则前后、上下都形成了独立的空间。空间一多,譬如走长路,就不觉得它窄了。我们夫妻寄寓在扬州时,曾仿效过这个方法,屋子仅有两间,而我们把卧房、厨房、客厅安排得有上有下,都打破了原来的空间界限,所以显得绰绰有余。芸曾经笑着说:"安排位置虽然精巧,终于不是富贵人家的派头。"这话是确实的啊!

余扫墓山中,检有峦纹可观之石,归与芸商曰:"用油灰[①]叠宣州石于白石盆,取色匀也。本山黄石虽古朴,亦用油灰,则黄白相间,凿痕毕露,将奈何?"芸曰:"择石之顽劣者,捣末于灰痕处,乘湿糁[②]之,干或色同也。"乃如其言,用宜兴窑长方盆叠起一峰,偏于左而凸于右,背作横方纹,如云林石法[③],嶙岩凹凸,若临江石矶[④]状。虚一角,用河泥种千瓣白萍。石上植茑萝[⑤],俗呼云松。经营数日乃成。至深秋，茑萝蔓延满山，如藤萝之悬石壁，花开正红色，白萍亦透水大放，红白相间，神游其中，如登蓬岛⑤。置之檐下，与芸品题：此处宜设水阁，此处宜立茅亭，此处宜凿六字曰"落花流水之间"，此可以居，此可以钓，此可以眺；胸中丘壑，若将移居者然。一夕，猫奴争食，自檐而堕，连盆与架，顷刻碎之。余叹曰："即此小经营，尚干造物忌耶！"两人不禁泪落。

【注释】

① 油灰：以熟桐油与石灰或石膏调拌而成的粘合剂，也可填嵌缺陷和平整表面。
② 糁（sán）：调拌。
③ 如云林石法：如倪云林所画山石的风格。云林，元画家倪瓒，号云林子。
④ 石矶（jī）：水边突出的大石。
⑤ 茑萝：蔓生植物，花冠红色。
⑥ 蓬岛：蓬莱，传说中的仙境。

【译文】

　　我在山中扫墓的时候，捡了一些纹路像山峦一样可供观赏的石头。回来后和芸商量说："人们通常用油石灰粘合宣州白石做成假山，放在白石盆中，是为了使色彩协调一致。山上的黄石虽然古朴，但如果也用油石灰粘，就会黄白相间，露出人工雕凿的痕迹，怎么办？"芸说："挑一些劣等的黄石，捣成碎末，抹在粘合之处，趁着油灰还没干时抹上，干了以后颜色可能会一致。"我于是照她所说的，用宜兴窑制的长方盆叠起一座假山，这假山偏于长盆左侧，而向右凸起，背面是横方石纹，好像是倪云林所画的山石，巉岩凸凹起伏，像临江的石矶一样。空出的一个角落，用河泥种上千瓣白萍，石峰上种上茑萝，俗称云松。这个盆景花了好几天才制作成。到了秋天，茑萝爬满石山，好像藤萝悬挂在峭崖之上，莴萝花是大红色的，白萍也从水中盛开，红白相映，人如果神游其中，仿佛登上蓬莱仙境。我把这盆假山放在屋檐下，与芸在一起观赏品评：这里适合设一个水阁；这里适合搭一个茅亭；这里适合凿上"落花流水之阁"六个字；这里可以住；这里可以钓鱼；这里可以眺望；胸中有着许许多多关于山水的构思设想，就好像我们要搬到这里住一样。有一天，猫儿打架，从屋檐上掉下来，把山石连盆带架都砸坏了。我叹息着说："这么一点小玩意也犯了造物主的忌讳了吗？"两个人不禁伤心落泪。

　　静室焚香，闲中雅趣。芸尝以沉速①等香，于饭镬②蒸透，在炉上设一铜丝架，离火半寸许，徐徐烘之，其香幽韵而无烟。佛手忌醉鼻嗅，嗅则易烂。木瓜③忌出汗，汗出，用水洗之。唯香橼④无忌。佛手木瓜亦有供法⑤，不能笔宣。每有人将供妥者随手取嗅，随手置之，即不知供法者也。

【注释】

① 沉速：沉香、速香，香木名。入水能沉叫沉香，轻虚能浮叫速香，也叫黄熟香。
② 饭镬（huò）：饭锅。
③ 木瓜：香果。椭圆形，淡黄色。
④ 香橼：香果。球形，果皮厚而粗糙，又名枸橼。
⑤ 供法：清供的方式。清供，摆设着供赏玩。

【译文】

　　静室中焚香，是闲时的雅趣。芸曾把沉香、速香用饭锅蒸透，在炉子上放一个铜丝架，离火半寸多高，用微火慢慢地烘烤，香气氤氲而没有烟。佛手忌讳醉酒者去嗅闻，嗅闻之后就容易烂。木瓜忌讳出汗，出了汗，要用水洗干净。只有香橼没有忌讳。佛手木瓜也各有供法，不能用文字说清楚。常有人将供好的香果随手取来嗅闻，然后随手放在一边，都是不知道供法的人。

余闲居，案头瓶花不绝。芸曰："子之插花，能备风晴雨露，可谓精妙入神；而画中有草虫一法，盍仿而效之？"

余曰："虫踯躅①不受制，焉能仿效？"

芸曰："有一法，恐作俑②罪过耳。"

余曰："试言之。"

芸曰："虫死色不变。觅螳螂蝉蝶之属，以针刺死，用细丝扣虫项系花草间，整其足，或抱梗，或踏叶，宛然如生，不亦善乎？"

余喜，如其法行之，见者无不称绝。求之闺中，今恐未必有此会心者矣。

余与芸寄居锡山③华氏时，华夫人以两女从芸识字。乡居院旷，夏日逼人，芸教其家作活花屏法，甚妙。

每屏一扇，用木梢④二枝，约长四五寸，作矮条凳式，虚其中，横四档，宽一尺许，四角凿圆眼，插竹编方眼，屏约高六七尺，用砂盆种扁豆，置屏中，盘延屏上，两人可移动。多编数屏，随意遮拦，恍如绿荫满窗，透风蔽日。纡回曲折，随时可更，故曰"活花屏"。有此一法，即一切藤本香草，随地可用。此真乡居之良法也。

【注释】

① 踯躅：徘徊貌，在此指昆虫蹦蹦跳跳。
② 作俑：制造殉葬用的偶像。后用以比喻首开恶例。
③ 锡山：在无锡西郊，惠山以东小丘。
④ 木梢：木材中的梢料，即以树木末端作料。

【译文】

我闲居在家时，几案上的插花从来不断。芸说："你所插的花，能兼备风晴雨露时的各种意态，可谓出神入化，而绘画中花草之间常有昆虫，你何不效法一下呢？"我说："昆虫东蹦西跑不听摆布，怎么能效法呢？"芸说："我有一个办法，只是怕为做坏事开了头，是罪过。"我说："你说说看。"芸说："昆虫死了之后颜色不变。你可以捉些螳螂、蝉、蝴蝶之类，用针把它刺死，用细线系住它的颈脖，把它系在花草之间，整理一下它的脚，使它或是抱住枝梗，或是踏在叶上，看上去栩栩如生，不是很好吗？"我很高兴，照她说的去做。看到的人没有不叫绝的。如今倘若到闺阁中去寻找，恐怕未必有像芸这样能领悟艺术意趣的人了。

我和芸在锡山华家借住的时候，华夫人要两个女孩跟着芸认字，农村的院子很宽阔，夏天太阳炎热逼人。芸教华家制作"活花屏"的方法，很巧妙。每个活花屏只一扇，用两支四五寸长的细树梢做成矮条凳的样子，让中间空着，安四个横档，宽一尺左右，四个角都凿上眼，在眼里插上竹编的方格，屏大概六七尺高，再用紫砂花盆种上扁豆放在屏里面，让扁豆藤弯弯曲曲地攀在屏上，两个人就可以挪动。多编几个这样的屏，随意摆在什么地方作遮蔽、隔栏之用，就像一扇扇有绿荫的窗户，既透风又遮太阳，可以摆成各种形态，而且随时可以变换摆法，所以叫做"活花屏"，有了这个办法，就是别的一切藤本植物或有蔓的香草，都可以用来制作，这真是住在乡村享受的好办法啊！

友人鲁半舫，名璋，字春山，善写松柏或梅菊，工隶书，兼工铁笔①。余寄居其家之萧爽楼一年有半。楼共五椽②，东向，余居其三。晦明风雨③，可以远眺。庭中木犀一株，清香撩人。有廊有厢，地极幽静。移居时，有一仆一妪，并挈其小女来。仆能成衣，妪能纺绩。于是芸绣，妪绩，仆则成衣，以供薪水。余素爱客，小酌必行令。芸善不费之烹庖，瓜蔬鱼虾，一经芸手，便有意外味。同人知余贫，每出杖头钱④，作竟日叙。余又好洁，地无纤尘，且无拘束，不嫌放纵。

时有杨补凡名昌绪，善人物写真；袁少迂名沛，工山水；王星澜名岩，工花卉翎毛，爱萧爽楼幽雅，皆携画具来，余则从之学画。写草篆，镌图章，加以润笔⑤，交芸备茶酒供客。终日品诗论画而已。更有夏淡安、揖山两昆季，并缪山音、知白两昆季，及蒋韵香、陆橘香、周啸霞、郭小愚、华杏帆、张闲酣诸君子，如梁上之燕，自去自来。芸则拔钗沽酒⑥，不动声色，良辰美景，不放轻过。今则天各一方，风流云散，兼之玉碎香埋，不堪回首矣！

【注释】

① 铁笔：刻印以刀代笔，故称铁笔。
② 椽（chuán）：放在檩子上架屋瓦的木条。也指房屋间数。
③ 晦明风雨：阴、晴、刮风、下雨。这里泛指各种气候条件。
④ 杖头钱：《世说新语·任诞》："阮宣子（修）常步行，以百钱挂杖头，至酒店便独酣畅。"后因称买酒钱为杖头钱。
⑤ 润笔：泛指写作书画所得的酬金。
⑥ 拔钗沽酒：妇女卖掉金钗为丈夫买酒。唐·元稹《遣悲怀》："泥他沽酒拔金钗。"形容妻贤。

【译文】

我的朋友鲁半舫，名璋，字春山，善画松柏菊梅，善写隶书，还善于篆刻，我寄居在他家的萧爽楼中有一年半的时间。萧爽楼共有五间房，朝向东，我住三间。不论是阴晴风雨，在楼上都可以远眺。院中有一棵桂花树，清香扑鼻。楼中有走廊和厢房，地点极幽静。我们搬到这里来时，有一个仆人、一个仆妇，并带着他的小女儿同来。仆人能做衣服，仆妇能纺线织布。这样芸刺绣、仆妇织布、仆人成衣，所得的钱用来做日常生活的费用。我一向好客，小饮总要行酒令。芸善于做花钱不多的饭菜，瓜果、蔬菜、鱼虾，一经芸的烹饪，就有特别的香味。朋友们知道我穷，常常自己掏钱买酒菜，在我这里盘桓整日。我又很爱清洁，地下没有一点灰尘，自己无拘无束，也不嫌别人放纵。当时有个杨补凡，名叫昌绪，善于画人物写生；袁少迂，名叫沛，善画山水；王星澜，名岩，善画花卉鸟兽；他们喜欢萧爽楼的幽静，都带着画具前来作画。我就跟着他们学。我写草书、篆书，刻印章，得到的润笔费交给芸，让她准备茶酒款待客人。那时我们每天只顾品诗论画。还有夏淡安、夏揖山两兄弟，缪山音、缪知白两兄弟，以及蒋韵香、陆橘香、周啸霞、郭小愚、华杏帆、张闲酣等友人，像梁上燕子一样，自由来去。芸卖掉自己的陪嫁首饰，款待客人，毫无怨言，对于良辰美景，从不轻易放过。如今朋友天各一方，风流云散，加上爱妻已死，玉碎香埋，往事令人不堪回首！

萧爽楼有四忌：谈官宦升迁，公廨①时事，八股时文，看牌掷色②；有犯必罚酒五斤。有四取：慷慨豪爽，风流蕴藉，落拓不羁，澄静缄默。长夏无事，考对为会③。每会八人，每人各携青蚨④二百。先拈阄⑤，得第一者为主考，关防别座⑥；第二者为誊录⑦，亦就座；余作举子，各于誊录处取纸一条，盖用印章。主考出五七言各一句，刻香为限，行立构思，不准交头私语。对就后投入一匣，方许就座。各人交卷毕，誊录启匣，并录一册，转呈主考，以杜徇私。十六对中取七言三联，五言三联。六联中取第一者即为后任主考，第二者为誊录。每人有两联不取者罚钱二十文，取一联者免罚十文，过限者倍罚。一场，主考得香钱百文。一日可十场，积钱千文，酒资大畅矣。唯芸议为官卷⑧，准坐而构思。

【注释】

① 公廨（xiè）：官府，官署。
② 掷色：掷骰子。
③ 考对为会：集会做对子为戏。
④ 青蚨：指钱。青蚨原为昆虫名，《搜神记》载：以青蚨血涂钱购物，钱能飞回。
⑤ 拈阄（jiū）：即抓阄。遇难决之事时，以标有记号的纸片或纸团，抽取其一，以做决定。
⑥ 关防别座：为了防止泄密单独坐在一处。关防，防范，禁制。
⑦ 誊录：抄写记录的人。
⑧ 官卷：受到特殊待遇的考生。

【译文】

萧爽楼有四忌：忌谈官吏的升迁，忌谈官场的时闻，忌作八股文章，忌打牌赌博，有违犯者罚酒五斤。有四取：慷慨豪爽，风流儒雅，放旷不羁，沉静缄默。夏日天长，闲着无事，大家一起聚会对对子。每场八人，每人各带两百文钱。首先拈阄，拈得第一名的当主考官，为了防止泄密，他单独坐在一处；第二名当誊录，也入座；其他的人当考生。考生每人到誊录那里拿一张纸，盖上私章，主考官出五言诗、七言诗各一句，燃香计时，考生们或者走着或者站着构思，不准交头接耳。对子做好后，投进一个匣子里，才准许就座。每人都交卷后，誊录打开匣子，把所有考卷上的对子誊写到一张纸上，转交给主考官，以防徇私舞弊。在十六个对子中，录取七言诗三联、五言诗三联。六联之中得第一名的人就任下一场的主考官，第二名当誊录。如果有两联没有被录取的，罚钱二十文，只录取一联的，罚钱十文，超过时限的加倍罚钱。一场完毕，主考官可以得到香火钱上百文，一天对十场，大家一共可集钱千文，买酒钱绰绰有余了。唯有芸被批准为受优待的考生，可以坐着构思。

杨补凡为余夫妇写载花小影①,神情确肖。是夜月色颇佳,兰影上粉墙,别有幽致。星澜醉后兴发曰:"补凡能为君写真,我能为花图影。"

余笑曰:"花影能如人影否?"

星澜取素纸铺于墙,即就兰影用墨浓淡图之。日间取视,虽不成画,而花叶萧疏,自有月下之趣。芸甚宝之,各有题咏②。

【注释】

① 载花小影:似应为用花装饰的画像。
② 各有题咏:每个人都在画上题字赋诗。

【译文】

杨补凡为我们夫妇画了一张载花小像,神情毕肖。这一夜月色很好,兰花的影子投射在粉墙上,别有一番幽雅的情致。王星澜乘着酒兴对我说:"补凡能为你们画像,我能为兰花绘影。"

我笑着说:"花影能比得上人影吗?"

星澜取来宣纸铺在墙上,就照着兰花的影子用浓淡墨描摹涂写。第二天白天拿来一看,虽然没有布局章法,但花叶潇洒疏朗,有一种月光下的自然之趣。芸非常珍惜它,朋友们都在上面各有题字赋诗。

苏城有南园、北园二处,菜花黄时,苦无酒家小饮;携盒而往,对花冷饮,殊无意味。或议就近觅饮者,或议看花归饮者,终不如对花热饮为快。众议未定,芸笑曰:"明日但各出杖头钱,我自担炉火来。"众笑曰:"诺。"众去,余问曰:"卿果自往乎?"芸曰:"非也。妾见市中卖馄饨者,其担锅灶无不备,盍雇之而往?妾先烹调端整①,到彼处再一下锅,茶酒两便。"

余曰:"酒菜固便矣。茶乏烹具。"

芸曰:"携一沙罐去,以铁叉串罐柄,去其锅,悬于行灶②中,加柴火煎茶,不亦便乎?"

余鼓掌称善。街头有鲍姓者,卖馄饨为业,以百钱雇其担,约以明日午后。鲍欣然允议。明日看花者至,余告以故,众咸叹服。饭后同往,并带席垫,至南园,择柳荫下团坐。先烹茗,饮毕,然后暖酒烹肴。是时风和日丽,遍地黄金,青衫红袖③,越阡度陌④,蝶蜂乱飞,令人不饮自醉。既而酒肴俱熟,坐地大嚼。担者颇不俗,拉与同饮。游人见之,莫不羡为奇想。杯盘狼藉,各已陶然,或坐或卧,或歌或啸。红日将颓,余思粥,担者即为买米煮之,果腹⑤而归。

芸问曰:"今日之游乐乎?"

众曰:"非夫人之力不及此。"大笑而散。

【注释】

① 烹调端整:把烹饪的准备工作先做好。
② 行灶:指馄饨担上的灶火。
③ 青衫红袖:代指青年男女。
④ 越阡度陌:在田野上四处行走。
⑤ 果腹:吃饱肚子。

【译文】

苏州城里有南园、北园二处郊区,油菜花开时,郊游的不便之处是那里没有酒店可以饮酒。带着酒菜前往,对花冷饮,也没趣味。有朋友提议就近找酒店,有的说看花回来再饮酒,但这些到底不如边吃热菜喝热酒边赏花那么快乐。大家的讨论没有结果,芸笑着说:"明天你们各位只管拿买酒钱来,我自然会担着炉火来。"大家笑着说:"好。"

众人走后,我问她说:"你真的自己挑着炉火去吗?"

芸说:"不是的。我看到街市上卖馄饨的人,担子里锅灶无不齐备,何不雇上他一起去?我先把酒菜准备好,到那里再热一下,茶酒都有了。"

我说:"酒菜固然热着方便,烹茶却没有炊具。"

芸说:"我带一个沙罐去,用铁叉串着罐把,把锅拿下来,把沙罐悬在灶火上,添上柴火烹茶,不也很方便吗?"

我拍手叫好。街市上有个姓鲍的,以卖馄饨为业,我们用一百文钱雇了他的担子,约好明天午后去,姓鲍的欣然答应了。第二天看花的朋友来了,我告诉他们芸的主意,众人都称赞佩服。吃过午饭后大家一起出发,并带上了席垫,到了南园,挑了一处柳荫底下团团围坐。先烹茶,喝完茶,接着烫酒热菜。这天风和日丽,遍地黄花,青年男女在田野上四处嬉戏游玩,蝶舞蜂飞,良辰美景令人不饮自醉。过了一会儿,酒菜都热了,众人坐在地上大饱口腹,挑馄饨担的人也很不俗气,我们拉他一起饮酒,游人们看见了,莫不羡慕我们的奇思妙想。酒菜吃得杯盘狼藉,大家也都陶然欲醉,有的坐着,有的躺着,有的唱歌,有的长啸。太阳快要落山时,我想吃点稀粥,挑担的人就去买了米煮粥,大家吃得饱饱的方才回家。

芸问众人:"今天的郊游快活吗?"

众人说:"没有夫人的聪明才智,哪会有如此快活!"大笑而散。

贫士起居服食,以及器皿房舍,宜省俭而雅洁。省俭之法,曰"就事论事"。余爱小饮,不喜多菜。芸为置一梅花盒,用二寸白磁深碟六只,中置一只,外置五只,用灰漆就,其形如梅花。底盖均起凹楞,盖之上有柄如花蒂,置之案头,如一朵墨梅覆桌;启盖视之,如菜装于花瓣中。一盒六色,二三知己,可以随意取食,食完再添。另做矮边圆盘一只,以便放杯、箸、酒壶之类,随处可摆,移掇[①]亦便。即食物省俭之一端也。余之小帽领袜,皆芸自做。衣之破者，移东补西，必整必洁。色取暗淡，以免垢迹，既可出客，又可家常。此又服饰省俭之一端也。初至萧爽楼中，嫌其暗，以白纸糊壁，遂亮。夏月，楼下去窗，无栏杆，觉空洞无遮拦。芸曰："有旧竹帘在，何不以帘代栏？"

余曰："如何？"

芸曰："用竹数根，黝黑色，一竖一横，留出走路。截半帘，搭在横竹上，垂至地，高与桌齐。中竖短竹四根，用麻线扎定，然后于横竹搭帘处，寻旧黑布条，连横竹裹缝之。既可遮拦饰观，又不费钱。"此"就事论事"之一法也。以此推之，古人所谓"竹头木屑皆有用"，良有以也。

夏月荷花初开时，晚含而晓放。芸用小纱囊撮茶叶少许，置花心。明早取出，烹天泉水②泡之，香韵尤绝。

【注释】

① 移掇（duō）：搬动。掇，端起。
② 天泉水：此处疑为雨水。

【译文】

贫士的起居服装饮食，以及所用器皿，所住房舍，都宜于省俭而雅致洁净。省俭的办法，叫做"就事论事"。我喜欢喝点酒，但下酒菜不喜欢太多。芸为我准备了一个梅花盒，用六只二寸大小的白磁深碟放在里面，中间放一只，外面放五只，盒子用深灰色漆好，形状像一朵梅花，底和盖子上都有突出的木楞花纹，盖上还有个像花蒂一样的把，放在几案上，宛若一朵梅花覆桌。打开盖子看，菜好像装在花瓣中。一盒可以放六种菜，二三个知心朋友，可以随意作下酒菜吃，吃完再添。另外还做了一只矮脚圆盘，以便放杯、筷、酒壶之类，随便摆在哪里，移动也很方便。这是食物上节省的一个方法。我的衣帽鞋袜，都是芸亲手制作，衣服破了，挪东补西，但总是整整齐齐，干干净净。衣服颜色选用深色,这样就不容易弄脏,既可外出会客时穿,又可在家里随意穿,这是服装省俭的一个办法。我们刚到萧爽楼时,嫌光线太暗,用白纸糊了墙壁,就亮了起来。夏天,楼下去掉了窗户,没有栏杆,觉得空空荡荡的没遮拦,芸说:"有旧竹帘在,何不用竹帘代替栏杆?"

我说:"怎么代法?"

芸说:"用几根竹竿,涂成黑色,竖一根,横一根,留出活动的地方。截半截竹帘,搭在横竹上,垂到地上,高度与桌子并齐,中间竖上四根短竹,用麻线扎牢,然后在横竹竿搭帘子的地方,找些黑布条连横竹一起裹着缝起来,既可以遮住视线,又不费钱。"这也就是"就事论事"的一个方法。以此类推,古人所说的"竹头木屑皆有用",是有道理的。

夏天荷花刚开放时,晚上含苞而早上开放。芸用小纱囊装进少许茶叶,放在荷花心中。第二天清早取出,烹煮天泉水泡茶,清香幽韵尤其佳妙。

卷三 坎坷记愁

　　人生坎坷何为乎来哉？往往皆自作孽耳。余则非也！多情重诺，爽直不羁，转因之为累。况吾父稼夫公，慷慨豪侠，急人之难，成人之事，嫁人之女，抚人之儿，指不胜屈，挥金如土，多为他人。余夫妇居家，偶有需用，不免典质。始则移东补西，继则左支右绌①。谚云："处家人情，非钱不行。"先起小人之议，渐招同室②之讥。"女子无才便是德"③，真千古至言也！

　　余虽居长而行三，故上下呼芸为"三娘"，后忽呼为"三太太"④。始而戏呼，继成习惯，甚至尊卑长幼，皆以"三太太"呼之。此家庭之变机欤？

【注释】

① 左支右绌（chù）：左边支出，右边短缺。绌，不足。
② 同室：指一家人。
③ "女子无才便是德"：此为封建社会妇女观，作者因其妻芸有才而命蹇，故作此叹。
④ 三太太："三太太"比之"三娘"，是较为新潮的称呼。

【译文】

　　人生为什么会坎坷多难呢？往往是由于人自己做坏事造成了不良后果。我则不是这样！多情重诺、爽直不羁的性格，反而给我带来了负累。况且我的父亲稼夫公，为人慷慨豪爽，急人之急，成人之事，帮助朋友嫁女儿，抚养儿子，这样的事情多得举不胜举，他挥金如土，多半是为了别人。我们夫妇居家过日子，偶然需要用钱，难免去典卖家当。开始是借东补西，接着是左右为难。谚语说："处家人情，非钱不行"，我们先惹起小人们的议论，渐渐招致家人们的讥笑。"女子无才便是德"，真是一句千古不变的至理名言啊！

我虽然是长子，但在家族中排行第三，因此家里上上下下的人都叫芸为"三娘"。后来又忽然叫她"三太太"，开始是戏称，继而成了习惯，甚至不论是尊卑长幼，都叫她"三太太"。这莫非是家庭变故的征兆吗？

乾隆乙巳①，随侍吾父于海宁②官舍。芸于吾家书中附寄小函。吾父曰："媳妇既能笔墨，汝母家信付彼司之。"后家庭偶有闲言，吾母疑其述事不当，仍不令代笔。吾父见信非芸手笔，询余曰："汝妇病耶？"余即作札问之，亦不答。久之，吾父怒曰："想汝妇不屑代笔耳！"迨余归，探知委曲③，欲为婉剖④。芸急止之曰："宁受责于翁，勿失欢于姑也。"竟不自白。

【注释】

① 乾隆乙巳：乾隆五十年（1785）。
② 海宁：县名，在浙江嘉兴南部，也称盐官。
③ 委曲：事情的底细和原委。
④ 婉剖：委婉地剖白。

【译文】

乾隆乙巳年（1785），我跟随、服侍父亲到浙江海宁的官舍。芸在寄给父亲的家书中附了一封给我的短信。我的父亲说："你媳妇既然能写信，你母亲以后写家信可由她来代笔。"后来家庭中偶然有些矛盾，我母亲疑心芸在家信中述事不当，仍旧不让她代笔。我父亲看到家信不是芸的手笔，就问我说："你媳妇病了吗？"我于是写信回去问，芸也不回答。时间一长，我父亲发怒了，说："看来你媳妇是不屑于代笔写家信！"等我回家以后，弄清了她不写信的原因，准备向父亲委婉地解释一下，芸急忙制止说："宁可被公公责备，不可被婆婆嫌弃。"竟然不去解释。

庚戌①之春，予又随侍吾父于邗江②幕中。有同事俞孚亭者，挈眷③居焉。吾父谓孚亭曰："一生辛苦，常在客中，欲觅一起居服役之人④而不可得。儿辈果能仰体亲意，当于家乡觅一人来，庶语音相合⑤。"孚亭转述于余，密札致芸，倩媒物色，得姚氏女。芸以成否未定，未即禀知吾母。其来也，托言邻女之嬉游者。及吾父命余接取至署，芸又听旁人意见，托言吾父素所合意者。吾母见之曰："此邻女之嬉游者也，何娶之乎？"芸遂并失爱于姑矣。

【注释】

① 庚戌：乾隆五十五年（1790）。
② 邗（hán）江：在今江苏扬州一带。
③ 挈眷：带着家眷。
④ "欲觅"句：即意欲纳妾。
⑤ 庶语音相合：只希望说话口音相合。庶，幸，希冀之辞。

【译文】

庚戌年（1790）的春天，我又跟随、服侍父亲到邗江的幕府中。当时父亲有个同事叫俞孚亭的，带着家眷在那里居住。我父亲对俞孚亭说："我一生辛苦，常常客居在外，想找一个能照顾我饮食起居的人而不可得。做儿子的如果真的能体谅关心我的话，应当从家乡帮我找一个人来，只希望说话口音相合就行了。"俞孚亭把父亲的意思转告给我，我悄悄写信给芸，请她当媒人帮着物色挑选。芸找到一个姓姚的女子，因为不能肯定这事能不能成，就没有即时禀告我母亲。姚女来的时候，芸借口说是邻女到那里去游玩，等到我父亲命令我把姚女接娶到他寓所后，芸又听从旁人意见，托言我父亲一向就看中这个女子。我母亲见到姚氏女时说："既然是邻女去那里游玩，为什么你公公又娶了她？"芸从此便失去了我母亲的欢心。

壬子①春，余馆②真州③，吾父病于邗江，余往省，亦病焉。余弟启堂时亦随侍。芸来书曰："启堂弟曾向邻妇借贷，倩芸作保，现追索甚急。"余询启堂，启堂转以嫂氏为多事。余遂批纸尾曰："父子皆病，无钱可偿，俟启堂弟归时，自行打算可也。"未几，病皆愈，余仍往真州。芸复书来，吾父拆视之，中述启弟邻项事，且云"令堂以老人之病皆由姚姬而起。翁病稍痊，宜密嘱姚托言思家，妾当令其家父母到扬接取。实彼此卸责之计也"。吾父见书怒甚。询启堂以邻项事，答言不知。遂札饬④余曰："汝妇背夫借债，谗谤小叔，且称姑曰'令堂'，翁曰'老人'，悖谬之甚！我已专人持札回苏斥逐。汝若稍有人心，亦当知过！"余接此札，如闻晴天霹雳，即肃书认罪，觅骑遄归⑤，恐芸之短见也。到家述其本末，而家人乃持逐书至，历斥多过，言甚决绝。芸泣曰："妾固不合妄言，但阿翁当恕妇女无知耳。"越数日，吾父又有手谕⑥至，曰："我不为已甚，汝携妇别居，勿使我见，免我生气足矣。"

【注释】

① 壬子：乾隆五十七年（1792）。
② 馆：在此为"任职"之意。即当幕僚。
③ 真州：在今江苏仪征县。
④ 札饬（chì）：写信训诫。
⑤ 遄（chuán）归：立即回家。
⑥ 手谕：上对下亲手写的命令。

【译文】

壬子年（1792）春天，我在真州当幕僚，我父亲在邗江生了病，我去探望他，也病了。我弟弟启堂当时也在那里服侍父亲。芸来信说："启堂弟曾向邻妇借钱，请我做担保人，现在邻妇催债很急。"我问启堂这件事，启堂反怪嫂嫂多事，我于是在给芸的回信后面写道："我们父子都病了，没钱可还，等到启堂弟回去后，自行处理这件事。"没过多久，我们的病都好了，我仍然回真州去。芸又写信来给我，是我父亲拆开看的，信中说到启堂借邻妇钱的事，又说："你母亲认为老人的病都是姚姬所引起的，现在公公病已稍稍痊愈，你可悄悄吩咐姚姬借口想家，我让她父母到扬州把她接回来，这实在是你我在这件事上推卸责任的办法。"我父亲看了信后十分恼怒，问启堂是否有借邻妇钱的事，启堂回答说没有。于是父亲写信斥责我说："你的媳妇背着你借债，诬赖到小叔身上，并且称婆婆为'你的母亲'，称公公为'老人'，实在是大逆不道！我已派专人带着书信回苏州去斥逐她，你要是稍稍有点人心，也应当知过。"我接到这封信，如闻晴天霹雳，立即非常恭敬地写了一封信承认错误，觅了一个坐骑立即赶回家中，唯恐芸会寻短见。回家后我把事情的前前后后一说，而父亲派的家人也拿着驱逐芸的书信回来了，信中历数芸的过错，言语十分决绝。芸哭着说："我固然不应当胡言乱语，但公公应当饶恕女流之辈的无知。"又过了几天，我父亲又写来手谕，说："我不做过头的事，你可带着你媳妇到别处去住，别让我看见，别让我生气就够了。"

乃寄芸于外家，而芸以母亡弟出，不愿往依族中①。幸友人鲁半舫闻而怜之，招余夫妇往居其家萧爽楼。越两载，吾父渐知始末。适余自岭南归，吾父自至萧爽楼，谓芸曰："前事我已尽知，汝盍归乎？"余夫妇欣然仍归故宅，骨肉重圆。岂料又有憨园之孽障耶！

芸素有血疾②，以其弟克昌出亡不返，母金氏复念子病没，悲伤过甚所致；自识憨园，年余未发，余方幸其得良药。而憨为有力者夺去，以千金作聘，且许养其母，佳人已属沙叱利③矣。余知之而未敢言也。及芸往探，始知之，归而呜咽，谓余曰："初不料憨薄情乃尔也！"

余曰："卿自情痴耳。此中人④何情之有哉！况锦衣玉食者未必能安于荆钗布裙也。与其后悔，莫若无成。"

因抚慰之再三，而芸终以受愚为恨，血疾大发。床席支离，刀圭无效⑤。时发时止，骨瘦形销。不数年而逋负⑥日增，物议日起。老亲又以盟妓⑦一端，憎恶日甚。余则调停中立，已非生人⑧之境矣。

【注释】

① 往依族中：去依靠她的宗族。
② 血疾：似指血崩，妇科疾病。
③ 沙叱利：唐传奇《柳氏传》中夺走柳氏的番将，在此借指夺走憨园者。
④ 此中人：指妓院中人。
⑤ 刀圭无效：医治无效。刀圭，古时量取药末的用具，后因以称医术。
⑥ 逋负：欠债。
⑦ 盟妓：与妓女结盟拜为姐妹。
⑧ 生人：活人。《庄子·至乐》："视子之言，皆生人之累也，死则无此矣。"

【译文】

于是我让芸寄居在她娘家，而芸因为母亲已死，弟弟出走，不愿意去投靠她的族人。幸亏，我的朋友鲁半舫听说后很同情我们，就邀请我们夫妇二人到他家的萧爽楼中去住。过了两年，我父亲渐渐知道了事情的原委。当时我刚从岭南回来,我父亲亲自到萧爽楼,对芸说:"以前的事情我已经清楚了,你们何不回去住呢?"我们夫妇欣然回家,仍然住在旧宅,一家骨肉得以团圆。但谁料到又有憨园这个孽障呢?

芸一向患有血疾,是因为她弟弟出门没有回来,她母亲思念儿子而病逝后,芸悲伤过度而引起的。自从认识了憨园后,她一年多没发病,我正庆幸她仿佛得到了良药,但后来憨园被强有力的人夺走了,那个人以千金作聘礼,并且答应养活她的母亲,佳人已属"沙叱利"了。我知道了这件事没有敢说,芸一直到去探望憨园后才知道。她回来哭着对我说:"当初想不到憨园薄情如此!"

我说:"你是一个情深的人,妓院中人有什么情义可言?况且锦衣玉食的人也未必能安于荆钗布裙。与其她将来后悔,不如现在不成。"

于是我再三安慰她,但芸还是以自己受了愚弄而失意抱恨,血疾大发,睡在床上十分衰弱,医治无效,病时发时止,骨瘦形销。不到半年我们欠债越来越多,家里人对我们也议论纷纷。父母亲又因芸与妓女结盟,对她日益憎恶,我虽然从中调停,但那时已不是人过的日子了。

芸生一女,名青君。时年十四,颇知书,且极贤能,质钗典服,幸赖辛劳。子名逢森,时年十二,从师读书。余连年无馆,设一书画铺于家门之内。三日所进,不敷一日所出,焦劳困苦,竭蹶①时形。隆冬无裘,挺身而过。青君亦衣单股栗②,犹强曰"不寒"。因是芸誓不医药。

偶能起床,适余有友人周春煦自福郡王幕中归,倩人绣《心经》③一部。芸念绣经可以消灾降福,且利其绣价之丰,竟绣焉。而春煦行色匆匆④,不能久待,十日告成。弱者骤劳,致增腰酸头晕之疾。岂知命薄者,佛亦不能发慈悲也!绣经之后,芸病转增,唤水索汤,上下厌之。

【注释】

① 竭蹶：力竭颠仆。
② 股栗：大腿发抖。
③ 《心经》：指佛教《般若波罗蜜多心经》。
④ 行色匆匆：匆匆要走的神态。

【译文】

芸生了一个女儿，叫青君，当时有十四岁，知书通文，并且十分贤慧能干。家里穷得典当首饰衣服，幸亏有她辛苦操劳。还有一个儿子叫逢森，当时有十二岁，在学堂里读书。我一连几年无书可教，在自己家门口开了一个书画铺，三天的收入，不够一天的支出。我焦虑、辛劳、困顿、清苦，常常是竭尽全力也维持不了家庭生活。在严寒的冬季，没有皮衣，我就穿着单衣硬挺过去，青君也是衣裳单薄，两腿簌簌发抖，还勉强说"不冷"。看到这种情况，芸发誓不再治病吃药。

芸偶尔能起床，刚好我的朋友周春煦从福郡王的幕府中回来，想请人绣一部《心经》，芸想到绣经可以消灾免祸，再加上绣价比较丰厚，于是就接了这件活。而周春煦又行色匆匆，不能久待，芸绣成《心经》只用了十天时间。衰弱的人骤然辛劳，以至于又添上了腰酸头晕的毛病。岂知命薄的人，佛也不能对她发慈悲！绣经之后，芸的病更重了，每天喂药端水，上上下下的人都厌烦她。

有西人①赁屋于余画铺之左，放利债为业，时倩余作画，因识之。友人某向渠借五十金，乞余作保，余以情有难却，允焉。而某竟挟资远遁。西人唯保是问，时来饶舌，初以笔墨为抵，渐至无物可偿。岁底吾父家居，西人索债，咆哮于门。吾父闻之，召余诃责曰："我辈衣冠之家，何得负此小人之债！"正剖诉间，适芸有自幼同盟姊适锡山华氏，知其病，遣人问讯。堂上误以为憨园之使，因愈怒曰："汝妇不守闺训，结盟娼妓。汝亦不思习上，滥伍②小人。若置汝死地，情有不忍，姑宽三日限，速自为计，迟必首汝逆③矣！"

【注释】

① 西人：山西或陕西人。
② 滥伍：随意结交。
③ 首汝逆：告你不孝之罪。

【译文】

有个山西人在我的画铺左边租了间屋，放高利贷为生，时常请我作画，因此彼此认识。有个朋友向他借五十两银子，请求我做保人，我因为人情难却，就同意了。而这个人竟然带着钱跑掉了。于是山西人拿我这个保人是问，经常来催债。起初我把笔墨抵押给他，后来便没有东西可以抵押。年底我父亲回家来住，山西人来讨债，在我家门口大叫大嚷，我父亲听说了，把我叫去训斥道："我们是诗礼之家，为何会欠这种小人的债！"我正准备加以解释，刚好芸有一个从小就结拜的盟姐，她已嫁给了锡山姓华的人家，听说芸病了，派人来问候。父母亲以为是憨园派来的，越发是火上加油，说："你媳妇不守闺中的规矩，和妓女结盟，你也不思进取，随意结交小人。若是置你们于死地，于心不忍，姑且限你们三天之内速速离家自谋生路，走晚了，我就要到官府去告你们的不孝之罪！"

芸闻而泣曰："亲怒如此，皆我罪孽。妾死君行，君必不忍；妾留君去，君必不舍。姑密唤华家人来，我强起问之。"

因令青君扶至房外，呼华使问曰："汝主母①特遣来耶？抑便道来耶？"曰："主母久闻夫人卧病，本欲亲来探望，因从未登门，不敢造次；临时嘱咐，倘夫人不嫌乡居简亵②，不妨到乡调养，践幼时灯下之言。"盖芸与同绣日，曾有疾病相扶之誓也。

因嘱之曰:"烦汝速归,禀知主母,于两日后放舟密来。"

其人既退,谓余曰:"华家盟姊,情逾骨肉,君若肯至其家,不妨同行。但儿女携之同往既不便,留之累亲又不可,必于两日内安顿之。"

【注释】

① 主母:女主人。指芸的同盟姊华氏。
② 简亵(xiè):简陋怠慢。

【译文】

芸听说后哭着说:"双亲如此动怒,都是我的罪过。如果我死了,你一人独行,你肯定会不忍心;如果我留下你一人出去,你必然又舍不得。暂且悄悄地叫华家的人来,我勉强起床问问他。"

于是芸叫青君扶着她走到房外,喊华氏派来的人前来问道:"是你家的主母特地派你来的呢?还是你顺便来的?"来人说:"我家的主母早就听说夫人生病,本来准备亲自来探望,因为从没登过门,不敢冒昧;我临走时她嘱咐我,若是夫人不嫌乡下居处简陋,不妨到乡下调养身体,以实践她与你童年在灯下绣花时所许的诺言。"原来芸与华氏在未出嫁前一起绣花时,曾立过疾病相互扶助的誓约。

芸嘱咐他说:"烦劳你速速回去,禀告你家主母,叫她两天之后派一只小舟悄悄地来。"

那个人走后,芸对我说:"华家盟姊对我的情义胜于骨肉,你如果愿意到她家去,我们不妨同去,但儿女既不能带着同去,又不能留在这里连累双亲,必须在两天之内安排好。"

时余有表兄王荩臣,一子名韫石,愿得青君为媳妇。芸曰:"闻王郎懦弱无能,不过守成之子,而王又无成可守;幸诗礼之家①,且又独子,许之可也。"余谓荩臣曰:"吾父与君有渭阳②之谊,欲媳青君，谅无不允。但待长而嫁，势所不能。余夫妇往锡山后，君即禀知堂上，先为童媳，何如？"芡臣喜曰："谨如命。"逢森亦托友人夏揖山转荐学贸易。

安顿已定，华舟适至。时庚申③之腊廿五日也。芸曰："子然出门，不唯招邻里笑，且西人之项无着，恐亦不放，必于明日五鼓悄然而去。"

余曰："卿病中能冒晓寒耶？"

芸曰："死生有命，无多虑也。"

密禀吾父，亦以为然。是夜，先将半肩行李挑下船，令逢森先卧。青君泣于母侧。芸嘱曰："汝母命苦，兼亦情痴，故遭此颠沛，幸汝父待我厚，此去可无他虑。两三年内，必当布置重圆。汝至汝家，须尽妇道，勿似汝母。汝之翁姑以得汝为幸④，必善视汝。所留箱笼什物，尽付汝带去。汝弟年幼，故未令知。临行时托言就医，数日即归。俟我去远，告知其故，禀闻祖父可也。"旁有旧妪，即前卷中曾赁其家消暑者，愿送至乡，故是时陪侍在侧，拭泪不已。

【注释】

① 诗礼之家：书香门第。
② 渭阳：《诗·秦风·渭阳》："我送舅氏，曰至渭阳。"后以渭阳表示甥舅关系。
③ 庚申：嘉庆五年（1800）。
④ 幸：幸运、幸福。

【译文】

当时我有个表兄叫王芡臣，他有个儿子叫韫石，愿意娶青君为妻。芸说："听说王芡臣的儿子懦弱无能，不过是个守成之子，而王芡臣又无成可守，所幸的是，他家还是个书香门第，他又是独子，可以同意这门亲事。"我对芡臣说："你和我父亲是甥舅关系，你要娶青君做儿媳妇，想来我的父母不会反对。但若是等到青君长大后再出嫁，现在的情况已经不允许。我们夫妇二人到锡山去之后，你就去禀告我的父母，先让青君做童养媳，如何？"王荩臣高兴地说："听从你的安排。"逢森也被朋友夏揖山托人推荐去学经商。

安排好以后，华氏家的船来了。当时是庚申年（1800）腊月二十五日。芸说："我们就这样带着行李贸然出门，不但会招邻居讥笑，而且山西人借债的事还没着落，恐怕他也不会放我们走。必须要在明天夜里五更后悄然离去。"

我说："你还在病中，能冒凌晨的风寒吗？"

芸说："死生有命，管不了那么多了。"

于是我私下里禀告父亲，他也同意我们的做法。这一夜，我先叫人把半担行李挑上船，让逢森先睡。青君守在她母亲身边哭泣。芸嘱咐她说："你的母亲命苦，又加上情痴，所以遭到这样的颠沛磨难。幸亏你父亲对我好，此去没有什么可忧虑的，两三年内，一定能叫全家人重新团圆。你到你婆家去，要尽妇道，不要学你母亲。你的公婆如果能享到你的福，肯定会善待你。家中所留的箱笼什物，都给你带走，你的弟弟年幼，所以没让他知道。临走时你可哄他说我去治病，几天就回，等我走远了，再告诉他原因。禀告祖父使他知道就行了。"旁边站着一个旧时的女佣，就是前卷中所写的我们曾租赁她家屋子消夏的那位老妈妈，愿意送我们到乡下，所以这时陪着站在一旁，不停地擦着眼泪。

将交五鼓，暖粥共啜①之。芸强颜笑曰："昔一粥而聚，今一粥而散；若作传奇②，可名《吃粥记》矣。"逢森闻声亦起，呻曰："母何为？"

芸曰："将出门就医耳。"

逢森曰："起何早？"

曰："路远耳。汝与姊相安在家,毋讨祖母嫌。我与汝父同往,数日即归。"

鸡声三唱,芸含泪扶妪,启后门将出,逢森忽大哭,曰:"噫,我母不归矣!"

青君恐惊人,急掩其口而慰之。当是时,余两人寸肠已断,不能复作一语,但止以"勿哭"而已。青君闭门后,芸出巷十数步,已疲不能行,使妪提灯,余背负之而行。将至舟次③,几为逻者所执,幸老妪认芸为病女,余为婿,且得舟子皆华氏工人,闻声接应,相扶下船。解维后,芸始放声痛哭。是行也,其母子已成永诀矣!

【注释】

① 啜(chuò):喝。
② 传奇:小说体裁之一。
③ 舟次:船的停泊地。次,止、停留。

【译文】

快到五更时,我们热了一点粥一起喝。芸勉强笑着说:"过去我们是一粥而聚,今天是一粥而散,如果要写一篇传奇,可以起名叫《吃粥记》。"逢森听到声音也爬起来,迷迷糊糊地说:"娘要干什么?"

芸说:"准备出去投医看病。"

逢森说:"怎么起这么早?"

芸说:"路很远,你和姐姐好好待在家,不要让奶奶讨嫌。我和你父亲同去,几天就回来。"

鸡唱了三遍,芸含着眼泪扶着老妈妈,打开后门准备出去,逢森忽然大哭,说:"啊,我娘不回来了!"

青君恐怕惊动别人,连忙掩上他的嘴去安慰他。当时我们两人已是肝肠寸断,再也说不出一句话,只是叫逢森"不哭"而已。青君关上门后,芸走出巷子十几步,已经疲累得走不动了,我叫老妈妈提着灯,我背着她走。快到小船的停泊处时,我们差一点被巡夜的人扣住。幸亏老妈妈认芸作自己生病的女儿,认我作女婿,而且船工们都是华家做工的人,听到我们的声音,便赶来搀扶着我们下船。解缆开船后,芸才放声痛哭起来,这一去,他们母子已成永别了。

华名大成,居无锡之东高山,面山而居,躬耕为业,人极朴诚。其妻夏氏,即芸之盟姊也。是日午未之交^①,始抵其家。华夫人已倚门而待,率两小女至舟,相见甚欢。扶芸登岸,款待殷勤。四邻妇人孺子哄然入室,将芸环视,有相问讯者,有相怜惜者,交头接耳,满屋啾啾。

芸谓华夫人曰:"今日真如渔夫入桃源^②矣。"

华曰:"妹莫笑。乡人少所见多所怪耳。"

自此相安度岁。至元宵,仅隔两旬,而芸渐能起步。是夜观龙灯于打麦场中,神情态度,渐可复元。余乃心安,与之私议曰:"我居此非计,欲他适,而短于资,奈何?"

芸曰:"妾亦筹之矣。君姊丈范惠来,现于靖江^③盐公堂司会计,十年前曾借君十金,适数不敷^④,妾典钗凑之。君忆之耶?"

余曰:"忘之矣。"

芸曰:"闻靖江去此不远,君盍一往?"

余如其言,时天颇暖,织绒袍哔叽短褂,犹觉其热。此辛酉^⑤正月十六日也。

【注释】

① 午未之交:将近下午一点。未时,下午一点到三点。
② 桃源:东晋陶潜的《桃花源记》曾描写一渔夫从桃花源进一山洞,见秦时避乱者的后裔聚居其间,民风淳厚,生活安适。后用

以指避世隐居的地方。

③ 靖江：县名，在江苏长江北岸。清属常州府。

④ 适数不敷：刚好钱的数目不够。

⑤ 辛酉：嘉庆六年（1801）。

【译文】

华夫人的丈夫叫华大成，住在无锡以东的高山上，房子面对着山。他是个庄稼人，非常朴实忠厚，他的妻子夏氏，就是芸的盟姐。这一天，将近下午一点左右，我才到他家，华夫人已经站在门口等着了。华夫人领着两个小女儿到船上去接芸，与芸相见十分欣喜。她扶着芸上岸回家，款待我们十分殷勤。四邻的女人、孩子们都涌到屋里来，上下打量着芸，有的问这问那，有的表示同情，交头接耳，叽叽喳喳，满屋都是说话的声音。

芸对华夫人说："今天真像是渔夫来到桃花源了。"

华夫人说："妹妹莫笑，乡下人，少见多怪。"

从此我们便安心地住在这里。到元宵节时，仅仅二十天，芸已经能起床走路了。这一夜，她在打麦场上观龙灯，我看她的神情气色，已经渐渐复原，于是放下了心。我和她私下商量，说："我住在这里，终非长久之计，但如果到别的地方去，手头又没钱，怎么办？"

芸说："我也正在考虑。你有个姐夫叫范惠来的，如今在靖江县的官办盐业公司当会计，十年前他曾借你十两银子，当时我们手头的钱数目不够，我还卖了一根金钗才把钱凑齐，这件事你还记得吗？"

我说："忘了。"

芸说："听说靖江离这里不远，你何不去一下呢？"

我于是照她说的去做。当时天很暖和，我穿着织绒袍、哔叽短褂还觉得热。这是辛酉年（1801）正月十六日的事。

是夜宿锡山客旅，赁被而卧。晨起，趁江阴航船，一路逆风，继以微雨。夜至江阴江口，春寒彻骨，沽酒御寒，囊为之罄①，踌躇终夜，拟卸衬衣，质钱而渡。

十九日，北风更烈，雪势犹浓，不禁惨然泪落。暗计房资渡费，不敢再饮。正心寒股栗间，忽见一老翁，草鞋毡笠，负黄包入店，以目视余，似相识者。

余曰："翁非泰州曹姓耶？"

答曰："然。我非公，死填沟壑矣。今小女无恙，时诵公德。不意今日相逢。何逗留于此？"

盖余幕泰州时，有曹姓，本微贱，一女有姿色，已许婿家，有势力者放债谋其女，致涉讼②。余从中调护，仍归所许。曹即投入公门为隶，叩首作谢，故识之。余告以投亲遇雪之由。

曹曰："明日天晴，我当顺途相送。"出钱沽酒，备极款洽③。

【注释】

① 囊为之罄（qìng）：袋中的钱用完了。

② 涉讼：牵涉到诉讼。

③ 款洽：亲切、融洽。

【译文】

这一夜，我住在锡山的旅舍中，租了条被子睡觉，第二天清晨起床，坐着江阴的轮船，一路逆风，接着下起了微雨。夜晚到了江阴县的江口，当时寒潮已至，冷风刺骨，我买了酒来御寒，带来的钱也花完了。我盘算了一夜，准备卖掉衬衣换几个钱渡江。

十九日，北风越刮越猛，天好像快要下雪了，我不禁凄然泪下，暗自计算了一下房钱、渡费，不敢再喝酒，正在心寒股栗之间，忽然看见一个老人，穿着草鞋，戴着毡笠，背着一个黄包袱到店里来。他打量着我，我也觉得他很面熟。

我说："您莫非是泰州的曹老汉吧？"

他笑着说:"正是。若不是您的帮助,我早就死在沟壑中了。如今我的女儿很好,她时常感念您的好处,不想今天在这里碰上您。为何逗留于此?"

原来我在泰州做幕僚时,有个姓曹的老汉,出身很微贱,他有个女儿长得很漂亮,已经许配了人家,一个有权势的人想通过放债图谋他的女儿,惹起纠纷一直闹到官府。我从中调解,保护曹女,让她仍然归于她原来许配的人家。曹老汉于是投到官府中当了公差,并且对我磕头称谢,所以我认识他。我告诉他我投亲遇雪的前前后后。

曹老汉说:"明日天晴,我会顺路送你。"他出钱买酒,两人谈得十分亲切、融洽。

二十日,晓钟初动,即闻江口唤渡声。余惊起,呼曹同济①。曹曰:"勿急。宜饱食登舟。"乃代偿房饭钱,拉余出沽②。余以连日逗留,即欲赶渡,食不下咽,强啖麻饼两枚。及登舟,江风如箭,四肢发战。

曹曰:"闻江阴有人缢于靖,其妻雇是舟而往。必俟雇者来始渡耳。"

枵腹③忍寒,午始解缆。至靖,暮烟四合矣。

曹曰:"靖有公堂④两处。所访者城内耶?城外耶?"

余踉跄随其后,且行且对曰:"实不知其内外也。"

曹曰:"然则且止宿,明日往访耳。"

进旅店,鞋袜已为泥淤湿透,索火烘之。草草饮食,疲极酣睡。晨起,袜烧其半。曹又代偿房饭钱。访至城中,惠来尚未起,闻余至,披衣出,见余状惊曰:"舅何狼狈至此?"

余曰:"姑勿问,有银乞借二金,先遣送我者。"

惠来以番饼⑤二圆授余,即以赠曹,曹力却,受一圆而去。余乃历述所遭,并言来意。

惠来曰："郎舅至戚，即无宿逋⑥，亦应竭尽绵力；无如航海盐船新被盗，正当盘账之时，不能挪移丰赠⑦，当勉措番银二十圆，以偿旧欠，何如？"余本无奢望，遂诺之。留住两日，天已晴暖，即作归计。

【注释】

① 同济：同渡。

② 出沽：出去买吃的。

③ 枵（xiāo）腹：空着肚子。

④ 公堂：指盐业公署。

⑤ 番饼：番银。指外国商人来内地贸易所使用的银元。

⑥ 宿逋：旧债。

⑦ 挪移丰赠：挪用资金丰厚地赠送。

【译文】

二十日，刚刚打过晓钟，就听到江口有人在吆喝上船。我慌忙起床，喊曹老汉一起渡江。曹老汉说："别急，总要吃饱了才能上船。"于是，他替我付了房钱和饭钱，拉我出去买酒吃。我因为连日滞留在这里，急于渡江，吃不下去。勉强吃了两个麻饼。上到船上，江风刺骨，冻得我四肢打战。

曹老汉说："听说有个江阴的人在靖江上了吊，他的妻子雇了这条船到靖江去，必须要等到雇船的人来了才能开船。"

我们忍饥受冻，一直等到中午船才开动。到靖江时，已经是暮色四起了。

曹老汉说："靖江有两个盐业公署，你要找的人在城内呢，还是在城外？"

我跟跟跄跄地跟在他的后面，边走边说："实在不知道他在城内城外。"

曹老汉说:"那么干脆住下来,明日再去拜访。"

我们进了旅舍。我的鞋袜已被淤泥湿透,要了盆炭火烘烤着。草草吃过饭,我疲乏极了,酣睡一觉,早晨一起床,看到袜子被烧坏了大半。曹老汉又代我付了饭钱。我们问路问到城里的盐业公署,范惠来还没起床。他听说我来了,披着衣服出来,看到我的模样,吃惊地问:"舅爷怎么这么狼狈?"

我说:"你先别问,有银子先借我二两,打发送我的人。"

惠来拿出两块番银给我,我马上把它拿给曹老汉,曹老汉一力推却,最后拿了一块番银走了。我把我的全部遭遇都告诉了惠来,并说明来意。

惠来说:"舅爷是至亲的亲戚。即使我过去不欠你的债,也应该竭尽全力帮助你。无奈航海的盐船新近被盗,正在盘账期间,不能拿出很多的钱来给你。我一定尽力筹措二十块番银,来还旧债,你看怎样?"我本来并无奢望,就答应了。留在他那里住了两天,天已晴暖,我就准备回去。

廿五日,仍回华宅。芸曰:"君遇雪乎?"余告以所苦。因惨然曰:"雪时,妾以君为抵靖,乃尚逗留江口。幸遇曹老,绝处逢生,亦可谓吉人天相矣。"

越数日,得青君信,知逢森已为揖山荐引入店。芑臣请命于吾父,择正月二十四日将伊接去,儿女之事,粗能了了,但分离至此,令人终觉惨伤耳。

二月初,日暖风和,以靖江之项,薄备行装,访故人胡肯堂于邗江盐署。有贡局①众司事公延入局②,代司笔墨,身心稍定。至明年壬戌③八月,接芸书曰:病体全瘳,唯寄食于非亲非友之家,终觉非久长之策,愿亦来邗,一睹平山之胜。余乃赁房于邗江先春门外,临河两椽。自至华氏接芸同行。华夫人赠一小奚奴曰阿双,帮司炊爨④,并订他年结邻之约。

【注释】

① 贡局:税务机构。
② 公延入局:公开招聘。
③ 壬戌:嘉庆七年(1802)。
④ 炊爨(cuàn):烧火做饭。

【译文】

二十五日,我仍旧回到华氏住处。芸问我:"你遇雪了吗?"我告诉她途中的艰苦,芸伤心地说:"下雪时,我还以为你已经到了靖江,谁知你还留在江口。幸亏遇到了曹老汉,绝处逢生,这也可以说是吉人天相吧。"

过了几天,接到青君的来信,知道逢森已被夏揖山保荐到店铺去了,王荩臣征得我父亲的同意,挑选了正月二十四日为婚期,把青君接了过去。儿女的事情,粗粗安排了,但一家骨肉分离至此,叫人总觉得痛心。

二月初,风和日暖,我用在靖江借到的钱薄备了行装,到邗江盐署拜访了老友胡肯堂。税局公开聘请了一批司事,我在其中代写文书,这样身心才稍稍安定下来。到第二年壬戌年(1802)八月,接到芸的信,信中说,她的病已经全好了,但是寄居在非亲非友之家,总觉得不是长久之计,也想到邗江来,看看平山的胜景。我于是在邗江先春门外租了临河的两间房子,亲自到华氏家中接芸一起到邗江去。华夫人送给我们一个小丫头叫阿双,帮助烧火做饭。她还和我们订了将来做邻居之约。

时已十月,平山凄冷,期以春游。满望散心调摄,徐图骨肉重圆。不满月,而贡局司事忽裁十有五人,余系友中之友,遂亦散闲。

芸始犹百计代余筹划，强颜慰藉，未尝稍涉怨尤。至癸亥①仲春，血疾大发。余欲再至靖江，作"将伯"②之呼。

芸曰："求亲不如求友。"

余曰："此言虽是，奈友虽关切，现皆闲处，自顾不遑③。"

芸曰："幸天时已暖，前途可无阻雪之虑。愿君速去速回，勿以病人为念。君或体有不安，妾罪更重矣。"

时已薪水不继，余伪为雇骡以安其心，实则囊饼徒步，且食且行。向东南，两渡叉河，约八九十里，四望无村落。至更许，但见黄沙漠漠，明星闪闪，得一土地祠，高约五尺许，环以短墙，植以双柏。因向神叩首，祝曰："苏州沈某，投亲失路④至此，欲假神祠一宿，幸神怜佑。"于是移小石香炉于旁，以身探之，仅容半体，以风帽反戴掩面，坐半身于中，出膝于外，闭目静听，微风萧萧而已。足疲神倦，昏然睡去。

【注释】

① 癸亥：嘉庆八年（1803）。
② 将伯：求助。《诗经·小雅·正月》："将伯助予。"在此指仍到靖江找姐夫范惠来求助。
③ 自顾不遑（huáng）：自顾不暇。
④ 失路：迷路。

【译文】

当时已是十月，平山天气凄冷，我想明年再与芸一起到那里春游。满心期望她能在邗江安心调养，慢慢再设法让一家骨肉团圆。谁知不满一个月，税局的司事之中忽然被裁了十五个人，我是人托人介绍来的，因此也被遣散。芸开始还千方百计为我筹划，强颜欢笑地安慰我，从没有一句抱怨的话。到了癸亥年（1803）年三月，她忽然血疾大发，我想再到靖江去，向范惠来求助。

芸说:"求亲不如求友。"

我说:"这话虽对,无奈朋友虽然关心我们,现在都在赋闲,自顾不暇。"

芸说:"幸好天气已暖,路上不必担心被风雪阻隔,愿你速去速回,不要以我为念。你如果得了病,我的罪过更大了。"

当时我手头已经没有钱,我对芸假称我雇了骡子,以便使她安心,其实我是带着干粮步行,边走边吃。我向东南方向走,两次渡过叉河,走了八九十里,举目四望,到处都没有村落。走到一更天左右,只见旷野黄沙茫茫,天空星光闪闪。我找到一个土地庙,只有约五尺高,周围有道矮墙,墙边种了两棵柏树。于是我向庙中的神像磕头,祈祷着说:"苏州的沈某,投亲到此迷了路,准备在神庙中借住一夜。希望神灵能够怜悯保佑。"于是我把庙中的小石香炉移到一边,把身体塞进去,里面的大小只能容下半个身体,我把风帽反戴着遮住脸,坐半个身子在里面,把膝盖和两腿露在外面,闭目静听,只听到微风萧萧地刮着。我脚走累了,人也倦了,就昏昏沉沉地睡了过去。

及醒,东方已白,短墙外忽有步语声。急出探视,盖土人赶集经此也。问以途,曰:"南行十里,即泰兴县城,穿城向东南,十里一土墩,过八墩,即靖江,皆康庄也。"余乃反身,移炉于原位,叩首作谢而行。过泰兴,即有小车可附。

申刻[①]抵靖,投刺[②]焉。良久,司阍者[③]曰:"范爷因公往常州去矣。"察其辞色,似有推托。余诘之曰:"何日可归?"

曰:"不知也。"

余曰:"虽一年亦将待之。"

阍者会余意,私问曰:"公与范爷嫡郎舅耶?"

余曰:"苟非嫡者,不待其归矣。"

阍者曰:"公姑待之。"越三日,乃以回靖告,共挪二十五金。

雇骡急返。

【注释】

① 申刻：午后三时至五时。
② 投刺：递上名帖。
③ 司阍（hūn）者：守门人。

【译文】

  及至我醒来时，东方已经发白，矮墙外忽然有人走路说话的声音。我急忙走出来一看，原来是当地百姓赶集路过此地。我向他们问路，他们说："向南走十里，就是泰兴县城，穿过县城向东南走，过十里就有一个土墩，过了八个土墩，就是靖江，到那里以后，一路都是大道了。"我于是转身把香炉移回原位，叩谢了神灵而去。过了泰兴，就有小车可以搭乘了。

  下午四点左右，我到了靖江，投上名帖，过了很久，守门人才回报说："范爷因公事到常州去了。"我看他说话时的神色，好像有推托的意思。

  我问他说："什么时候可以回来？"

  他回答说："不知道。"

  我说："就是等一年，我也要把他等回来。"

  守门人领会了我的意思，私下问道："先生是范爷的嫡亲舅爷吗？"

  我说："如果不是嫡亲的，就不会等他回来。"

  守门人说："那您暂且等等吧。"

  过了三天，守门人告诉我范惠来回来了，我在他那里一共借了二十五两银子，雇了骡子急忙回家。

  芸正形容惨变，咻咻①涕泣。见余归，卒然曰："君知昨午阿双卷逃②乎？倩人大索③，今犹不得。失物小事，人系伊母临行再三交托,今若逃归,中有大江之阻,已觉堪虞④。倘其父母匿子图诈⑤,将奈之何?且有何颜见我盟姊!"

余曰:"请勿急。卿虑过深矣。匿子图诈,诈其富有也;我夫妇两肩担一口耳。况携来半载,授衣分食,从未稍加扑责,邻里咸知。此实小奴丧良,乘危窃逃。华家盟姊赠以匪人⑥,彼无颜见卿,卿何反谓无颜见彼耶?今当一面呈县立案,以杜后患可也。"

【注释】

① 咻(xiū)咻:嘘气声,形容哭得抽抽嗒嗒。
② 卷逃:携财物逃走。
③ 倩人大索:请人到处寻找。
④ 堪虞:令人担忧。
⑤ 匿子图诈:把女儿藏匿起来再向主人家要人,以此诈骗钱财。
⑥ 匪人:原指不是亲近的人。后也指行为不正当的人。

【译文】

芸在家中脸色惨白,哭得十分伤心。她看见我回来了,急忙说:"你知道昨天中午阿双带着家里的东西逃走了吗?我已请人四处寻找,如今还没找到。东西丢了事小,人是她母亲临行前再三托付给我的。如今她逃回去,路途中有长江阻隔,已经令人担心,如果她的父母把女儿藏匿起来再向我们敲诈钱财,又怎么办呢?况且我有何脸面见我的盟姐?"

我说:"你不要着急,你的担心过分了。藏匿孩子诈骗钱财,是诈骗那种有钱的人家,我们夫妇穷得两个肩挑着一张嘴而已。况且我们把阿双带到这里半年,给她吃的穿的,从未稍加打骂,这是邻居都知道的事实。她逃跑是因为她丧了良心,乘我们危难之中盗窃逃走,华家盟姊送给我们这样一个品行不端的人,应该是她没有脸面见你,你何必反说没有脸面见她呢?现在应该到县衙门去呈报立案,以便杜绝后患就行了。"

芸闻余言,意似稍释;然自此梦中呓语,时呼"阿双逃矣",或呼"憨何负我",病势日以增矣。

余欲延医诊治。芸阻曰:"妾病始因弟亡母丧,悲痛过甚,继为情感,后由忿激。而平素又多过虑,满望努力做一好媳妇,而不能得,以致头眩、怔忡诸症毕备。所谓病入膏肓,良医束手,请勿为无益之费。忆妾唱随①二十三年,蒙君错爱,百凡体恤,不以顽劣见弃。知己如君,得婿如此,妾已此生无憾。若布衣暖,菜饭饱,一室雍雍②,优游泉石,如沧浪亭、萧爽楼之处境,真成烟火神仙③矣。神仙几世才能修到,我辈何人,敢望神仙耶!强而求之,致干造物之忌④,即有情魔之扰,总因君太多情,妾生薄命耳!"

因又呜咽而言曰:"人生百年,终归一死。今中道相离,忽焉长别,不能终奉箕帚⑤,目睹逢森娶妇,此心实觉耿耿⑥。"言已,泪落如豆。

【注释】

① 唱随:夫唱妇随。在此指嫁到沈家。
② 雍雍:鸟和鸣声,形容和谐。
③ 烟火神仙:人间神仙。
④ 干造物之忌:冒犯了造物主的忌讳。
⑤ 奉箕帚:箕帚,簸箕扫帚。奉箕帚指妇女料理家务、侍奉丈夫。
⑥ 耿耿:耿耿于怀,心中不能平静。

【译文】

芸听了我的话,心里好像稍稍放宽,但从此睡觉时说梦话,常常喊"阿双逃走了",或者"憨园为何辜负我",病情日益加重。

我准备为芸请医生治病。她阻止我说："我这个病，起因是由于弟亡母丧，悲痛过度，接着因为在感情上受到打击，后来又因为气愤。而我平时又爱过虑，满心希望做一个好媳妇而不可得，以至于现在头晕、怔忡等毛病都来了。这就是所谓病入膏肓，良医也束手无策。请再不要为我花那些无益的钱了。想想我跟着你夫唱妻随地过了二十三年，承蒙你对我的错爱，百般体贴关心，不因为我的性格顽劣而抛弃我。有像你这样的知己，这样的丈夫，我这辈子已是死而无憾了。至于像过去布衣暖、菜饭饱，一家人和和睦睦，在山水之间游玩，如在沧浪亭畔、萧爽楼中的那些日子，真是人间神仙的日子了。神仙几世才能修到？我们是什么人，怎敢奢望当神仙呢？硬要去追求那种生活，以至于冒犯了造物主的忌讳，于是被情魔缠绕。总因为你太多情，而我的命太薄了啊。"

接着她又哭着说："人生百年，终有一死。如今我们夫妇中道分离，忽然永别，我再也不能跟着你、照料你，看到逢森娶亲，心里实在是不能平静啊。"说完，豆大的泪珠滚落下来。

余勉强慰之曰："卿病八年，恹恹欲绝者屡矣。今何忽作断肠语耶？"

芸曰："连日梦我父母放舟来接，闭目即飘然上下，如行云雾中，殆魂离而躯壳存乎？"

余曰："此神不守舍，服以补剂，静心调养，自能安痊。"

芸又欷歔曰："妾若稍有生机一线，断不敢惊君听闻。今冥路已近，苟再不言，言无日矣。君之不得亲心①，流离颠沛，皆由妾故。妾死则亲心自可挽回，君亦可免牵挂。堂上春秋②高矣，妾死，君宜早归。如无力携妾骸骨归，不妨暂厝③于此，待君将来可耳。愿君另续德容兼备者，以奉双亲，抚我遗子，妾亦瞑目矣。"言至此，痛肠欲裂，不觉惨然大恸。

余曰："卿果中道相舍,断无再续之理。况'曾经沧海难为水,除却巫山不是云'耳④。"芸乃执余手而更欲有言,仅断续叠言"来世"二字。忽发喘,口噤,两目瞪视,千呼万唤,已不能言。痛泪两行,涔涔流溢。既而喘渐微,泪渐干,一灵缥缈,竟尔长逝。时嘉庆癸亥⑤三月三十日也。当是时,孤灯一盏,举目无亲,两手空拳,寸心欲碎。绵绵此恨,曷其有极⑥!

【注释】

① 不得亲心:得不到双亲的欢心。
② 春秋:年岁。
③ 厝(cuò):停柩待葬或浅埋以待改葬。
④ "曾经"句:唐元稹诗句,意谓已达到极点,不屑于再求其次。
⑤ 嘉庆癸亥:嘉庆八年(1803)。
⑥ 曷其有极:哪里有尽头。曷,哪里。

【译文】

我强忍着悲痛安慰她说:"你病了八年,病得好像活不下去的时候都有好几次了,今天为什么又要说这些伤心的话呢?"

芸说:"这几天我都梦到我的父母派了一只小船来接我,闭上眼睛人就好像上下飘浮,在云雾中行走一般。大概这是魂魄已经离去只剩下躯壳了吧?"

我说:"这是神不守舍。吃一点补药,安心调养,自然能够痊愈。"

芸又悲泣着说:"我如果还有一线生机,决不敢说这些话使你受到惊吓。但如今我已经快要死了,如果再不说,恐怕就没有时间说了。你得不到父母亲的欢心,在外颠沛流离,都是由于我的缘故。我死后,你父母对你的爱心自然可以挽回,你也可以免去对我的牵挂。公公婆婆年岁已高,我死后,你应该早一点回去,如果没有能力带着我的灵柩回去,不妨暂时停在此地,等将来再想办法。愿你再续娶一个德容兼备的女子，来侍奉双亲，抚养儿子，我死也瞑目了。"说到这里，她肝肠寸断，痛苦万分。

我说："你如果真的半道撒手而去，我决没有再续娶的道理。况且'曾经沧海难为水，除却巫山不是云'啊！"芸于是拉着我的手还准备再说什么，但仅仅断断续续地连说了几遍"来世"二字，忽然胸口发喘，说不出话，两眼直视，我千呼万唤，她再也不能回答我。两行悲痛的眼泪，从她的眼睛里涌了出来，过了一会儿她气喘渐渐微弱，泪水渐渐干枯，一缕魂魄缥缈，竟然长逝而去。那时是嘉庆癸亥年（1803）元月三十日。当时我面对着孤灯一盏，举目无亲，两手空空，寸心欲裂，绵绵此恨，哪里才是尽头？

承吾友胡肯堂以十金为助，余尽室中所有，变卖一空，亲为成殓①。

呜呼！芸一女流，具男子之襟怀才识。归吾门后，余日奔走衣食，中馈缺乏，芸能纤悉不介意。及余家居，唯以文字相辩析而已。卒之疾病颠连，赍恨以没②，谁致之耶？余有负闺中良友，又何可胜道哉！奉劝世间夫妇，固不可彼此相仇，亦不可过于情笃。语云："恩爱夫妻不到头。"如余者，可作前车之鉴也。

回煞③之期，俗传是日魂必随煞而归，故房中铺设，一如生前，且须铺生前旧衣于床上，置旧鞋于床下，以待魂归瞻顾。吴下相传谓之"收眼光"。延羽士④作法，先召于床而后遣之，谓之"接眚"⑤。邗江俗例：设酒肴于死者之室，一家尽出，谓之"避眚"；以故有因避被窃者。芸娘眚期，房东因同居而出避邻家，嘱余亦设肴远避。余冀魂归一见，姑漫应之。同乡张禹门谏余曰："因邪入邪，宜信其有，勿尝试也。"

余曰："所以不避而待之者，正信其有也。"

张曰:"回煞犯煞⑥,不利生人。夫人即或魂归,业已阴阳有间,窃恐欲见者无形可接,应避者反犯其锋耳。"

时余痴心不昧⑦,强对曰:"死生有命。君果关切,伴我何如?"

张曰:"我当于门外守之。君有异见,一呼即入可也。"

【注释】

① 成殓(liàn):给死者穿衣下棺。
② 赍(lài)恨以没:抱恨而死。赍,带着。
③ 回煞:古代阴阳家迷信之说,按人死时年月干支,推算所谓魂气返舍的时间,并说返舍之日,有凶煞出现,谓之回煞。
④ 羽士:道士。
⑤ 接眚(shěng):又叫接煞。丧家请术士招死者之魂还家。眚,灾异,疾苦。
⑥ 犯煞:冲撞了煞神。
⑦ 不昧:不隐藏。

【译文】

承蒙我的朋友胡肯堂拿出十两银子帮助我,我又把屋里所有的东西变卖一空,亲自为芸成殓。

唉,芸身为一个女子,却有着男子的襟怀才识。她自从嫁给我以后,我日日为衣食奔忙,家庭生活困难,芸能丝毫也不介意。等到我在家住时,她仅和我一起谈诗论文而已。最后她身患重病,流离他乡,含恨而死,是谁造成的呢?我辜负闺中良友的地方,又哪里说得完呢?奉劝世间夫妻,虽然不可彼此相仇,也不可过于情深。谚语说:"恩爱夫妻不到头。"像我这样的,可以作为前车之鉴。

"回煞"的日子,民间的说法是,这一天白天死者的魂魄必然随着凶神一起回来,所以房中的布置摆设,应该和死者生前一样。还要在床上铺上死者生前所穿的旧衣,床底下放双旧鞋,以待魂魄归来时观看,这就是苏州相传的所谓"收眼光"。请道士来作法,先把魂魄召到床上,然后遣走,叫做"接眚"。邗江的风俗是:把酒菜摆在死者的屋里,一家人都出去,称做"避眚"。故此,有的人家因为"避眚"而被偷窃。到了芸"回煞"的日子,房东因为过去和我们同住,所以到邻家回避去了,他们嘱咐我在摆设酒菜后也应该远避。我则希望能见一见芸娘的魂魄,姑且漫应着他们。我的同乡张禹门劝我说:"因邪入邪,宁可相信这些说法,不要做别的尝试。"

我说:"我之所以不回避而在屋里等待,正是相信人有灵魂。"

张禹门说:"回煞的日子冲撞了凶煞,不利于活人。再说死者的魂魄即使回来了,也与活人阴阳相隔,我恐怕你想看到的而看不到,应避开的你却反而冲撞了它。"

当时我不隐藏我的痴心,坚持着说:"死生有命。你如果真的关心我,就陪陪我怎么样?"

张禹门说:"我可以在门外等着,你如果看到有什么不对头,一叫我就进去。"

余乃张灯入室,见铺设宛然,而音容已杳,不禁心伤泪涌。又恐泪眼模糊,失所欲见,忍泪睁眼,坐床而待。抚其所遗旧服,香泽犹存,不觉柔肠寸断,冥然昏去。转念待魂而来,何遽①睡耶!开目四视②,见席上双烛,青焰荧荧,缩光如豆,毛骨悚然,通体寒栗。因摩两手擦额,细瞩之,双焰渐起,高至尺许,纸裱顶格,几被所焚。余正得藉光四顾间,光忽又缩如前。此时心春股栗,欲呼守者进观;而转念柔魂弱魄,恐为盛阳所逼,悄呼芸名而祝之,满室寂然,一无所见。既而烛焰复明,不复腾起矣。出告禹门③,服余胆壮,不知余实一时情痴耳。

【注释】

① 遽（jù）：急着。

② 四视：四下张望。

③ 禹门：即守在门外的同乡张禹门。

【译文】

　　于是我在屋里点上蜡烛，看到床铺摆设宛然仍旧，而芸的音容笑貌已杳然难寻，不禁伤心流泪，又恐怕泪眼模糊，看不到想看的东西，于是我强忍眼泪，睁大双眼，坐在床上等待。我抚摸着芸所遗留的旧衣服，上面还散发着芳香的气息，我不觉柔肠寸断，昏然欲睡。转念一想，我等待魂魄归来，怎么能就这样睡着了呢！我睁开眼睛，四下张望，看到床席上的两根蜡烛，青光荧荧，火焰缩小到只有豆粒那么大。我毛骨悚然，浑身发抖，于是搓搓双手擦擦额头，再仔细观看，双烛的火焰渐渐升高，高到一尺左右，纸裱的棚顶都几乎被火烧着。我正借着火光四处打量时，火焰又忽然缩小到最初那样。这时我心里发慌，双腿发抖，正准备喊陪守的人进来看，转念一想，又恐怕芸的柔弱的魂魄，被生人旺盛的阳气所逼迫。于是我悄悄地叫着芸的名字，满屋寂静，什么也看不到。接着蜡烛的火焰又明亮了，也不再腾起了。我出门告诉张禹门，他佩服我胆大，却不知我是一时的情痴所致。

　　芸没后，忆和靖①"妻梅子鹤"语，自号梅逸。权葬芸于扬州西门外之金桂山，俗呼郝家宝塔。买一棺之地，从遗言寄此。携木主②还乡，吾母亦为悲悼。青君、逢森归来，痛哭成服③。

　　启堂进言曰："严君怒犹未息，兄宜仍往扬州。俟严君归里，婉言劝解，再当专札相招。"

　　余遂拜母别子女，痛哭一场，复至扬州。卖画度日。因得常哭于芸娘之墓，影单形只，备极凄凉。且偶经故居，伤心惨目。重阳日，邻家皆黄，芸墓独青。守坟者曰："此好穴场，故地气旺也。"余暗祝曰："秋风已紧,身尚衣单。卿若有灵,佑我图得一馆,度此残年,以待家乡信息。"

【注释】

① 和靖：北宋诗人林逋，钱塘人，隐居西湖孤山，终身不仕不娶，赏梅养鹤，旧时称其"梅妻鹤子"。卒谥和靖先生。
② 木主：死者的灵牌。
③ 成服：旧时丧礼，大殓之后，亲属按照与死者关系的亲疏穿上不同的丧服，叫"成服"。

【译文】

芸死后，我想到北宋诗人林逋有"妻梅子鹤"的说法，就自号梅逸。我暂且把芸的棺木浅葬在扬州西门外的金桂山，也就是俗称郝家宝塔的地方。我买了一块墓地，按照芸的遗言把她的棺木暂寄于此，带着她的灵牌回乡。我母亲也为芸的死感到悲伤。青君、逢森回到家中，伤心痛哭，为他们的母亲守孝。

启堂弟劝我说："父亲的怒火还没有平息，兄长最好还是到扬州去，等到父亲回来时，我婉言劝解他，然后一定特地写信把你叫回。"

于是我拜别母亲，告别儿女，痛哭一场，又回到扬州，靠卖画度日。这样常常可以到芸娘墓前去哭一哭。我一人影单形只，非常凄凉，而且偶尔经过故居，更是触目伤心。重阳节时，芸娘坟墓四周的墓地上草木都枯黄了，只有她的坟墓上还是青草一片。守坟人说："这是一块好墓地，所以地气很旺。"我暗暗对芸祝祷着说："秋天已到，我还穿着单衣。你如果真的有灵，保佑我谋得一个职位，使我能度过残冬，等待家乡的消息。"

未几，江都①幕客章驭庵先生欲回浙江葬亲，倩余代庖②三月，得备御寒之具。封篆出署③，张禹门招寓其家。张亦失馆，度岁艰难，商于余，即以余资二十金倾囊借之，且告曰："此本留为亡荆扶柩④之费，一俟得有乡音，偿我可也。"

是年即寓张度岁。晨占夕卜，乡音殊杳。至甲子⑤三月接青君信，知吾父有病，即欲归苏，又恐触旧忿。正趑趄⑥观望间，复接青君信，始痛悉吾父业已辞世，刺骨痛心，呼天莫及。无暇他计，即星夜驰归。触首灵前，哀号流血。呜呼！吾父一生辛苦，奔走于外，生余不肖，既少承欢膝下，又未侍药床前，不孝之罪，何可逭⑦哉！

吾母见余哭，曰："汝何此日始归耶？"

余曰："儿之归，幸得青君孙女信也。"

吾母目余弟妇，遂默然。

【注释】

① 江都：指扬州。隋朝时扬州曾定为行都。
② 代庖：越俎代庖，在此指代理。
③ 封篆出署：封上官印离开官署。篆，代指官印。
④ 亡荆扶柩（jiù）：护送亡妻的棺木。
⑤ 甲子：清嘉庆九年（1804）。
⑥ 趑趄（zī jū）：且前且却，犹豫不进。
⑦ 逭（huàn）：逃避。

【译文】

没过多久，扬州有个幕僚章驭庵先生要回浙江葬亲，请我帮他代理了三个月，这样我才得以备下御寒的衣物。离开幕府后，友人张禹门叫我到他家去住。当时张禹门也无职可谋，度日艰难，他和我商量借钱，我就把我所挣的二十两银子全部借给了他，并对他说："这本是准备留着护送亡妻的棺木回苏州的费用，一旦家乡有了消息，你再还给我就行了。"

这一年，我就借住在张禹门家中度日，早晚占卜问卦，可是家乡音信杳杳。到甲子年（1804）三月接到青君的信，才知道我的父亲病了，我很想回苏州去，又恐怕触发了他旧日的忿怒，正在犹豫观望之中，又接到青君的信，才痛悉我的父亲也已与世长辞。我悲痛刺骨，呼天不应，来不及考虑其他，就连夜赶回了苏州，在父亲灵前磕头痛哭以致滴血。唉，我的父亲一生辛劳，在外奔波，生下我这个不肖之子，既没有在他的膝下承欢，也没能在他病中侍药床前，我的不孝之罪哪能逃避得掉呢？

我的母亲看见我痛哭，就说："你为什么今天才回来呢？"

我说："我这次回来，幸亏收到您孙女青君的信。"

我母亲看了启堂夫妇一眼，没有说话。

余入幕^①守灵，至七终^②，无一人以家事告、以丧事商者。余自问人子之道^③已缺，故亦无颜询问。

一日，忽有向余索逋^④者，登门饶舌。余出应曰："欠债不还，固应催索。然吾父骨肉未寒，乘凶追呼，未免太甚。"中有一人私谓余曰："我等皆有人招之使来。公且避出，当向招我者索偿也。"余曰："我欠我偿，公等速退！"皆唯唯而去。

余因呼启堂，谕之曰："兄虽不肖，并未作恶不端。若言出嗣降服^⑤，从未得过纤毫嗣产^⑥，此次奔丧归来，本人子之道，岂为争产故耶？大丈夫贵乎自立，我既一身归，仍以一身去耳！"言已，返身入幕，不觉大恸。

【注释】

① 幕：在此指灵堂的幕障。

② 七终：守丧七七四十九天。

③ 人子之道：即孝道。

④ 索逋：讨债。

⑤ 出嗣降服：卷一曾提到沈复已过继给堂伯父素存公，过继之后，

他与亲生父亲的关系已降级。

f 嗣产：遗产。

【译文】

我到父亲的灵堂中守灵，一直守完七七四十九天，家里没有一个人把家里的事告诉我，也没人和我商量如何办理父亲的丧事。我扪心自问，感到自己对父亲没有尽孝，所以也无颜去问。

有一天，忽然有人向我讨债，到我家中来吵吵闹闹，我出去对付他们，说："我所欠的债没还，当然应该催索，可是现在我父亲尸骨未寒，你们趁着我家办丧事期间来讨账，未免太过分了吧。"其中有一个人私下对我说："我们都是受人暗中指使而来的，你暂且躲一躲，让我们向挑唆我们的人讨账。"我说："我欠的债我来还，你们立即离开。"他们都答应着走了。

我于是叫来启堂弟，教训他说："我虽然是父亲的不肖之子，但并没有做恶不端，如果说我过继给了伯父，为父亲服孝应该降级，我并未得过伯父的丝毫遗产。这次我回来奔丧，是本着我做人子的道义，哪里是为争遗产而来的呢？大丈夫贵在自立，我既空手而回，也会空手而去！"说完，返身回到灵堂中，不觉万分悲恸。

叩辞吾母，走告青君，行将出走深山，求赤松子①于世外矣。青君正劝阻间，友人夏南薰字淡安，夏逢泰字揖山两昆季寻踪而至，抗声②谏余曰："家庭若此，固堪动念；但足下父死而母尚存，妻丧而子未立，乃竟飘然出世，于心安乎？"

余曰："然则如之何？"

淡安曰："奉屈暂居寒舍。闻石琢堂殿撰③有告假回籍之信，盍俟其归而往谒之，其必有以位置君也。"

余曰："凶丧未满百日，兄等有老亲在堂，恐多未便。"

揖山曰："愚兄弟之相邀，亦家君意也。足下如执以为不便，西邻有禅寺，方丈僧与余交最善。足下设榻于寺中，何如？"余诺之。青君曰："祖父所遗房产，不下三四千金，既已分毫不取，岂自己行囊亦舍去耶？我往取之，径送禅寺父亲处可也。"因是于行囊之外，转得吾父所遗图书、砚台、笔筒数件。寺僧安置予于大悲阁。阁南向，向东设神像。隔西首一间，设月窗，紧对佛龛④，本为作佛事者斋食之地，余即设榻其中，临门有关圣提刀立像，极威武。院中有银杏一株，大三抱，荫覆满阁。夜静风声如吼。揖山常携酒果来对酌，曰："足下一人独处，夜深不寐，得无畏怖耶？"

余曰："仆一生坦直，胸无秽念，何怖之有？"

【注释】

① 赤松子：传说中的仙人，遗行去智，抱素返真，以游无眇，上通云天。见刘向《列仙传》。
② 抗声：高声、大声。
③ 殿撰：宋有集贤殿修撰等官，简称殿撰，明清沿此称状元为殿撰。
④ 佛龛（kān）：供奉佛像的石室或柜子。

【译文】

我叩别母亲，又到青君那里向她告别，准备出家到深山里去，像传说中的赤松子那样超然世外。青君正在劝我，我的朋友夏南薰，字淡安、夏逢泰，字揖山的这两兄弟一路找我，找到这里，他们大声劝阻我说："家庭落到这个地步，的确不由人不动出家之念，但你的父亲虽死而母亲还在，爱妻虽丧而儿子尚未成年，你竟想飘然出世，能够安得下心吗？"

我说："那又能怎么办呢？"

夏淡安说:"你先委屈一下,暂时搬到我那里去住,听说石琢堂殿撰快要告假回乡了,何不等他回来时去拜访他?他必定会有办法给你谋个职位。"

我说:"我服丧还没有满百日,兄长家里有父母亲在上,恐怕多有不便。"

夏揖山说:"我们兄弟二人对你的邀请,也是我父亲的意见。你如果坚持认为不方便,我家西头邻近一个禅寺,里面的方丈和我关系很好,你在禅寺中安放一个榻位,如何?"

我答应了。青君说:"祖父所留下的房产,价值不低于三四千两银子,父亲既然已经分文不取,莫非连自己的行李也要舍去吗?我去取来,直接送到禅寺中父亲住处就行了。"于是我在行李之外,又得到我父亲所遗留下的图书、砚台、笔筒等几件东西。寺庙中的僧人把我安排在大悲阁中,阁朝南,向东设有神像,靠西边一间,有个小窗子,紧紧地对着佛龛,本来是作为拜佛者吃斋的地方,我就在那里安设一个榻位,门口有关公提着大刀站在那里的塑像,极其威武,院中有一棵银杏树,粗到三人合抱,浓荫覆盖满阁。夜深人静时,风声好像在怒吼,夏揖山常常带着酒菜瓜果来与我对饮,他说:"你一个人独自住在这里,夜深人静睡不着觉时,害不害怕?"

我说:"我一生坦诚正直,心中没有肮脏的念头,有什么可怕的!"

居未几,大雨倾盆,连宵达旦三十余天。时虑银杏折枝,压梁倾屋,赖神默佑,竟得无恙。寺外之墙坍屋倒者不可胜计,近处田禾俱被漂没。余则日与僧人作画,不见不闻。

七月初,天始霁,揖山尊人①号莼芗,有交易赴崇明②,偕余往,代笔书券,得二十金。归,值吾父将安葬,启堂命逢森向余曰:"叔因葬事乏用,欲助一二十金。"余拟倾囊与之,揖山不允,分帮其半。余即携青君先至墓所。葬既毕,仍返大悲阁。

九月杪③，揖山有田在东海④永泰沙，又偕余往收其息。盘桓两月，归已残冬，移寓其家雪鸿草堂度岁。真异姓骨肉也。

【注释】

① 尊人：对父母的敬称，在此指父亲。
② 崇明：县名，在今上海市北部、长江口崇明岛上。
③ 杪：月末。
④ 东海：县名，在江苏省北部。

【译文】

住了没多久，下了一场倾盆大雨。雨通宵达旦地下了三十多天，当时，我担心银杏树的树枝折断，会压梁倾屋，靠着神灵默默保佑，竟然安然无恙。寺庙外墙塌屋倒的人家不可胜数，附近田地里的庄稼都被淹没了。我则每天和僧人一起画画，对外面的事不问不闻。

七月初，天才开始放晴。夏揖山的父亲号莼芗，要到崇明岛去做一笔生意，就带着我一起去，代写文书账目，我得到二十两银子的酬金。回来时，正好赶上我父亲准备安葬，启堂叫逢森对我说："叔叔因为安葬的事缺钱，想让您帮上一二十两银子。"我准备把所得的银子全部都给他，夏揖山不让，于是我分给他了一半。我带着青君先到父亲的墓地，安葬完毕，我仍回到大悲阁居住。

九月下旬，夏揖山家里有一块田在东海县的永泰沙，他又带着我前去收租，在那里盘桓了两个月，回来时已是残冬，我又搬到他家的雪鸿草堂过年。他们真是我的异姓亲人啊！

乙丑①七月，琢堂始自都门回籍。琢堂名韫玉，字执如，琢堂其号也，与余为总角交②，乾隆庚戌殿元③，出为四川重庆守④，白莲教之乱⑤，三年戎马，极著劳绩。及归，相见甚欢，旋于重九日，挈眷重赴四川重庆之任，邀余同往。余即叩别吾母于九妹倩⑥陆尚吾家,盖先君故居已属他人矣。吾母嘱曰:"汝弟不足恃,汝行须努力。重振家声,全望汝也。"逢森送余至半途,忽泪落不已,因嘱勿送而返。

【注释】

① 乙丑:嘉庆十年(1805)。
② 总角交:儿童时代的朋友。总角,儿童发髻向上分开的样子。
③ 乾隆庚戌殿元:乾隆五十五年(1790)的状元。殿元,状元的别称,因其为殿试一甲第一名而得名。
④ 守:太守。此为刺史或知府的别称。
⑤ 白莲教:秘密宗教组织。嘉庆元年到十年(1796—1805)川、楚、陕有白莲教大起义。
⑥ 九妹倩:九妹的丈夫。倩,旧称女婿。

【译文】

乙丑年(1805)七月,石琢堂才从京都回到故乡。石琢堂名韫玉,字执如,琢堂是他的号。他和我是童年时的朋友,乾隆庚戌年(1790)他考中状元,如今出任四川重庆的太守。白莲教发生暴乱时,他曾三年戎马征战,极有功绩。他回来的时候,与我相见十分欣喜,接着他又在九月九日,带着家眷重新回到四川重庆赴任,并邀请我一同前去。我于是在九妹夫陆尚吾的家中叩别我的母亲,原来父亲所住的故居已属他人了。我母亲嘱咐我说:"你弟弟是个指望不了的人,你去后一定要努力,重振家声,全靠你了。"逢森送我到半路,忽然不停地流泪,因此我嘱咐他不要再送,让他回去了。

舟出京口①,琢堂有旧交王惕夫孝廉②在维扬盐署,绕道往晤,余与偕往,又得一顾芸娘之墓。返舟由长江溯流而上,一路游览名胜,至湖北之荆州,得升潼关观察③之信,遂留余与其嗣君④敦夫眷属等,暂寓荆州,琢堂轻骑简从,至重庆度岁,遂由成都历栈道之任⑤。丙寅⑥二月，川眷⑦始由水路往，至樊城⑧登陆，途长费巨，车重人多，毙马折轮，备尝辛苦。抵潼关甫三月，琢堂又升山左廉访⑨，清风两袖，眷属不能偕行，暂借潼川书院作寓。十月抄，始支山左廉俸⑩，专人接眷。附有青君之书，骇悉逢森于四月间夭亡，始忆前之送余堕泪者，盖父子永诀也。呜呼！芸仅一子，不得延其嗣续耶！琢堂闻之，亦为之浩叹，赠余一妾，重入春梦⑪。从此扰扰攘攘，又不知梦醒何时耳。

【注释】

① 京口：城名。故址在今江苏镇江市。
② 孝廉：举人。
③ "得升"句：得到石琢堂升迁为潼关道员的消息。观察，道员的俗称。
④ 嗣君：朋友的儿子。
⑤ 历栈道之任：经过栈道上任。栈道，川陕之间的山腰上傍山架木而成的道路。
⑥ 丙寅：嘉庆十一年（1806）。
⑦ 川眷：石琢堂在四川重庆的眷属。
⑧ 樊城：地名。在今湖北襄樊。
⑨ 山左廉访：山东廉访使。旧称山东为山左。
⑩ 支山左廉俸：支取山东廉访使的薪水。
⑪ 春梦：春日之梦。也常以比喻世事无常，繁华易逝。唐刘禹锡《春日书怀》："眼前名利同春梦。"

【译文】

船出了京口，石琢堂有一个旧时的朋友王惕夫孝廉在扬州盐署，他绕道去会见朋友，我与他同去，又得以看了看芸娘的墓。我们换了船从长江溯流而上，一路游览名胜，到了湖北的荆州，得到了石琢堂升迁为潼关道员的消息,于是他留下我和他的儿子敦夫,以及眷属等,暂时住在荆州,他自己轻骑简从,到重庆过年,再由成都经过栈道赴任。丙寅年(1806)二月,他在四川重庆的眷属才从水路动身,到樊城上岸,路途遥远,花费巨大,车重人多,马死轮折,备尝辛苦。他们到达潼关刚三个月,石琢堂又升为山东廉访使,他两袖清风,眷属不能同行,暂时借住在潼川书院中。十月底,他才开始支取山东廉访使的薪俸,派专人回来接眷属,其中附有青君给我的一封信,我才惊悉逢森于四月间夭亡了。想到前次他送我时流泪不止,原来是由于父子要永别了。唉,芸仅有一个儿子,不能延续她的后代了。琢堂听说了,也为之长叹,他送给我一个妾室,我于是重新开始了尘世的生活,从此纷纷扰扰,又不知在何处才能梦醒。

卷四　浪游记快

余游幕三十年来，天下所未到者，蜀中、黔中与滇南①耳。惜乎轮蹄征逐②，处处随人；山水怡情，云烟过眼，不过领略其大概，不能探僻寻幽也。余凡事喜独出己见，不屑随人是非③，即论诗品画，莫不存人珍我弃、人弃我取之意，故名胜所在，贵乎心得，有名胜而不觉其佳者，有非名胜而自以为妙者。聊以平生所历者记之。

【注释】

① 蜀中、黔中与滇（diān）南：四川、贵州和云南。
② 轮蹄征逐：乘车骑马应征随行。
③ 随人是非：随着别人的意见肯定或否定。

【译文】

我在外面做幕僚三十年来，天下没到过的地方，只有四川、贵州和云南。可惜都是乘着车马应征随行，处处得随着别人。山水给我带来的快乐，如过眼烟云一样，只能大致地领略一下，不能深入探幽访胜。我凡事喜欢独出己见，不屑于人云亦云。就是论诗品画，也无不存有别人珍重的我抛弃，别人抛弃的我珍惜的情况。所以我游历名胜山水，贵在心有所得。有的是名胜而我并不觉得它好在哪里，有的不是名胜我反而认为它妙不可言。姑且把我平生所经历的记下来。

余年十五时，吾父稼夫公馆于山阴赵明府①幕中，有赵省斋先生名传者，杭之宿儒②也，赵明府延教其子，吾父命余亦拜投门下。

暇日出游，得至吼山③，离城约十余里，不通陆路。近山见一石洞，上有片石横裂欲堕，即从其下荡舟入，豁然空其中，四面皆峭壁，俗名之曰"水园"。临流建石阁五椽，对面石壁有"观鱼跃"三字。水深不测，相传有巨鳞④潜伏。余投饵试之，仅见不盈尺者出而唼食⑤焉。阁后有道通旱园，拳石乱叠，有横阔如掌者，有柱石平其顶而上加大石者，凿痕犹在，一无可取。游览既毕，宴于水阁，命从者放爆竹，轰然一响，万山齐应，如闻霹雳声。此幼时快游之始。惜乎兰亭⑥禹陵⑦未能一到，至今以为憾。

【注释】

① 山阴赵明府：山阴，旧县名，因在会稽山之阴（北）而得名，治所在今浙江绍兴。明府，对县令的尊称。
② 宿儒：素有声望的学者。
③ 吼山：在绍兴东。上有南宋忠臣陆秀夫祠。
④ 巨鳞：很大的鱼。
⑤ 唼（shà）食：鱼吃食。
⑥ 兰亭：在绍兴西南。晋王羲之曾与四十一位名士在此会饮，作《兰亭序》记之。
⑦ 禹陵：夏禹的陵墓，在浙江绍兴会稽山上。相传禹南巡至会稽而亡。

【译文】

　　我十五岁那年，我的父亲在山阴赵县令幕中任职，有一位赵省斋先生很有名望，是杭州的大学者。赵县令把他请来教自己的儿子读书，我父亲也命令我拜师在他门下。读书闲暇时，我们外出游玩，得以见到吼山。吼山离绍兴城十多里，不通旱路。我们走近吼山，看见一个石洞，上面有片状的山石横裂，好像随时会掉下来一样。从石下荡船进洞，里面十分开阔空旷，四面都是峭壁。这里俗名叫"水园"，临着河流建有五间石阁,对面石壁上有"观鱼跃"三个字,水深不可测,相传里面有很大的鱼。我投下鱼饵去试,只看见不到一尺长的小鱼出来吃食。阁后有条路通向旱园,像拳头一样的圆石杂乱无章地矗立着,有形状横阔像巴掌的,有柱形的石头横放在顶上而上面又加块大石的,人工雕凿的痕迹还在,没有什么可取之处。游览完后,我们在水阁上宴饮。先生命令随从的人放爆竹,轰然一响,万山回应,我们好像听到霹雳的声音。这是少年时代我痛快的游历的开端。可惜那次没能到兰亭、禹陵去,至今引为憾事。

至山阴之明年,先生以亲老不远游,设帐于家①。余遂从至杭,西湖之胜因得畅游。结构之妙,予以龙井②为最,小有天园次之。石取天竺之飞来峰③,城隍山之瑞石古洞。水取玉泉④,以水清多鱼,有活泼趣也。大约至不堪者⑤,葛岭⑥之玛瑙寺。其余湖心亭,六一泉⑦诸景,各有妙处,不能尽述,然皆不脱脂粉气⑧,反不如小静室之幽僻,雅近天然。

【注释】

① 设帐于家:在家乡办学。
② 龙井:地名,在西湖西南风篁岭上。以产茶著名。
③ 飞来峰:山峰名,在西湖西北灵隐寺前。相传东晋有天竺僧慧理登此山,叹道:"此是中天竺国灵鹫山之小岭,不知何年飞来。"因号其峰曰"飞来"。
④ 玉泉:在西湖西北玉泉山麓。泉水自池下涌出,清沏见底,内蓄大鱼,有"鱼乐国"之称。
⑤ 不堪者:经不起一看的。
⑥ 葛岭:在西湖北面。相传晋葛洪曾在此炼丹,故名。
⑦ 湖心亭、六一泉:湖心亭在西湖中。六一泉在西湖孤山下。欧阳

修号六一居士，曾在此居住，故名。

⑧ 脂粉气：在此指人工雕凿的痕迹。

【译文】

　　我到山阴的第二年，赵先生因为双亲年迈不愿在外远游，就把学堂设在他的家乡，我于是跟着他来到杭州，得以畅游西湖的胜景。若论结构布局的巧妙，西湖诸景中应当首推龙井，小有天园仅次于它。石山中可取的是灵隐寺前的天竺国飞来峰，水中可取的是玉泉，因为它水清多鱼，有着活泼的情趣。大约最经不起一看的，是葛岭的玛瑙寺，其他的像湖心亭、六一泉等景，各有妙处，不能尽述，然而都没有脱去人工雕凿的痕迹，反而不如小静室的幽深僻静，雅致而接近天然。

　　苏小①墓在西泠桥②侧，土人指示，初仅半丘黄土而已。乾隆庚子③，圣驾④南巡，曾一询及⑤。甲辰⑥春，复举南巡盛典，则苏小墓已石筑，其坟作八角形，上立一碑，大书曰："钱塘苏小小之墓。"从此吊古骚人⑦，不须徘徊探访矣！余思古来烈魄贞魂⑧，埋没不传者，固不可胜数，即传而不久者亦为不少。小小一名妓耳，自南齐至今，尽人而知之，此殆灵气所钟，为湖山点缀耶？

【注释】

① 苏小：苏小小。南齐钱塘名歌妓。

② 西泠（líng）桥：在孤山与苏堤之间。

③ 乾隆庚子：乾隆四十五年（1780）。

④ 圣驾：皇帝。

⑤ 曾一询及：曾询问过这件事。

⑥ 甲辰：乾隆四十九年（1784）。

⑦ 吊古骚人：凭吊古迹的文人诗人。

⑧ 烈魄贞魂：指历史上那些忠烈坚贞的人们。

【译文】

苏小小的墓在西泠桥的侧面，经当地人介绍，最初这里只是一堆黄土而已。乾隆庚子年（1780），皇上南巡曾经问及此事，甲辰年（1784）春天，皇上又举巡南行盛典时，苏小小的墓已经用石头砌好了。坟是八角形的，上面立着一块碑，用大字刻着"钱塘苏小小之墓"。从此以后，凭吊古迹的文人墨客，便不须四处徘徊寻访了。我想自古以来，那些忠烈坚贞的人们，被埋没而不能流传于世的不知有多少，即使是名声流传下来、但传之不久的也有不少。苏小小是一个名妓，从南齐到如今，没有人不知道她，这大约是由于美丽的女子为江山灵气所钟爱，用她来作湖山风光的点缀吧！

桥北数武有崇文书院①，余曾与同学赵缉之投考其中。时值长夏，起极早，出钱塘门，过昭庆寺，上断桥②，坐石栏上。旭日将升，朝霞映于柳外，尽态极妍；白莲香里，清风徐来，令人心骨皆清。步至书院，题犹未出也。午后交卷，偕缉之纳凉于紫云洞，大可容数十人，石窍上透日光。有人设短几矮凳，卖酒于此。解衣小酌，尝鹿脯其妙，佐以鲜菱雪藕，微酣，出洞。

缉之曰："上有朝阳台，颇高旷，盍往一游？"余亦兴发，奋勇登其巅，觉西湖如镜，杭城如丸，钱塘江如带，极目可数百里，此生平第一大观也。坐良久，阳乌将落，相携下山，南屏晚钟③动矣。韬光、云栖，路远未到。其红门局之梅花，姑姑庙之铁树，不过尔尔。紫阳洞予以为必可观，而访寻得之，洞口仅容一指④，涓涓流水而已。相传中有洞天，恨不能抉门⑤而入。

【注释】

① 书院：书院之名始于唐，为藏书与讲学之所，一般选山林名胜之地为院址。清代书院多数成为准备科举的场所或学校。

② 断桥：在西湖白堤上。"断桥残雪"为西湖十景之一。
③ 南屏晚钟：南屏山在西湖南，有净慈寺。"南屏晚钟"亦为西湖十景之一。
④ 指：指尺。古时以中指中节的长度为一寸，十寸为一尺，以指为度量单位，故称指尺。
⑤ 抈门：撬开门。

【译文】

往桥北走几步是崇文书院，我曾和同学赵缉之来这里投考。当时正是夏天，我们起得很早，出钱塘门，过昭庆寺，上了断桥，坐在石栏上，旭日将升，朝霞映着堤柳，景色非常迷人。白莲散发着清香，清风徐来，令人心旷神怡。我们走到书院，考题还没有出。中午交了试卷，我和赵缉之到紫云洞乘凉。紫云洞中可容纳几十人，从石洞中透进阳光。有人摆上短几矮凳，在这里卖酒。我俩在这里解衣小饮，觉得鹿脯的味道特别美妙，佐食的菜中还有新鲜的菱角、雪白的藕。我俩喝得微醉，出了山洞。

赵缉之说："山上有个朝阳台，很高旷，何不去一游？"我也动了游兴，两人奋勇登上山顶，觉得西湖像一面镜子，杭州像一粒弹丸，钱塘江像一条丝带，放眼望去，可看到几百里以外，这是我生平第一次所看到的宏伟的景观。我们坐了很久，太阳快要西沉时，才手拉手地下了山，南屏山佛寺的晚钟已经敲响。韬光、云栖两景，因为路远没去，那里红门局的梅花，姑姑庙的铁树，不过如此。紫阳洞我认为一定要看，四处寻访才找到，洞口仅仅不到一尺宽，只有涓涓流水才能通过。相传其中别有洞天，我恨不得撬开石洞进去。

清明日，先生春祭①扫墓，挈余同游。墓在东岳。是乡多竹，坟丁掘未出土之毛笋，形如梨而尖，作羹供客。余甘之，尽其两碗。先生曰："噫！是虽味美而克心血，宜多食肉以解之。"余素不贪屠门之嚼②，至是饭量且因笋而减。归途觉烦燥，唇舌几裂。过石屋洞，不甚可观。水乐洞峭壁多藤萝，入洞如斗室，有泉流甚急，其声琅琅。池广仅三尺，深五寸许，不溢亦不竭。余俯流就饮，烦燥顿解。洞外二小亭，坐其中，可听泉声。衲子③请观万年缸。缸在香积厨④，形甚巨，以竹引泉灌其内，听其满溢。年久结苔厚尺许，冬日不冰，故不损也。

【注释】

① 春祭：古代春日宗庙之祭。

② 屠门之嚼：指吃肉。

③ 衲子：和尚。

④ 香积厨：佛寺厨房。

【译文】

　　清明节，先生春祭扫墓，带着我一起去。墓在东岳。这里的竹子很多，守墓人挖出那些还没有钻出地面的春笋，形状像梨而比梨尖的，作成羹汤待客。我很喜欢吃，一连吃了两大碗。先生说："哎呀！这东西味道虽美，但吃多了心里不舒服，要多吃肉才能消解。"我一向不喜欢吃肉，这时饭量也因吃多了笋而减小。回去的路上我感到烦燥，唇舌似乎要裂开了。经过石屋洞，我觉得没有什么好看，水乐洞的峭壁上多生藤萝，进洞后，里面像一间斗室，有湍急的泉流发出响亮的声音。泉池只有三尺宽，深五寸左右，既不溢出也不枯竭。我俯身去饮泉水，感觉烦燥顿时消解。洞外有二个小亭子，坐在里面，可以听到泉声。佛寺中的和尚请我们去观看万年缸，缸在佛寺的厨房中，很大，用竹节引泉水流入其中，听任它漫溢出来。由于年代久远，缸里面结了一尺多厚的青苔，冬天缸里的水不会结冰，所以缸不会被冻坏。

　　辛丑①秋八月，吾父病疟返里②。寒索火，热索冰，余谏不听，竟转伤寒，病势日重。余侍奉汤药，昼夜不交睫者几一月。吾妇芸娘亦大病，恹恹在床。心境恶劣，莫可名状。吾父呼余嘱之曰："我病恐不起。汝守数本书，终非糊口计。我托汝于盟弟蒋思斋，乃继吾业③可耳。"越日思斋来，即于榻前命拜为师。未几，得名医徐观莲先生诊治，父病渐痊，芸亦得徐力起床。而余则从此习幕④矣。此非快事，何记于此？曰：此抛书浪游之始，故记之。

【注释】

① 辛丑：乾隆四十六年（1781）。
② 病疟返里：得了疟疾返回故乡。
③ 继吾业：沈复的父亲当时在会稽幕府当幕僚，"继吾业"即是要沈复也干这一行当。
④ 习幕：学习做幕僚。

【译文】

辛丑年（1781）秋八月，我的父亲得了疟疾返回故乡。他发冷就要烤火，发热时就要用冰，我劝他也不听，竟然转成伤寒，病情越来越重。我服侍父亲，端汤喂药，日夜不能休息的日子几乎有一个月。我的妻子芸娘也正在生大病，十分虚弱地躺在床上。那时我心境的恶劣难以形容。我的父亲把我叫去嘱咐说："我的病恐怕好不了，你守着几本书读，终究不是谋生之计。我把你托给我的盟弟蒋思斋，你就可以继承我的这一行了。"第二天蒋思斋来了，父亲就命令我在他的榻前拜蒋思斋为师。没过多久，父亲的病得到名医徐观莲先生的诊治，逐渐好起来，芸也能够慢慢地起床了。而我从此便弃文习幕。这并非快事，为何要记呢？我以为，这是抛书浪游的始因，所以记下了它。

思斋先生名襄。是年冬，即相随习幕于奉贤①官舍。有同习幕者，顾姓名金鉴，字鸿干，号紫霞，亦苏州人也，为人慷慨刚毅，直谅不阿②。长余一岁，呼之为兄，鸿干即毅然呼余为弟，倾心相友。此余第一知交也。惜以二十二岁卒。余即落落寡交。今年且四十有六矣，茫茫沧海，不知此生再遇知己如鸿干者否。忆与鸿干订交，襟怀高旷，时兴山居③之想。

【注释】

① 奉贤：县名，清时属江苏松江府，今属上海市。
② 直谅不阿：正直、诚实而刚正不阿。《论语·季氏》："益者三友，……友直、友谅、友多闻，益矣。"
③ 山居：隐居山林。

【译文】

　　蒋思斋先生名襄，这年冬天，我就跟随着他到奉贤县的官舍去习幕。有个和我一起习幕的人，叫顾金鉴，字鸿干，号紫霞，也是苏州人，为人慷慨豪爽，刚直不阿。他大我一岁，我称他兄长，他也十分爽快地认我为兄弟。我俩倾心相交，这是我一生中的第一个知心朋友，可惜他二十二岁就死了，于是我十分孤独，少有朋友。今年我已经有四十六岁了，在茫茫的人世间，不知此生还能否再遇到像鸿干这样的知己。回想当初我和鸿干结为至友时，两人都有着高超旷远的襟怀，常常萌生出隐居山林的念头。

　　重九日，余与鸿干俱在苏。有前辈王小侠与吾父稼夫公唤女伶演剧，宴客吾家。余患其扰，先一日约鸿干赴寒山①登高，藉访他日结庐②之地。芸为整理小酒榼③。越日，天将晓，鸿干已登门相邀，遂携榼出胥门④，入面肆，各饱食。渡胥江，步至横塘⑤枣市桥，雇一叶扁舟，到山，日犹未午。舟子颇循良⑥，令其粜米⑦煮饭。余两人上岸，先至中峰寺。寺在支硎古刹⑧之南，循道而上。寺藏深树，山门寂静，地僻僧闲，见余两人不衫不履⑨，不甚接待。

余等志不在此，未深入。

【注释】

① 寒山：在苏州西，上有寒山寺。唐张继《枫桥夜泊》"姑苏城外寒山寺"，即指此。
② 结庐：为隐居山林而建造茅屋。
③ 酒榼（kē）：古代盛酒器具。
④ 胥门：城门名。即今江苏苏州城西门。
⑤ 横塘：地名。在苏州西南。
⑥ 循良：老实规矩。
⑦ 籴（dí）米：买米。
⑧ 支硎（xíng）古刹：支硎山上的古寺庙。支硎山，在苏州西，晋代高僧支遁曾隐于此山，山有平石如硎（磨刀石），故名。
⑨ 不衫不履：衣衫鞋帽不整。

【译文】

九月九日重阳节时，我和鸿干都在苏州。有个前辈叫王小侠的，和我的父亲稼夫公在我们家中请女伶演戏，聚客宴饮，我怕热闹，头一天就与鸿干相约到寒山登高，并借此机会去寻找以后我们隐居时建造茅屋的地方，芸为我准备了一提盒酒菜。第二天拂晓，鸿干就到我家约我，于是我们提着酒菜走出胥门，到一家面馆中吃饱肚子，渡过胥江，步行到横塘枣市桥，雇了一只小船，到达寒山时，太阳还没当午。船夫很老实规矩，我们叫他买米做饭。我俩上了岸，先到中峰寺。寺庙坐落在支硎古刹的南边，我们沿着小道上去，寺庙藏在很深的树林中，庙门口寂静冷清，地僻僧闲。僧人看到我俩衣冠不整，不大热心接待。我们对这里兴趣也不大，没有深入游玩。

归舟饭已熟。

饭毕,舟子携榼相随,嘱其子守船。由寒山至高义园之白云精舍。轩临峭壁,下凿小池,围以石栏,一泓秋水。崖悬薜荔①,墙积莓苔。坐轩下,唯闻落叶萧萧,悄无人迹。出门有一亭,嘱舟子坐此相候,余两人从石罅②中入,名一线天,循级盘旋,直造③其巅,曰"上白云"。有庵已坍颓④,存一危楼⑤,仅可远眺。小憩片刻,即相扶而下。

【注释】

① 薜荔(bì lì):木本植物,又名木莲。茎蔓生,常绿。

② 石罅(xià):石缝。

③ 造:到。

④ 坍颓:倒坍破落。

⑤ 危楼:高楼。

【译文】

回到船上,饭已经烧好了。我们吃过饭,船夫提着酒菜盒跟着我们,叫他的儿子守船,我们又从寒山到了高义园的白云精舍。这里的轩楼临着峭壁,下面凿有一个小水池,围着石栏,里面是一泓清水。山崖上悬挂着薜荔,墙根下积满了草莓青苔。我们坐在轩中,只听到落叶的萧萧声,四周静悄悄的杳无人迹。出了门,有一个亭子,我们嘱咐船夫坐在这里等候,然后从一个叫"一线天"的石缝中爬进去,沿着石级盘旋而上,直达山顶。这个地方叫"上白云",有一个小庵已经倒坍破落,仅存一个高楼,只能远远地眺望。我们休息了一会儿,就相扶着下山。

舟子曰:"登高忘携酒榼矣。"

鸿干曰:"我等之游,欲觅偕隐地耳,非专为登高也。"

舟子曰:"离此南行二三里,有上沙村,多人家,有隙地。

我有表戚范姓居是村，盍往一游？"

余喜曰："此明末徐俟斋①先生隐居处也。有园闻极幽雅，从未一游。"

于是舟子导往。村在两山夹道中。园依山而无石，老树多极纡回盘郁②之势。亭榭窗栏，尽从朴素，竹篱茆舍③，不愧隐者之居。中有皂荚亭，树大可两抱。余所历园亭，此为第一。

园左有山，俗呼鸡笼山，山峰直竖，上加大石，如杭城之瑞石古洞，而不及其玲珑。旁一青石如榻，鸿干卧其上曰："此处仰观峰岭，俯视园亭，既旷且幽，可以开樽矣。"因拉舟子同饮，或歌或啸，大畅胸怀。土人知余等觅地而来，误以为堪舆④，以某处有好风水相告。鸿干曰："但期合意，不论风水。"岂意竟成谶语⑤！

【注释】

① 徐俟斋：徐枋，号俟斋，明末举人。明亡后隐居不仕，工书画，善诗文。有《居易堂集》二十卷。
② 纡回盘郁：盘根错节，虬枝繁茂。
③ 茆舍：茅屋。
④ 堪舆：造宅相地、察看风水。
⑤ 谶（chèn）语：后来应验的话。因顾鸿干二十二岁而卒，故有此语。

【译文】

船夫说："你们登高忘记带上酒菜盒了。"

鸿干说："我们到这里来游玩，是想找一个隐居的地方，并非专门为了登高。"

船夫说："从这里往南走二三里，有个上沙村，住户很多，也有空地。我有个表亲姓范，住在这个村里，何不到那里一游？"

我高兴地说："这是明末徐俟斋先生隐居的地方，听说有个园亭极其幽静雅致，从没去玩过。"

于是，船夫领着我们到上沙村去。村子在两山中间的夹道中，园亭依山而建没有山石，老树多是盘根错节、虬枝繁茂，亭榭窗栏都很朴素，竹篱茅屋，不愧为隐者的居处。中间有个皂荚亭，一棵皂荚树粗到可两人合抱。在我所见过的园亭中，这里推为第一。

园亭左侧有座山，俗称"鸡笼山"，山峰直立，上面有块大石，很像杭州城中的瑞石古洞，但不如它玲珑小巧。旁边有一块大青石像一张床榻，鸿干躺在上面，说："这里可以仰观峰岭，俯视园亭，既空旷又幽静，可以在此饮酒了。"于是我们拉船夫一起喝酒，又唱又叫，非常快活。当地人知道我们是来寻地造屋的，误以为我们是察看风水，就告诉我们某处有好风水，鸿干说："只要合意，不论风水。"谁知道这话竟成了谶言！

酒瓶既罄，各采野菊插满两鬓。归舟日已将没，更许①抵家，客犹未散。芸私告余曰："女伶中有兰官者，端庄可取。"余假传母命呼之入内，握其腕而睨②之，果丰颐③白腻。

余顾芸曰："美则美矣，终嫌名不称实。"

芸曰："肥者有福相。"

余曰："马嵬之祸④，玉环之福⑤安在？"

芸以他辞遣之出，谓余曰："今日君又大醉耶？"余乃历述所游，芸亦神往者久之。

【注释】

① 更许：夜间一更之后。

② 睨（nì）：斜视。

③ 丰颐：面颊丰满。

④ 马嵬（wéi）之祸：指唐天宝十四年安禄山反，玄宗仓皇奔蜀，途经马嵬坡，六军不发，玄宗无奈，赐杨贵妃死一事。
⑤ 玉环之福：相传杨贵妃长得丰满，有"环肥燕瘦"之说，故此说是福相。

【译文】

　　酒喝完后，我们又各自采摘野菊花插满两鬓。回到船上时，太阳已经快要落山，到家已经是夜间一更左右，家里的宾客还没散去。芸私下告诉我说："女戏子中有个叫兰官的，长得端庄美丽。"我假传母亲的命令把兰官叫进屋里，握着她的手腕打量她，果然面颊丰满，皮肤白嫩。

　　我对芸说："她长得美是美，但是和她的名字不相称。"

　　芸说："长得丰满是福相。"

　　我说："马嵬坡之祸，杨玉环的福气何在？"

　　芸用别的话题把兰官支走，对我说："你今天又喝醉酒了吧？"我就把和鸿干一起游历的经过讲给她听，芸听了后也久久神往。

　　癸卯①春，余从思斋先生就维扬②之聘，始见金、焦③面目。金山宜远观，焦山宜近视。惜余往来其间，未尝登眺。渡江而北，渔洋④所谓"绿杨城郭是扬州"一语，已活现矣。平山堂⑤离城约三四里，行其途有八九里。虽全是人工，而奇思幻想，点缀天然；即阆苑瑶池，琼楼玉宇，谅不过此。其妙处在十余家之园亭，合而为一，联络至山，气势俱贯。其最难位置处，出城入景，有一里许紧沿城郭⑥。夫城缀⑦于旷远重山间，方可入画，园林有此，蠢笨绝伦。而观其或亭或台，或墙或石，或竹或树，半隐半露间，使游人不觉其触目⑧；此非胸有丘壑者，断难下手。

【注释】

① 癸卯：乾隆四十八年（1783）。
② 维扬：扬州的别称。
③ 金、焦：金山、焦山。金山，在镇江西北；焦山，在镇江东北，屹立江中，与金山对峙，并称金、焦。
④ 渔洋：清代诗人王士祯，别号渔洋山人。此诗句出自他的《红桥怀古》。
⑤ 平山堂：古迹。在扬州西北蜀冈上。宋庆历八年郡守欧阳修所建。因登堂可以望见江南诸山，故以平山为名。
⑥ 紧沿城郭：紧紧地靠着城市。
⑦ 缀：点缀物，景点。
⑧ 触目：刺眼。

【译文】

癸卯年（1783）春天，我跟着蒋思斋先生到扬州幕府任聘，才看到了金山、焦山的风采。金山宜于远看，焦山宜于近观。可惜我从两山之间来来往往，却没有登临眺望。过了长江往北走，王士祯所说的"绿杨城郭是扬州"的景象，已经活现在眼前。平山堂离城里大约有三四里，走上去大约要走八九里。虽然全是人工景色，但构思奇妙，点缀得十分自然，即使是传说中的阆苑瑶池，琼楼玉宇，想来也不过如此。它的妙处在于：把十几处园亭景色连成一片，使彼此联系照应，一直到山上，气势都能贯通。其中最难以布局安排之处，是出城之后进入风景区，有一里多路的景色紧紧地靠着城郭。大凡城市中的景点，须要以旷远的重山为背景，才富有画意，而将它们与城市相连，是十分蠢笨的。但是看看这里，不论是亭是台，是墙是石，是竹是树，都被安排得处于半隐半显之间，使得游人并不觉得它刺眼。这若不是胸中装着大自然山山水水的人，决不可能如此构思。

城尽以虹园为首。折而向北，有石梁①曰"虹桥"。不知园以桥名乎？桥以园名乎？荡舟过，曰"长堤春柳"。此景不缀城脚而缀于此，更见布置之妙。再折而西，垒土立庙，曰"小金山"，有此一挡，便觉气势紧凑，亦非俗笔。闻此地本沙土，屡筑不成，用木排若干层叠加土，费数万金乃成。若非商家，乌能如是②？

　　过此有"胜概楼"，年年观竞渡③于此，河面较宽。南北跨一莲花桥。桥门通八面，桥面设五亭，扬人呼为"四盘一暖锅"，此思穷力竭之为，不甚可取。桥南有莲心寺。寺中突起喇嘛白塔，金顶缨络④，高矗云霄，殿角红墙松柏掩映，钟磬⑤时闻，此天下园亭所未有者。

【注释】

① 石梁：石桥。
② 乌能如是：怎能如此。
③ 竞渡：端午节龙舟竞渡。
④ 金顶缨络：金色的塔顶，四周垂下装饰物。缨络，原指女子头上珠玉缀成的饰物。
⑤ 钟磬（qìng）：佛寺中撞钟击磬的声音。

【译文】

　　走到城的尽头，首先来到虹园。转而向北走，有一座石桥名叫"虹桥"，不知道虹园因虹桥而得名，还是虹桥因虹园而得名。划着小船过了桥，有一处叫"长堤春柳"，这个景观不是点缀在城下而是点缀在这里，更显出布局安排上的巧妙。再转弯向西走，有一座土垒的山，山上立着一所庙，山名叫"小金山"，有了这座山的遮挡便觉得气势紧凑，也不是凡俗之笔。听说这里的土质本是沙土，屡次垒山不成，后来用许多层木排叠在上面，花费了几万两银子才造成。如果不是商家富户，怎能如此？

过了"小金山"有座"胜概楼",人们年年在这里观看龙舟竞渡。这里的河面较宽,南北两岸横跨一座莲花桥。桥门可通八面,桥面上有五个亭子,扬州人称它为"四盘一暖锅",这是挖空心思的设计,不大可取。桥南有莲心寺,寺中高耸着喇嘛白塔,金色的塔顶,四周垂下装饰物。大殿下的红墙被苍松翠柏掩映着,佛寺的钟磬之声,时时可以听到,这是天下园亭中所没有的。

　　过桥见三层高阁,画栋飞檐,五彩绚烂,叠以太湖石,围以白石栏,名曰"五云多处",如作文中间之大结构也。过此名"蜀冈朝旭",平坦无奇,且属附会。将及山,河面渐束,堆土植竹树,作四五曲;似已山穷水尽,而忽豁然开朗,平山之万松林,已列于前矣。"平山堂"为欧阳文忠公①所书。所谓"淮东第五泉",真者在假山石洞中,不过一井耳,味与天泉同;其荷亭中之六孔铁井栏者,乃系假设,水不堪饮。九峰园另在南门幽静处,别饶天趣;余以为诸园之冠。康山未到,不识如何。

　　此皆言其大概。其工巧处,精美处,不能尽述。大约宜以艳妆美人目之,不可作浣纱溪上观也②。余适恭逢南巡盛典③,各工告竣,敬演接驾点缀④,因得畅其大观⑤,亦人生难遇者也。

【注释】

① 欧阳文忠公:宋代文学家欧阳修。
② "大约"句:大概宜于把它们看作精心打扮的艳妆美人,而不能看作浣纱溪上、意韵天然的西施。
③ "余适逢"句:我恰恰有幸遇到乾隆皇帝下江南的盛大典礼。此指乾隆皇帝第二次下江南,在乾隆四十九年(1784)。
④ "敬演"句:恭敬地进行着迎接圣驾的布置。演,推行;点缀,装点。

⑤ 畅其大观：大饱眼福。

【译文】

过了桥可以看到一座有三层楼的高阁，画栋飞檐，五彩绚丽，外面用太湖石叠成假山，围上白石栏杆，名叫"五云多处"，这里好像是作文中的重点结构。过了这里，有个地方叫"蜀冈朝旭"，平淡无奇，而且牵强附会。快到山脚时，河面渐渐变窄，河岸的有些土堆上种植着竹子和树木，有四五处转折，仿佛已经山穷水尽，而突然之间豁然开朗。平山的万松林，已经展现在眼前了。"平山堂"三个字，是欧阳修大人所题。所谓"淮东第五泉"，真的在假山石洞中。不过是一口井罢了，味道与天泉水相同；而在荷亭中那六口有铁栏杆拦着的井是假的，里面的水不能喝。九峰园单独位于南门的幽静之处，别有天然之趣，我认为它是诸多亭园中最好的。康山未到，不知如何。

这都是言其大概，其中的工巧之处、精美之处，不能详尽描述。总的来说，宜于把它看作一位艳妆的美人，而不是浣纱溪上的西施。我刚好碰上乾隆皇帝下江南的盛大典礼，各处建筑都已竣工，地方上恭敬地进行着迎接圣驾的布置，我因此得以大饱眼福。这也是人生难得的一个机遇。

甲辰①之春，余随侍吾父于吴江②何明府幕中，与山阴章苹江、武林章映牧、苕溪顾霭泉诸公同事。恭办南斗圩行宫③，得第二次瞻仰天颜④。一日，天将晚矣，忽动归兴。有办差小快船，双橹两桨，于太湖飞棹疾驰，吴俗呼为"出水虿头"，转瞬已至吴门桥，即跨鹤腾空，无比神爽。抵家，晚餐未熟也。

吾乡素尚繁华，至此日之奇急夺胜，较昔尤奢。灯彩眩眸，笙歌聒耳，古人所谓"画栋雕甍"⑤"珠帘绣幕""玉阑干""锦步障"⑥不啻过之⑦。余为友人东拉西扯，助其插花结彩。闲则呼朋引类，剧饮狂歌，畅怀游览。少年豪兴，不倦不疲。苟生于盛世而仍居僻壤，安得此游观哉！

【注释】

① 甲辰：乾隆四十九年（1784）。
② 吴江：县名，在苏州附近。
③ "恭办"句：奉行命令在南斗圩行宫办事。
④ 天颜：皇帝面容。
⑤ 画栋雕甍（méng）：在屋梁屋脊上彩绘雕刻。甍，屋脊。
⑥ 锦步障：锦制的遮避风尘或障蔽内外的屏幕。《世说新语·汰侈》："君夫（王恺）作紫丝布步障、碧绫裹四十里，石崇作锦步障五十里以敌之。"
⑦ 不啻（chì）过之：有过之而无不及。

【译文】

甲辰年（1784）的春天，我跟随着父亲到吴江何县令的幕府中，与山阴的章苹江、杭州的章映牧、苕溪的顾霭泉等人共事。我们奉行命令在南斗圩行宫办事，得以第二次瞻仰皇上的容颜。有一天，天色已晚，我忽然很想回家。当时有办差用的小快船，双橹双桨，我乘上它在太湖上飞棹疾驰，这在苏州俗称"出水辔头"，转眼之间已到了吴门桥，就好像是跨鹤腾空一样，令人感到无比的神怡气爽。回到家时，家里的晚饭还没熟呢。

我们的家乡一向崇尚繁华，到皇上南巡日的争夺斗胜，比起平时来更为奢侈。灯彩眩目，笙歌聒耳，与古人所说的"画栋雕甍""珠帘绣幕""玉阑干""锦步障"等相比，有过之而无不及。我被朋友们东请西邀，帮助他们插花布置、张灯结彩；闲下来时就呼朋喊友，狂歌豪饮，尽兴游览。青年人豪兴正浓，丝毫也不感到疲倦。如果我生在太平盛世但是居住在穷乡僻壤，哪能得到如此的游历观赏呢？

是年，何明府因事被议①，吾父即就海宁②王明府之聘。嘉兴有刘蕙阶者，长斋佞佛③，来拜吾父。其家在烟雨楼侧，一阁临河，曰"水月居"，其诵经处也，洁净如僧舍。烟雨楼在镜湖④之中，四岸皆绿杨，惜无多竹。有平台可远眺。渔舟星列，漠漠平波，似宜月夜。衲子备素斋甚佳。

至海宁，与白门⑤史心月、山阴俞午桥同事。心月一子名烛衡，澄静缄默，彬彬儒雅，与余莫逆⑥，此生平第二知心交也，惜萍水相逢，聚首无多日耳。游陈氏安澜园，地占百亩，重楼复阁，夹道回廊。池甚广，桥作六曲形，石满藤萝，凿痕全掩，古木千章⑦，皆有参天之势，鸟啼花落，如入深山。此人功而归于天然者，余所历平地之假石园亭，此为第一。曾于桂花楼中张宴，诸味尽为花气所夺，维酱姜味不变，姜桂之性，老而愈辣，以喻忠节之臣，洵不虚也。

【注释】

① 被议：被议处，交议处分。
② 海宁：县名。在浙江省北部，亦称盐官县。
③ 长斋佞（nìng）佛：吃斋信佛。
④ 镜湖：又名鉴湖，在今浙江绍兴会稽山北麓。
⑤ 白门：南京。
⑥ 莫逆：指彼此心意相通，无所违逆。后因称情投意合的朋友。
⑦ 千章：千棵。章，通"橦"，大木材。

【译文】

这一年，何县令因事被议处了，我父亲到海宁县王县令的府上任聘。嘉兴有一个叫刘蕙阶的人，吃斋信佛，来拜见我的父亲。他家住在烟雨楼的旁边，有一间阁楼临着湖水，名叫"水月居"，是他诵经的地方，干净得像僧舍。烟雨楼在镜湖之中，湖岸四周都是绿杨，可惜没有多少竹子。楼上有平台可以远眺,渔船罗列如星,湖面一平如镜,这种景色似乎最宜于月夜。和尚准备的素斋味道很佳。

到了海宁县,我与金陵的史心月、山阴的俞午桥同事,史心月有一个儿子叫烛衡,沉静缄默,温文尔雅,与我结为莫逆之交。这是我生平第二个知心朋友,可惜萍水相逢,在一起的日子不多。我们游历了陈氏的安澜园,这个园亭面积有百亩之大,重楼复阁,夹道回廊。池塘很广阔,桥是六边形的,山石上爬满了藤萝,人工的痕迹全被遮掩了。古木千棵,皆有参天的气势,鸟啼花落,使人如入深山。这样的人工园亭而趋近于天然的,在我所游历过的平原上的假山园亭中,应首推第一。我曾经在桂花楼中设宴,食物中的诸种味道,都被桂花香气掩盖住了,只有酱姜味道不变。姜桂的性情,愈老愈辣,用来比喻忠臣的节操,的确是很贴切的。

出南门,即大海。一日两潮,如万丈银堤,破海而过。船有迎潮者,潮至,反棹相向①。于船头设一木招,状如长柄大刀。招一捺②,潮即分破,船即随招而入。俄顷③始浮起,拨转船头,随潮而去,顷刻百里。

塘上有塔院,中秋夜曾随吾父观潮于此。循塘东约三十里,名尖山,一峰突起,扑入海中。山顶有阁,曰"海阔天空",一望无际,但见怒涛接天而已。

余年二十有五,应徽州绩溪④克明府之招。由武林下"江山船",过富春山⑤,登子陵钓台。台在山腰,一峰突起,离水十余丈。岂汉时之水,竟与峰齐耶?月夜泊界口⑥,有巡检署⑦。"山高月小,水落石出",此景宛然。黄山仅见其脚,惜未一瞻面目。

【注释】

① 反棹相向:掉转船头,迎着潮头。

② 一捺：一按。
③ 俄顷：一会儿。
④ 徽州绩溪：绩溪，县名，在今安徽省东南部，辖境属徽州。徽州，辖境在今安徽省。
⑤ 富春山：山名。在浙江桐庐县西。又名严陵山，相传汉代严子陵（光）曾耕钓于此，其钓处称严陵濑，上有子陵钓台。
⑥ 界口：浙江、安徽交界处。
⑦ 巡检署：边境检查机关。

【译文】

出了南门，就是大海。海上一日两次涨潮，海潮一到，像万丈高的银堤，破海而过。船夫中有迎着潮头开船的，海潮一到，他掉转船头，让船头迎着潮头，在船头安上一个木招，形状像长柄大刀，木招一捺，海潮立即分破，船就随着木招钻进海潮，过一会儿才浮起来，然后船夫再拨转船头，让船顺着海潮而下，顷刻之间，能航行百里。

钱塘江岸上有个塔院，中秋之夜我曾随着父亲在这里观潮，沿着钱塘东岸约走三十里，有个尖山，一峰突起，仿佛是扑入海中。山顶上有个楼阁，叫"海阔天空"，登楼远眺，一望无际，只见拍天怒潮与天边相连接。

我当时二十五岁，应徽州绩溪县克县令之聘，由杭州坐"江山船"经过富春山，登上严子陵钓台。钓台在富春山的山腰上，有一个突出的石峰，离水面约有十几丈。莫非汉代的水面，竟会和山峰平齐吗？有天月夜我停泊在界口，界口有个边境检查署。"山高月小，水落石出"，仿佛正是这里的景色。黄山我仅仅到了山脚下，可惜没有登上去一览胜景。

绩溪城处于万山之中，弹丸小邑，民情淳朴。近城有石镜山。由山弯中曲折一里许，悬崖急湍，湿翠欲滴；渐高，至山腰，有一方石亭，四面皆陡壁。亭左右削如屏，青色，光润，可鉴人形。俗传能照前生①，黄巢②至此，照为猿猴形，纵火焚之，故不复现。

离城十里有"火云洞天"，石纹盘结，凹凸巉岩，如黄鹤山樵③笔意，而杂乱无章。洞石皆深绛色④。旁有一庵甚幽静。盐商程虚谷曾招游，设宴于此。席中有肉馒头，小沙弥⑤眈眈旁视，授以四枚。临行以番银二圆为酬。山僧不识，推不受。告以一枚可易青钱七百余文。僧以近无易处，仍不受。乃攒凑青蚨六百文付之，始欣然作谢。他日，余邀同人携榼再往，老僧嘱曰："曩者小徒不知食何物而腹泻，今勿再与。"可知藜藿⑥之腹不受肉味，良可叹也。余谓同人曰："作和尚者必居此等僻地，终身不见不闻，或可修真养静。若吾乡之虎丘山，终日目所见者妖童艳妓，耳所听者弦索笙歌，鼻所闻者佳肴美酒，安得身如枯木，心如死灰哉！"

【注释】

① 前生：佛教的轮回说法，称过去的一生为前生。
② 黄巢：（？—884年）唐末农民起义领袖。
③ 黄鹤山樵：王蒙，元代画家，与倪瓒（云林）齐名。元末隐居黄鹤山，因号黄鹤山樵。
④ 深绛（jiàng）色：深红色。
⑤ 小沙弥：小和尚。
⑥ 藜藿：藜与藿，两种野菜。

【译文】

绩溪城坐落在万山之中，是一个弹丸小城，民情淳朴，城的附近有座石镜山，从山间小路上弯弯曲曲地走一里多，就能看到悬崖急湍和苍翠欲滴的林木；渐渐登高，到山腰时，有个方石亭，亭子的四周都是陡峭的石壁，亭子左右的石壁像刀削过一样光滑平整，好像屏风闪着青色的光，可照见人影。民间传说过去它能照见人在前世的形象，黄巢到这里来，照出了一个猿猴的形象，于是他放火焚烧石壁，自此石壁上不再现出人前世的形象了。

离城十里之处有个"火云洞天"，那里的山石回纹交错，巉岩凸凹不平，像元代画家黄鹤山樵笔下山石的画意，但是杂乱无章。洞石都是深红色的。旁边有一个小庙很幽静，有个盐商叫程虚谷的曾邀我和他同游，在此设宴。席上有肉包子，旁边的小和尚睁大眼睛盯住肉包子，于是给了他四个。临走时我们给僧人二块番银表示谢意。山中的僧人不认识番银，推辞不要，我们告诉他，一枚番银可兑换七百多文铜钱，僧人因为附近无处兑换，仍然不要，于是我们想法凑齐了六百文铜钱给他，他才高兴地道了谢。又有一天，我邀请朋友带着酒菜盒再次到那里去，老僧嘱咐我说："前次小徒弟不知吃了什么而腹泻，这次再莫给他。"由此可知，吃惯了素食的肠胃不能吃肉，实在令人叹息。我对朋友说："做和尚的必须要住在这样的穷乡僻壤中，终身闭目塞听，或许还可以修真养静，如果到我的家乡虎丘山去修行，整天眼睛看到的是妖童艳妓，耳朵里听的是丝竹管弦，鼻子里闻的是美酒佳肴，怎么能让人做到身如枯木，心如死灰呢？"

又去城三十里，名曰"仁里"，有花果会，十二年一举，每举各出盆花为赛。余在绩溪适逢其会，欣然欲往，苦无轿马，乃教以断竹为杠，缚椅为轿，雇人肩之而去。同游者唯同事许策廷，见者无不讶笑。至其地，有庙，不知供何神。庙前旷处，高搭戏台，画梁方柱，极其巍焕，近视则纸扎彩画，抹以油漆者。锣声忽至，四人抬对烛，大如断柱，八人抬一猪，大若牸牛，盖公养十二年始宰以献神。策廷笑曰："猪固寿长，神亦齿利；我若为神，乌能享此？①"余曰："亦足见其愚诚也。"

入庙，殿廊轩院所设花果盆玩，并不剪枝拗节，尽以苍老古怪为佳，大半皆黄山松。既而开场演剧，人如潮涌而至，余与策廷遂避去。未两载,余与同事不合,拂衣②归里。

【注释】

① 乌能享此:怎能享受这个。此语讽刺供神的猪已养得太老。
② 拂衣:同拂袖,表示决绝。

【译文】

又有一个地方离城三十里,名叫"仁里",当地人在这里举行花果会,每十二年举行一次,每次举行时人们各自拿出所种的盆花来参赛。我在绩溪刚好碰上这种盛会,欣然欲往,但苦于没有轿子或车马,就请人用断竹做成轿杠,上面绑个椅子权当轿子,雇了轿夫抬着我去,和我一起去玩的只有同事许策廷。看到我们的人无不惊讶好笑。到了那里,我们看到有座庙宇,里面不知供的什么神,庙前空旷之处,高搭戏台,戏台画梁方柱,极其华丽气派,走近一看,原来是纸扎彩绘,涂了油漆的。锣声忽然响了,四个人抬着一对大得像断柱一样的大蜡烛,八个人抬着一头像牛一样大的猪。原来这头猪公众要养活它十二年才能宰了献给神灵。许策廷笑着说:"猪的寿命虽然长,神的牙齿也够锋利,如果我是神,怎么能享受这个?"我说:"由此足见这里人们的愚诚。"

进了庙中,殿堂回廊轩室庭院之中,都摆设着花木果木的盆景,并不剪枝抝节,一律以苍老而古怪的为好,大半都是黄山松。接着开场演戏,人像潮水一样涌向戏台,我和许策廷就避开了。没过两年,我与同事意见不合,就离开绩溪回到故乡。

余自绩溪之游,见热闹场中卑鄙之状,不堪入目,因易儒为贾①。余有姑丈袁万九,在盘溪之仙人塘作酿酒生涯。余与施心耕附资合伙。袁酒本海贩②,不一载,值台湾林爽文之乱③,海道阻隔,货积本折。不得已,仍作"冯妇"④。馆江北四年,一无快游可记。

迨居萧爽楼，正作烟火神仙。有表妹倩徐秀峰自粤东归，见余闲居，慨然曰："足下待露而爨⑤，笔耕而炊，终非久计。盍偕我作岭南游？当不仅获蝇头利也。"芸亦劝余曰："乘此老亲尚健，子尚壮年，与其商柴计米而寻欢，不如一劳而永逸。"

余乃商诸交游者，集资作本，芸亦自办绣货及岭南所无之苏酒、醉蟹等物，禀知堂上，于小春十月，偕秀峰由东坝出芜湖口⑥。

【注释】

① 易儒为贾：不做儒生而去做商人。
② 海贩：从海上贩运。
③ 林爽文之乱：林爽文，清台湾人，为天地会领袖。乾隆五十一年发动起义，反清复明，后被清廷镇压。
④ 冯妇：人名。冯妇善搏虎，以后他成为一个读书人，偶尔看到虎，又情不自禁去搏虎。见《孟子·尽心下》。沿此"冯妇"成为重操旧业的代称，沈复借此说明自己又重新做了儒生。
⑤ 待露而爨（cuàn）：指生活无保障，靠偶然机遇。露，露水。爨，炊。
⑥ 芜湖口：芜湖的江边船码头。芜湖，县名，属安徽省。

【译文】

我自从在绩溪游幕，看到喧闹的官场中的种种卑鄙丑态，觉得不堪入目，于是易儒经商。我有个姑父叫袁万九，在盘溪的仙人塘做酿酒生意，我便与施心耕在他那里投资入伙。袁万九本是从海上贩酒，不到一年，刚好碰上台湾林爽文起义，海道被阻隔，货物积压下来，生意赔了本。我无法可想，只好重操旧业，在江北做了四年幕僚，没有任何痛快的游历可以记载。

及至我和芸借住在萧爽楼中，正做"烟火神仙"时，我的表妹夫徐秀峰从粤东回来，看到我在家赋闲，感慨地说："你这样靠着偶然的机遇赚点钱，用手里的笔杆去挣饭吃，终非长久之计。何不同我一起跑一趟岭南？肯定会不止获得一点蝇头小利。"芸也劝我说："趁着现在公婆尚在，你也正当壮年，与其每天愁米愁柴地去寻求快乐，不如先赚点钱然后再去享受安逸。"

我于是和许多朋友商量，集资作本钱，芸也自己采办了一些刺绣品，以及岭南所没有的苏州酒、醉蟹等货物。我禀告了双亲，于十月"小阳春"，和徐秀峰一起由东坝出了芜湖口。

长江初历，大畅襟怀。每晚，舟泊后，必小酌船头。见捕鱼者，罾幂①不满三尺，孔大约有四寸，铁箍四角，似取易沉。余笑曰："圣人之教，虽曰'罟不用数'②，而如此之大孔小罾，焉能有获？"秀峰曰："此专为网鳊鱼③设也。"见其系以长绠④，忽起忽落，似探鱼之有无。未几，急挽出水，已有鱼枷罾孔⑤而起矣。余始喟然曰："可知一己之见，未可测其奥妙！"

一日，见江心中一峰突起，四无依倚。秀峰曰："此小孤山也⑥。"霜林中，殿阁参差，乘风径过，惜未一游。至滕王阁⑦，犹吾苏府学之尊经阁移于胥门之大马头，王子安⑧序中所云不足信也。

【注释】

① 罾幂（zēng mì）：渔网。
② 罟（gǔ）不用数（cù）：打鱼不用密网。此语出自《孟子·梁惠王上》。
③ 鳊（biān）鱼：即鳊鱼。头小，体扁。
④ 长绠（gěng）：长绳。
⑤ 枷罾孔：被网孔夹住。
⑥ 小孤山：俗名髻山，在江西彭泽县北大江中。好事者并与山上立神女祠，塑盛装女像，以孤为"姑"，庙对彭浪矶，因有小姑嫁

彭郎的传说。

⑦ 滕王阁：在江西南昌。唐显庆四年滕王李元婴为洪州都督时所建。

⑧ 王子安：王勃，唐代文学家，字子安。《滕王阁序》是其名篇。

【译文】

初次游历长江，我的心情非常舒畅。每天晚上，船停泊之后，我都要在船头小饮。我看到捕鱼的人，所用的渔网长度不到三尺，每个网孔却大约有四寸，用铁皮包着四个网角，似乎这样容易沉入水中。我笑着说："虽然圣人教诲说'打鱼不用密网'，但这样的大孔小网，怎么能打到鱼呢？"秀峰说："这是专门网鳊鱼的网。"我看到渔人在网上系有一根长绳，把鱼网拉得忽起忽落，似乎在探寻水中有鱼没有。不一会儿，急忙把网拉出水面，网上已经有鳊鱼被夹在网孔上了。我这才感叹着说："可见一个人的见解，不能测知世间事物的奥妙。"

一天，我看到江心中有一座山峰突起，四处都无所依傍。秀峰说："这就是小孤山。"透过山上被秋霜染过的树林，我仿佛看到有殿堂楼阁，可惜当时我们的船借着风力径直过去了，没能到山上游历。到了滕王阁，我感到它就像我们苏州府学堂中的藏经阁搬到胥门大码头上来一样，王勃在《滕王阁序》中所描写的不足为信。

即于阁下换高尾昂首船，名"三板子"。由赣关①至南安登陆，值余三十诞辰，秀峰备面为寿。越日过大庾岭②，山巅一亭，匾曰"举头日近"，言其高也。山头分为二。两边峭壁，中留一道，如石巷。口列两碑：一曰"急流勇退"，一曰"得意不可再往"。山顶有梅将军祠，未考为何朝人。所谓岭上梅花，并无一树，意者以梅将军得名梅岭耶？余所带送礼盆梅，至此将交腊月，已花落而叶黄矣。

过岭出口，山川风物，便觉顿殊。岭西一山，石窍玲珑，已忘其名，舆夫③曰："中有仙人床榻。"忽忽竟过，以未得游为怅。

至南雄④，雇老龙船。过佛山镇⑤，见人家墙顶多列盆花，叶如冬青，花如牡丹，有大红、粉白、粉红三种，盖山茶花也。

腊月望，始抵省城，寓靖海门⑥内，赁王姓临街楼屋三椽。秀峰货物皆销与当道⑦，余亦随其开单拜客。即有配礼⑧者，络绎取货，不旬日而余物已尽。除夕，蚊声如雷。岁朝贺节，有棉袍纱套者⑨。不维气候迥别，即土著人物，同一五官，而神情迥异。

【注释】

① 赣关：在江西赣县。
② 大庾岭：五岭之一，在江西、广东交界处，古称塞上，又名梅岭。相传汉武帝时，有庾姓将军筑城岭下，故名大庾岭。
③ 舆夫：轿夫。
④ 南雄：县名。在广东与江西的交界处，属广东省。
⑤ 佛山镇：地名，在今广东佛山市。相传唐在此掘得佛像，故名。旧与汉口、朱仙、景德，并称我国四大镇。
⑥ 靖海门：广州城门。
⑦ 当道：指批发给当地的官商。
⑧ 配礼：似指零售。
⑨ "有棉袍"句：有人穿棉的，有人穿单的。

【译文】

我们当即在滕王阁下的码头换了一条高尾昂首的船，名叫"三板子"，坐上船，由赣关到南安后登陆。刚好逢上我三十岁的生日，秀峰为我准备了寿面庆寿。第二天我们经过大庾岭。大庾岭的山顶上有一个亭子，匾上写着"举头日近"，用以形容山之高峻。山头分为两个，两边都是峭壁，中间留着一条道路，像一条石巷，巷口竖着两块石碑，一块写着"急流勇退"；一块写着"得意不可再往。"山顶上有梅将军的祠庙，我没有考证他是哪个朝代的人，此山叫做梅岭，但岭上并无一处梅花，莫非命名者是以梅将军来作为山名吗？我来时带有准备送礼用的梅花盆景，到这里时已近腊月，盆景已经花落叶黄了。

过了大庾岭的出口，便觉得山川景物和岭内大不一样。岭西有一座山，山石上有许多玲珑的石孔，山的名字我已经忘记了。轿夫说："这个山中有仙人的床榻。"可惜匆匆而过，我以没能游历此山而感到怅然。

到了南雄，我们雇了老龙船。过佛山镇时，看到许多人家围墙上都放着盆花，叶子像冬青，花像牡丹，有大红、粉红、粉白三种。原来这是山茶花。

腊月十五日，我们才到达省城，住在靖海门内，租了一个姓王的人三间临街楼屋。秀峰的货物都批发给当地的官商，我也随着他开单订货，拜访客户，即使单独来零售的人，也络绎不绝地买走货物。不到十日我的货物已经全部卖完。除夕时，这里的蚊子还很多，鸣声如雷。大年初一清晨，人们互相拜年，有的人穿棉袍，有的人穿单衣。这里不但气候和内地相差很大，就是当地的人，同样的五官，而神情气质和内地人也迥然不同。

正月既望①，有署中同乡三友，拉余游河观妓，名曰"打水围"，妓名"老举"。于是同出靖海门，下小艇，如剖分之半蛋而加篷焉。先至沙面②，妓船名"花艇"，皆对头分排，中留水巷，以通小艇往来。每帮约一二十号，横木绑定，以防海风。两船之间钉以木桩、套以藤圈，以便随潮长落③。鸨儿呼"梳头婆"，头用银丝为架，高约四寸许，空其中而蟠发于外，以长耳挖插一朵花于鬓，身披元青④短袄，着元青长裤，管拖脚背，腰束汗巾，或红或绿，赤足撒鞋，式如梨园旦脚⑤；登其艇，即躬身笑迎，搴帏⑥入舱。旁列椅杌⑦，中设大炕，一门通艄后。妇呼有客，即闻履声杂沓而出。有挽髻者，有盘辫者；傅粉如粉墙，搽脂如榴火；或红袄绿裤，或绿袄红裤，有着短袜而撮绣花蝴蝶履者，有赤足而套银脚镯者；或蹲于炕，或倚于门，双瞳闪闪，一言不发。余顾秀峰曰："此何为者也？"秀峰曰："目成⑧之后，招之始相就⑨耳。"余试招之，果即欢容至前，袖出槟榔为敬。入口大嚼，涩不可耐，急吐之，以纸擦唇，其吐如血。合艇皆大笑。

【注释】

① 既望：阴历每月十五、十六日至二十二、二十三日为既望。
② 沙面：似指沙坪镇。
③ 长落：即涨落。
④ 元青：黑色。
⑤ "式如"句：打扮像戏班子里的旦角。
⑥ 搴（qiān）帏：拉开帘子。
⑦ 椅杌（wù）：椅子和小板凳。
⑧ 目成：看中了。
⑨ 相就：过来亲近。

【译文】

　　正月中旬，有官署中三位同乡的朋友，拉我去游河观妓，名目叫"打水围"，妓女叫做"老举"。于是我们一同出了靖海门，下到一个小艇中，小艇的形状像一只一剖为二的鸡蛋壳，外加一个篷。我们先到沙面，妓船叫做"花艇"，一律船头相对地排列着，中间留着一条水道，以便小艇往来。每帮妓女大约有一二十条船。船用横木绑定，以防海风。两船之间钉着木桩、套着藤圈，以便随着潮涨潮落。鸨母叫做"梳头婆"，她的头发盘在一个银丝做的高四寸多、中间空着的架子外面，鬓间用一个长挖耳勺插一朵花，身披黑色短袄，下穿黑色长裤，裤管拖到脚面上，腰里束条汗巾，或红或绿，赤着脚鞡着鞋，打扮就像戏班子里的旦角。登上她的花艇,她就躬身笑脸相迎,拉开帘子请客人入舱。舱内两边放着椅子和小板凳,中间有张大炕,有一扇门通到船尾。

鸨母一喊有客,就听到脚步杂沓,出来一群妓女。有挽髻的,有盘辫的,脸上的粉搽得像一层白墙,胭脂涂得比石榴花还红。有的穿红袄绿裤,有的穿绿袄红裤,有的穿双短袜而撒着一双绣花蝴蝶履,有的打着赤脚而脚上套着银镯子。她们或是蹲在炕上,或是倚在门边,睁着一双眼睛望着客人,一言不发。我对秀峰说:"这到底是什么意思啊?"秀峰说:"你选定了人之后,招她来,她才会亲近你。"我试着招了一个,她果然马上笑着走到跟前,从袖子里摸出一个槟榔给我吃,表示敬意,我放在嘴里一嚼,涩不可耐,急忙吐出来,用纸擦嘴唇,吐出的槟榔像血一样红,全艇的人都大笑。

又至军工厂,妆束亦相等,维长幼皆能琵琶而已,与之言,对曰:"嘧^①?""嘧"者,何也。

余曰:"'少不入广'者,以其销魂耳,若此野妆蛮语,谁为动心哉!"

一友曰:"潮帮^②妆束如仙,可往一游。"

至其帮,排舟亦如沙面。有著名鸨儿素娘者,妆束如花鼓妇。其粉头^③衣皆长领,颈套项锁,前发齐眉,后发垂肩,中挽一鬏^④,似丫髻,裹足者着裙,不裹足者短袜,亦着蝴蝶履,长拖裤管,语音可辨;而余终嫌为异服,兴趣索然。

【注释】

① 嘧:广东方言。

② 潮帮:潮州帮的妓女。

③ 粉头:妓女。

④ 鬏(jiū):头发盘成的髻。

【译文】

又到军工厂那边,妓女的装束也是一样,只不过长幼都能弹琵琶而已。和她们说话,她们答道:"嗲"。"嗲"是什么意思呢?

我对朋友说:"俗话说'少不入广',是因为广东姑娘令人销魂,如果都像她们这样的野妆蛮语,谁会为之动心呢?"

一个朋友说:"潮州帮的妓女装束得像仙女一样,我们可到那里一游。"

到了潮州帮所在的水面,花艇的排列也和沙面的一样。有个著名的鸨母叫素娘,装束得就像打花鼓的。她手下的妓女都是穿的长领衣衫,颈套项锁,前发齐眉,后发垂肩,中间的头发盘起来,像个丫髻。裹脚的穿裙子,不裹脚的穿短袜,也穿蝴蝶履,裤脚长拖,语言可以听懂,但我终于嫌她们穿的是异服,对她们兴趣索然。

秀峰曰:"靖海门对渡有扬帮①,皆吴妆。君往,必有合意者。"

一友曰:"所谓扬帮者,仅一鸨儿,呼曰'邵寡妇',携一媳曰'大姑',系来自扬州,余皆湖广、江西人也。"

因至扬帮,对面两排仅十余艇。其中人物皆云鬟雾鬓,脂粉薄施。阔袖长裙,语音了了②。所谓邵寡妇者,殷勤相接。遂有一友,另唤酒船,大者曰"恒艖"③,小者曰"沙姑艇",作东道相邀,请余择妓。余择一雏年者,身材状貌有类余妇芸娘,而足极尖细,名喜儿。秀峰唤一妓,名翠姑,余皆各有旧交。放艇中流,开怀畅饮,至更许,余恐不能自持,坚欲回寓,而城已下钥久矣。盖海疆之城,日落即闭,余不知也。

【注释】

① 扬帮:扬州帮的妓女。
② 了了:明白。

③ 艛（lóu）：楼船。

【译文】

秀峰说："靖海门对面有扬州帮的妓女，穿的都是苏州服装，你到那里去，肯定能找到合意的。"

有个朋友说："所谓扬州帮，只有一个鸨母，叫做'邵寡妇'的，带着她的一个儿媳妇，叫做'大姑'的，是从扬州来的，其余的都是湖广、江西人。"

于是我们到了扬州帮妓女那里，相对两排只有十几条花艇。其中的妓女都是云鬟雾鬓，薄施脂粉，宽袖长裙，语音熟悉。那个叫邵寡妇的鸨母，殷勤接待我们。于是有一个朋友，另外叫来了酒船，大的叫"恒艛"，小的叫"沙姑艇"，作东道主邀请我们。他请我选一个妓女，我选了一个很年轻的，身材相貌颇似我的妻子芸娘，而脚极细小。她叫喜儿。秀峰选了一个妓女名叫翠姑，其他的人各自有旧相好。我们把酒船开到海上，尽情地畅饮。到了一更左右，我担心不能自持，坚持要回寓所去，而城门已经关上了。原来海边的城市，天一黑就关城门，我并不知道。

及终席，有卧而吃鸦片烟者，有拥妓而调笑者，伻头①各送衾枕至，行将连床开铺。余暗询喜儿："汝本艇可卧否？"对曰："有寮②可居，未知有客否也。"寮者，船顶之楼。余曰："姑往探之。"招小艇，渡至邵船。但见合帮灯火相对如长廊。寮适无客。鸨儿笑迎，曰："知今日贵客来，故留寮以相待也。"余曰："姥真荷叶下仙人哉！"遂有伻头移烛相引，由舱后梯而登，宛如斗室，旁一长榻，几案俱备。揭帘再进，即在头舱之顶，床亦旁设，中间方窗嵌以玻璃，不火而光满一室，盖对船之灯光也。衾帐镜奁，颇极华美。

喜儿曰："从台可以望月。"即在梯门之上叠开一窗，蛇行③

而出，即后梢之顶也。三面皆设短栏。一轮明月，水阔天空，纵横如乱叶浮水者，酒船也；闪烁如繁星列天者，酒船之灯也；更有小艇，梳织往来，笙歌弦索之声，杂以长潮之沸，令人情为之移。余曰："'少不入广'，当在斯矣！惜余妇芸娘不能偕游至此。"回顾喜儿，月下依稀相似，因挽之下台，息烛而卧。

天将晓，秀峰等已哄然至。余披衣起迎，皆责以昨晚之逃。余曰："无他，恐公等掀衾揭帐耳。"遂同归寓。

【注释】

① 伻（bēng）头：使女。
② 寮（liáo）：小屋。
③ 蛇行：蜿蜒地爬行。

【译文】

酒宴散后，客人有的卧着抽鸦片，有的抱着妓女调笑，使女们分头送来枕头被子，准备连床开铺。我私下询问喜儿："你住的花艇上可以睡吗？"她说："有一间寮屋可住，不知有没有客人。"所谓寮屋，是船顶上的楼屋。我说："姑且去看看。"我们叫了一只小艇，回到邵寡妇船上，只见整个扬州帮花艇的灯火相对，如长廊一般。寮屋刚好没有客人，鸨母笑着迎接说："我知道今天有贵客来，所以留着寮屋相待。"我说："妈妈真是荷叶下的神仙。"于是有使女拿着蜡烛引路，我们从后舱登梯上楼，寮屋像个斗室，旁边放着一张长榻，几案俱全，揭开帘子再进去，就是船头舱顶，旁边也有床，中间的方窗嵌着玻璃，不用点灯而满室明亮，因为有对面船工的灯火。帐子被子梳妆盒，都极华美。

喜儿说："从船顶的平台上可以望月。"于是她在梯门之上又打开一个天窗，我们爬了上去，上面就是后舱的平顶，三面都设有短栏杆。一轮明月，海阔天空，纵横交错地像乱叶一样飘浮着的，是众多的酒船；闪闪烁烁如满天繁星的，是酒船的灯火；更有小艇，像穿梭一样地来来往往，笙歌弦乐的声音，夹杂着涨潮的哗哗声，使人不知不觉情为之动。我说："'少不入广'，应当是在这里！可惜我的妻子芸娘不能和我一起来游玩。"我回头看看喜儿，在月色下与芸娘依稀相似，于是挽着她下了船台，熄烛而卧。

天将拂晓，秀峰等人已经哄然而至。我披上衣服起来迎接，他们都指责我昨天不该逃走。我说："没有其他原因，怕你们掀被揭帐而已。"于是我和他们一起回到寓所。

越数日，偕秀峰游海珠寺。寺在水中，围墙若城，四围离水五尺许，有洞，设大炮以防海寇。潮长潮落，随水浮现，不觉炮门之或高或下，亦物理之不可测者。十三洋行①在幽兰门之西，结构与洋画同。对渡名花地，花木甚繁，广州卖花处也。余自以为无花不识，至此仅识十之六七，询其名，有《群芳谱》②所未载者，或土音之不同欤？

海珠寺规模极大。山门内植榕树③，大可十余抱，荫浓如盖，秋冬不凋。柱槛窗阑皆以铁梨木④为之。有菩提树⑤，其叶似柿，浸水去皮肉，筋细如蝉翼纱，可褙小册写经。

【注释】

① 洋行：鸦片战争前中国厦门、广州等处专营对外贸易的官办机构。
② 《群芳谱》：书名。明王象晋撰，记载了各种果木花草的形态特征和栽培方法等。
③ 榕树：常绿大乔木，干生气根，多而下垂，长在土中，粗似支柱。分布在我国南方。
④ 铁梨木：常绿乔木，质坚硬。

e 菩提树：常绿乔木。原产印度，我国云南和广东有栽培。

【译文】

过了几天，我和秀峰一起去游海珠寺。寺庙建在水中，围墙像座城墙，四周离海面五尺左右，墙上有个洞，里面设有大炮，以御海寇。潮涨潮落，大炮仿佛也随水浮现，觉察不出炮门是高是低，这也是事物的不可思议之处。十三洋行在幽兰门的西边，结构和洋画上画的一样。对岸是有名的产花之地，花木非常繁茂，是广州卖花的市场。我自认为天下无花不识，可是到这里才仅仅认识十分之六七，询问它们的名称，有的连《群芳谱》中都没有记载，或许是由于地方口音不同的缘故？

海珠寺规模极大，大门内种的榕树，粗的须十几个人合抱。浓荫如盖，秋冬不凋。寺内的柱子、门槛、窗户、栏杆都是用铁梨木做的。还有菩提树，叶子像柿叶，把它浸在水中去掉皮肉，叶筋细得像蝉翼纱一样，可以裱成小册子抄写经文。

归途访喜儿于花艇，适翠、喜二妓俱无客，茶罢欲行，挽留再三。余所属意在寮，而其媪大姑已有酒客在上。因谓邵鸨儿曰："若可同往寓中，则不妨一叙。"邵曰："可。"秀峰先归，嘱从者整理酒肴。余携翠、喜至寓。正谈笑间，适郡署[①]王懋老不期而来，挽之同饮。酒将沾唇，忽闻楼下人声嘈杂，似有上楼之势。盖房东一侄素无赖，知余招妓，故引人图诈耳[②]。秀峰怨曰："此皆三白一时高兴，不合[③]我亦从之。"余曰："事已至此，应速思退兵之计，非斗口时也。"懋老曰："我当先下说之。"余急唤仆速雇两轿，先脱两妓，再图出城之策。闻懋老说之不退，亦不上楼。两轿已备，余仆手足颇捷，令其向前开路。秀挽翠姑继之，余挽喜儿于后，一哄而下。秀峰翠姑得仆力，已出门去。喜儿为横手[④]所拿。余急起腿，中其臂，手一松而喜儿脱去，余亦乘势脱身出。

【注释】

① 郡署：郡府官署。

② "知余"句：按上、下文意，当时官方有规定，妓女不能入城。故房东侄子以此图诈。

③ 不合：不该。

④ 横手：打手。

【译文】

　　回来的路上，我们到花艇上去寻访喜儿，刚好翠姑、喜儿二人都没有客人。喝过茶我准备离去，邵寡妇挽留再三，我的心思是想到寮屋中去，而她的媳妇"大姑"已经在上面陪客饮酒，于是我对邵鸨母说："如果她们可以一起到我的寓所，则不妨再叙谈一会儿。"邵说："可以。"于是秀峰先回去，嘱咐随从办理酒菜，我随后带着翠姑、喜儿回到寓所。我们正在谈笑之间，恰好郡府官署中的王懋老不期而至，我们挽留他一起饮酒，酒刚沾唇，忽然听到楼下人声嘈杂，好像有人要冲上楼来的架势。原来这里房东的一个侄儿一向无赖，知道我们招来妓女，所以引人来敲榨我们。秀峰埋怨着说："这都是三白一时高兴，我不该也跟着他这样。"我说："事已如此，应该速速想一个退兵之计，现在不是斗嘴的时候。"懋老说："我先下去帮你们劝说劝说。"我急忙叫仆人火速去雇了两乘轿子，先让两个妓女脱身，然后再想办法出城去。我听到懋老在楼下劝说他们，他们既不退去，也没上楼。两乘轿子已经备好，我的仆人手脚很快，我叫他在前面开路，秀峰挽着翠姑跟在后面，我挽着喜儿跟在最后，一齐冲下楼去。秀峰、翠姑得到仆人的帮助，已经出了门，喜儿被打手捉住，我急忙飞起一脚，踢中打手的手臂，他一松手，喜儿脱身就跑，我也乘机脱身而去。

　　余仆犹守于门，以防追抢。急问之曰："见喜儿否？"
　　仆曰："翠姑已乘轿去。喜娘但见其出，未见其乘轿也。"

余急燃炬，见空轿犹在路旁。急追至靖海门，见秀峰侍翠轿而立。又问之，对曰："或应投东，而反奔西矣。"急反身过寓十余家，闻暗处有唤余者，烛之，喜儿也，遂纳之轿，肩而行。秀峰亦奔至，曰："幽兰门有水窦①可出，已托人贿之启钥②。翠姑去矣，喜儿速往！"

余曰："君速回寓退兵。翠、喜交我。"

至水窦边，果已启钥。翠先在。余遂左掖喜，右挽翠，折腰鹤步，踉跄出窦。天适微雨，路滑如油。至河干③，沙面笙歌正盛。小艇有识翠姑者，招呼登舟。

始见喜儿首如飞蓬④，钗环俱无有。

余曰："被抢去耶？"

喜儿笑曰："闻此皆赤金，阿母物也，妾于下楼时已除去，藏于囊中，若被抢去，累君赔偿耶？"

余闻言，心甚德之；令其重整钗环，勿告阿母，托言寓所人杂，故仍归舟耳。翠姑如言告母，并曰："酒菜已饱，备粥可也。"

【注释】

① 水窦：水洞。指设在河流或渠道中既可挡水又可泄水的建筑物。
② 贿之启钥：行贿让管理水洞的人开门。
③ 河干：河岸。
④ 首如飞蓬：头发蓬乱。

【译文】

　　我的仆人还守在门外，以防他们追赶抢人，我急忙问他："看到喜儿了吗？"

　　仆人说："翠姑已乘着轿子走了，喜娘只见她出来，没有看见她乘轿子。"

　　我急忙点燃蜡烛，看到一乘空轿还停在路边。我又急忙追到靖海门,看到秀峰站在翠姑的轿前等着我,我问他喜儿的去向,他回答说:"或许是应该往东走,她反而往西去了。"我又急忙返身回去,找了我们寓所前后的十几家,忽然听到暗处有人呼唤我,用蜡烛一照,是喜儿,于是让她坐到轿中,让轿夫抬着走。秀峰也跑回来,说:"幽兰门有水洞可出城,我已托人贿赂管理水洞的人,让他打开门。翠姑已经去了,喜儿快点。"

我说:"你速速回寓所退兵。翠姑、喜儿交给我。"

到了水洞边,果然水洞闸门上的锁已打开,翠姑已等在那里。我于是左臂挟着喜儿,右手挽着翠姑,弯腰大步,跟跟跄跄地出了水洞。天刚刚下了微雨,路滑如油。我们到了河岸,沙面上的笙歌正唱得热闹。小艇中有人认识翠姑,招呼我们上船。

上船后,我才看到喜儿头发蓬乱,金钗、耳环都没有了。我问她:"首饰被抢去了吗?"喜儿笑着说:"听说这些都是赤金的,是阿妈的东西,我在下楼时已经把它们取下来,藏在口袋中,如果被抢走,岂不是要连累你赔偿吗?"

我听了这话,心里很欣赏她。便叫她重整钗环,不要告诉鸨母,只须借口寓所人多,所以仍旧回到船上。翠姑按我所说的告诉了邵鸨母,并说:"我们喝酒吃菜已经饱了,再准备一点粥就行了。"

时寮上酒客已去,邵鸨儿命翠亦陪余登寮。见两对绣鞋泥淤已透。三人共粥,聊以充饥。剪烛絮谈,始悉翠籍湖南,喜亦豫产①,本姓欧阳,父亡母醮②,为恶叔所卖。翠姑告以迎新送旧之苦:心不欢必强笑;酒不胜必强饮;身不快必强陪;喉不爽必强歌;更有乖张其性者,稍不合意,即掷酒翻案,大声辱骂,假母不察,反言接待不周;又有恶客彻夜蹂躏,不堪其扰;喜儿年轻初到,母犹惜之。不觉泪随言落。喜儿亦默然涕泣。余乃挽喜入怀,抚慰之,嘱翠姑卧于外榻,盖因秀峰交也。

【注释】

① 豫产：籍贯河南。

② 母醮（jiào）：母亲改嫁。

【译文】

  当时寮屋中的客人已经离去，邵鸨母叫翠姑也和喜儿一起陪我上寮屋去。我看见她们的两对绣鞋已被淤泥湿透。三个人一起吃粥，聊以充饥。吃完粥后，在灯下拉家常，才知道翠姑原籍是湖南，喜儿是河南人，本姓欧阳，父亲早死，母亲改嫁，她被狠心的叔叔所卖。翠姑告诉我迎新客送旧客的苦处：心里不快活而必须强笑；酒喝不下而必须强饮；身体不舒服而必须强陪；喉咙不爽快而必须强歌；还有些性情乖张暴戾的客人，稍不合意，就掷酒掀案，大声辱骂，鸨母不去弄清原因，反怪她接待不周；还有些粗俗横蛮的客人，对她整夜蹂躏，她实在不堪其扰。喜儿年轻初到这里，鸨母还很爱惜她。翠姑说到这里，不觉声泪俱下，喜儿也默默流泪。于是我把喜儿揽在怀里，安慰她。嘱咐翠姑睡在外面的长榻上，因为她是秀峰的相好。

  自此或十日或五日，必遣人来招。喜或自放小艇，亲至河干迎接。余每去，必偕秀峰，不邀他客，不另放艇。一夕之欢，番银四圆而已。秀峰今翠明红①，俗谓之"跳槽"，甚至一招两妓；余则唯喜儿一人。偶独往，或小酌于平台，或清谈于寮内，不令唱歌，不强多饮，温存体恤，一艇怡然。邻妓皆羡之。有空闲无客者，知余在寮，必来相访。合帮之妓无一不识。每上其艇，呼余声不绝。余亦左顾右盼，应接不暇，此虽挥霍万金所不能致者。

  余四月在彼处共费百余金，得尝荔枝鲜果，亦生平快事。后鸨儿欲索五百金，强余纳喜。余患其扰，遂图归计。秀峰迷恋于此，因劝其购一妾，仍由原路返吴。明年，秀峰再往，吾父不准偕游，遂就青浦②杨明府之聘。及秀峰归，述及喜儿因余不往，几寻短见。

噫！"半年一觉扬帮梦，赢得花船薄幸名"③矣！

【注释】

① 今翠明红：所招妓女经常更换。
② 青浦：县名。清属松江府，今属上海市。
③ "半年一觉扬帮梦，赢得花船薄幸名"：套用唐杜牧诗句："十年一觉扬州梦，赢得青楼薄幸名。"

【译文】

  自此以后，或是过十天，或是过五天，她们必定派人来叫我。喜儿有时自己划着小艇，亲自到河岸来接我。我每次去，总是和秀峰一起，不邀其他客人，不另外叫艇。在船上尽一夕之欢，需要花费番银四圆。秀峰所招的妓女经常更换，俗称所谓"跳槽"，甚至一次招两个妓女，而我总是只要喜儿一人。偶尔我也一人独往，有时与喜儿在船中平台上小饮，有时在寮屋内清谈，我不叫喜儿唱歌，不强迫她多喝酒，温存体恤，使一艇的妓女都为此感到舒心。周围的妓女都羡慕喜儿。有的妓女空闲无客，知道我在寮屋里，总是上来拜访我。扬州帮的妓女我没有一个不认识的，每次到她们艇上，她们和我打招呼的声音接连不断，我也左应右答，问候不暇，这是虽然挥霍千金也不能得到的。

  我四个月中，在那里共花费了一百多两银子，得以尝到荔枝鲜果，也是生平快事。后来邵鸨母向我索要五百两银子，强迫我娶喜儿为妾。我害怕鸨母的纠缠，就打算归家。秀峰迷恋这里，因此我劝他买了一个妾室，我们仍由原路回到苏州。第二年，秀峰再去广东，我的父亲不准我和他一起去，于是我就到青浦县杨县令的府中应聘。等到秀峰回来，说到喜儿因为我没有去，几乎寻了短见。唉！我真是"半年一觉扬帮梦，赢得花船薄幸名"了。

  余自粤东归来，馆青浦两载，无快游可述。未几，芸、憨相遇，物议沸腾。芸以愤激致病。余与程墨安设一书画铺于家门之侧，聊佐汤药之需。

中秋后二日，有吴云客偕毛忆香、王星烂邀余游西山小静室。余适腕底无闲①，嘱其先往。吴曰："子能出城，明午当在山前水踏桥之'来鹤庵'相候。"余诺之。越日，留程守铺，余独步出阊门，至山前，过水踏桥，循田塍②而西，见一庵南向，门带清流。剥啄③问之，应曰："客何来？"余告之。笑曰："此'得云'也。客不见匾额乎？'来鹤'已过矣！"余曰："自桥至此，未见有庵。"其人回指曰："客不见土墙中森森多竹者，即是也。"余乃返，至墙下，小门深闭。门隙窥之，短篱曲径，绿竹猗猗，寂不闻人语声。叩之，亦无应者。一人过，曰："墙穴有石，敲门具也。"余试连击，果有小沙弥出应。

【注释】

① 腕底无闲：指忙于一些书写方面的事。
② 田塍（chéng）：田间的界路。
③ 剥啄：敲门声。

【译文】

我从广东回来后，在青浦县当了两年幕僚，没有痛快的游历可记。不久，芸遇到了憨园，惹得议论沸腾，芸为此愤激而得病。我和程墨安在家门旁边开了一个书画铺，聊补芸看病吃药的费用。

中秋节后的第二天，朋友吴云客带着毛忆香、王星烂来邀我游西山小静室。我刚好手头有事，叫他们先去。吴云客说："你如果能出城的话，明天可以在山前水踏桥附近的'来鹤庵'等我们。"我答应了。第二天，我留程墨安守画铺，我独自走出阊门，到山前，过了水踏桥，就沿着田间小路往西走，看到一个庵，面朝南，门前有一条清流。我敲门问路，里面出来一个人，问道："客人到此，有何贵干？"

我告诉他,他笑着说:"这是'得云庵',你没看到门上的匾额吗?'来鹤庵'走过了。"我说:"从桥上走到这里,没见有这个庵。"那人回身指点着说:"你没看到土墙中有一片茂密的竹子吗?就是那里。"我于是返身往回走,到土墙下,看到一个紧闭的小门。我从门缝往里看,里面短篱曲栏,绿竹青翠,一片寂静,听不到人说话的声音。我敲门,也没人应。有个过路的人告诉我:"墙洞里有块石头,要拿它敲门。"我试着用石头连连敲门,果然有个小和尚出来开门。

  余即循径入,过小石桥,向西一折,始见山门,悬黑漆额,粉书"来鹤"二字,后有长跋①,不暇细观。入门,经韦陀殿②,上下光洁,纤尘不染,知为好静室。忽见左廊又一沙弥奉壶出,余大声呼问,即闻室内星烂笑曰:"何如?我谓三白决不失信也。"旋见云客出迎,曰:"候君早膳,何来之迟?"一僧继其后,向余稽首③,问知为竹逸和尚。

  入其室,仅小屋三椽,额曰"桂轩"。庭中双桂盛开。星烂、忆香群起嚷曰:"来迟罚三杯!"席上荤素精洁,酒则黄白俱备。余问曰:"公等游几处矣?"云客曰:"昨来已晚,今晨仅到'得云河亭'耳。"欢饮良久。饭毕,仍自"得云河亭"共游八九处,至华山而止,各有佳处,不能尽述。华山之顶有莲花峰,以时欲暮,期以后游。桂花之盛,至此为最。就花下饮清茗一瓯,即乘山舆④,径回"来鹤"。

【注释】

① 跋:文体的一种,写在正文后面,多用以评介内容或说明写作经过等。
② 韦陀殿:供韦陀的殿堂。韦陀,佛教传说中护法神之一。
③ 稽首:古时一种跪拜礼。出家人举一手向人行礼亦为稽首。

④ 山舆：山轿。

【译文】
　　于是我顺着小路走进去，过了一座小石桥，向西一拐弯，才看见大门。上面悬着一块黑漆匾额，用白色写着来鹤二字，后面有一篇长跋，我来不及细看。进了大门，经过供奉韦陀菩萨的佛殿，看到里面上下光洁，纤尘不染，才知道这是一所很清净的佛寺。我突然看见左边廊下又有一个小和尚捧着茶壶出来，便大声向他询问。这时听到屋里王星烂笑着说："怎么样？我说三白决不失信吧？"接着就看到吴云客出来相迎，说："等着你吃早饭，怎么来这么迟？"有个僧人跟在他后面，向我躬身作揖，我一问，知道是竹逸和尚。

　　进到房里，这里只有小屋三间，匾额上题着"桂轩"，庭院中有两棵盛开的桂树。王星烂、毛忆香一起嚷着说："来迟的人罚三杯！"宴席上荤菜素菜都精致洁净，有黄酒、白酒。我问他们："你们游了几处了？"云客说："昨天来时天色已晚，今天早晨只到了'得云河亭'。"我们畅饮了很久，吃完饭，仍然从"得云河亭"游起，共游了八九个地方，一直游到华山为止。这些地方各有各的佳处，不能尽述。华山顶上有莲花峰，因为当时天色已晚，我们准备以后再游。桂花的繁茂，以这里为最盛。我们在花下喝了一杯清茶，就乘着山轿，径直回到"来鹤庵"。

　　"桂轩"之东，另有"临洁"小阁，已杯盘罗列。竹逸寡言静坐，而好客善饮，始则折桂摧花①，继则每人一令②，二鼓始罢。
　　余曰："今夜月色甚佳，即此酣卧，未免有负清光。何处得高旷地，一玩月色，庶不虚此良夜也？"
　　竹逸曰："放鹤亭可登也。"
　　云客曰："星烂抱得琴来，未闻绝调③，到彼一弹何如？"
　　乃偕往，但见木犀香里，一路霜林，月下长空，万籁俱寂。

星烂弹《梅花三弄》④，飘飘欲仙。忆香亦兴发，袖出铁笛，呜呜而吹之。云客曰："今夜石湖看月者，谁能如吾辈之乐哉！"盖吾苏八月十八日石湖行春桥下，有看串月胜会⑤，游船排挤，彻夜笙歌，名虽看月，实则挟妓哄饮而已。未几，月落霜寒，兴阑⑥归卧。

【注释】

① 折桂摧花：折下桂枝，击鼓传花。一种饮酒时的游戏。
② 令：酒令。推一人为令官，饮时听其号令，违者有罚。
③ 绝调：指出类拔萃、无与伦比的曲调。
④ 《梅花三弄》：琴曲。内容写傲霜雪的梅花。全曲主调出现三次，称为"三弄"。
⑤ 串月胜会：苏州上方山东临石湖，湖中有行春桥（亦名宝带桥），横亘南北。桥有五十三洞，月光映水，正对环洞，一环一月，连络贯串，称为串月。旧时民俗于农历八月十八日，人多登山观月，称为看串月。
⑥ 兴阑（lán）：兴尽。

【译文】

"桂轩"的东边，另有一间"临洁"小阁，那里已摆好了杯盘。竹逸和尚寡言沉静，却好客善饮。酒宴开始时我们折下桂枝，击鼓传花，后来每人当一次令官行酒令，夜间二更才散席。

我说："今晚月色很好，就此酣然大睡，未免辜负了清幽的月光，到哪里去找一块高旷之地，赏赏月，也许才算不虚度这个良宵吧？"

竹逸和尚说："可以到放鹤亭去。"

吴云客说："星烂带了琴来，还没有听到他弹奏美妙的音乐。到那里去弹如何？"

于是我们一起出发。一路桂子飘香，霜染层林，月光如水，万籁俱寂。星烂弹奏《梅花三弄》，令人听了飘然欲仙，忆香也兴致大发，掏出袖中的铁笛，鸣鸣地吹着。吴云客说："今夜在石湖看月的人，谁有我们这么快乐呢？"原来我们苏州八月十八日在石湖行春桥下，有串月胜会。每到这一天，游船拥挤，彻夜笙歌不断，许多人名义上虽是看月，实际上是携妓闹酒而已。过了一会儿，月亮西沉，霜天清寒，我们尽兴回家睡觉。

明晨，云客谓众曰："此地有无隐庵，极幽僻，君等有到过者否？"咸对曰："无论未到，并未尝闻也。"

竹逸曰："无隐四面皆山，其地甚僻，僧不能久居。向年曾一至，已坍废。自尺木彭居士①重修后，未尝往焉。今犹依稀识之。如欲往游，请为前导。"

忆香曰："枵腹去耶？"

竹逸笑曰："已备素面矣。再令道人携酒榼相从也。"

面毕，步行而往。过高义园②，云客欲往白云精舍。入门就坐，一僧徐步出，向云客拱手，曰："违教③两月。城中有何新闻？抚军在辕④否？"

忆香忽起曰："秃！"拂袖径出。余与星烂忍笑随之。云客、竹逸酬答数语，亦辞出。

高义园即范文正公墓。白云精舍在其旁。一轩面壁，上悬藤萝，下凿一潭，广丈许，一泓清碧，有金鳞⑤游泳其中，名曰"钵盂泉"。竹炉茶灶，位置极幽。轩后于万绿丛中，可瞰范园之概，惜衲子俗，不堪久坐耳。

【注释】

① 尺木彭居士：清代学者彭绍升（1740—1796），别号尺木居士，江苏吴县人。
② 高义园：即范仲淹的墓园。范仲淹（989—1052），宋代政治家、

文学家，苏州吴县人。卒谥文正。

③ 违教：没有得到教诲，谦词，指两个月没见面。

④ 辕：辕门。此处为高级官署的代称。

⑤ 金鳞：金鱼。

【译文】

第二天清早，吴云客对大家说："这一带有个'无隐庵'，极其幽深僻静，你们有谁去过吗？"我们都说："别说没去过，连听也没有听说过。"

竹逸说："'无隐庵'四面都是山，地点十分偏僻，僧人在那里不能久住。过去我曾经去过一次，庵已坍塌荒废，自从彭尺木居士重修后，我还没有去过。如今还依稀记得路，诸位如果要去游玩，我可以当向导。"

忆香说："饿着肚子去吗？"

竹逸笑着说："已经准备了素面，再叫道人提着酒菜盒跟着你们。"

我们吃完面，就步行着去，经过高义园，吴云客准备到白云精舍游游，进门刚坐下，一个僧人缓缓走出来，对吴云客拱拱手，说："两个月没见面，城中有什么消息？巡抚大人还在官署办公吗？"

忆香忽然站起来，说了一声："秃！"拂袖而去。我和星烂忍住笑，也随他出去了。吴云客、竹逸和尚与他寒暄了几句，也告辞而去。

高义园就是范仲淹大人的墓园，白云精舍在它的旁边。白云精舍的一个轩楼面对着峭壁，峭壁上长满了藤萝，下面凿有一个深潭，宽一丈多，一泓清水，有许多金鱼在其中游着。这个潭叫"钵盂泉"。在这里用竹炉烹茶，位置极其幽静。从轩楼后面可以俯瞰到坐落在万绿丛中的高义园的概貌。可惜和尚太俗，我们不愿久坐。

是时，由上沙村过鸡笼山，即余与鸿干登高处也。风物依然，鸿干已死，不胜今昔之感！正惆怅间，忽流泉阻路，不得进。有三五村童掘菌子于乱草中，探头而笑，似讶多人之至此者。询以无隐路。对曰："前途水大不可行，请返数武，南有小径，度岭可达。"从其言，度岭南行里许，渐觉竹树丛杂，四山环绕，径满绿茵，已无人迹。竹逸徘徊四顾，曰："似在斯①，而径不可辨，奈何？"余乃蹲身细瞩，于千竿竹中隐隐见乱石墙舍，径拨丛竹间，横穿入觅之，始得一门，曰："无隐禅院，某年月日南园老人彭某重修。"众喜，曰："非君则武陵源矣！"②

【注释】

① 似在斯：（无隐禅院）好像是在这里。
② 武陵源：晋陶潜撰《桃花源记》，写武陵渔人入桃花源。故桃花源又称武陵源。记中写渔人再次寻找，"遂迷，不复得路"，故此"武陵源"指迷路。

【译文】

　　这时，我们由上沙村过鸡笼山，这里曾经是我与鸿干重阳登高的地方。风物依旧，而鸿干已死，抚今追昔，我不胜感慨。正在惆怅之中，忽然前面有泉水拦住去路，不能前进。有三五个乡下小孩在乱草丛中采菌子，他们探头探脑地看着我们笑，好像很惊异有这么多人到此处来。问他们到"无隐庵"的路，他们说："前面的水很大走不过去，请往回走几步，南边有条小路，翻过山岭就到了。"按照他们的指点，我们翻过山岭往南走了一里多，渐渐看到竹木杂芜丛生，四面山峰环绕，小径长满青草，已经到了人迹罕至的地方。竹逸徘徊四顾，说："好像是在这里，但路已经分辨不清了，怎么办？"我于是蹲下来，仔细向四周远看，透过千竿竹林隐隐约约看到有乱石墙舍，便径直拨开竹丛，横穿过去寻找，这才找到一个门，上面题着："无隐禅院，某年月日南园老人彭某重修。"大家高兴地说："要不是你，我们真的成了武陵源的渔夫了。"

山门紧闭,敲良久,无应者。忽旁开一门,呀然有声,一鹑衣①少年出,面有菜色②,足无完履,问曰:"客何为者?"

竹逸稽首曰:"慕此幽静,特来瞻仰。"

少年曰:"如此穷山,僧散无人接待,请觅他游。"言已,闭门欲进。云客忽止之,许以启门放游,必当酬谢。

少年笑曰:"茶叶俱无,恐慢客耳,岂望酬耶!"

山门一启,即见佛面,金光与绿荫相映,庭阶石础苔积如绣。殿后台级如墙,石阑绕之。循台而西,有石形如馒头,高二丈许,细竹环其趾。再西折北,由斜廊蹑级③而登。客堂三楹④,紧对大石。石下凿一小月池,清泉一派,荇藻交横⑤。堂东即正殿。殿左西向为僧房厨灶;殿后临峭壁,树杂荫浓,仰不见天。

【注释】

① 鹑衣:鹑尾秃。衣服破旧褴褛,称为鹑衣。
② 菜色:指饥民的脸色。
③ 蹑(niè)级而登:拾级而上。
④ 三楹:楹,柱子。三楹指三间房。
⑤ 荇(xìng)藻:水草。

【译文】

无隐庵的大门紧闭,敲了半天,也没人答应。忽然旁边"呀"的一声开了一个小门,一个衣衫破旧的少年走出来,脸色黄瘦,脚穿破鞋,问道:"客人们有什么事吗?"

竹逸作个揖,说:"我们仰慕这里的幽静,特地前来观瞻。"

少年说:"这样的穷山僻壤,僧人都走光了,没人接待,请各位到别处游历吧。"说完,就准备关门进去,吴云客突然阻止他,答应他如果开门放游,一定要酬谢他。

少年笑着说:"茶叶等物都没有,恐怕怠慢了客人,哪里敢企望酬谢呢？"

　　大门一开，我们就看到了佛像，金光与绿荫相映照，庭前阶下的石墩上，苔藓积得厚厚的像一床绣毯，大殿后的台阶像墙一样，用石栏杆围着。沿着石级向西边走，有一块大石形状像馒头，高二丈多，细竹环绕在石脚下，再由西往北，由斜廊拾级而上。招待宾客的殿堂有三间房，紧对大石，石下凿了一个小月池，池中有一泓清泉，水草丛生；堂东就是正殿，殿左朝西的一间是僧人的住房和厨房；殿堂的后面临着峭壁，树杂荫浓，仰头看不见天空。

　　星烂力疲，就池边小憩。余从之。将启榼小酌，忽闻忆香在树杪，呼曰："三白速来！此间有妙境。"仰而视之，不见其人，因与星烂循声觅之。由东厢出一小门，折北，有石磴如梯，约数十级；于竹坞①中瞥见一楼，又梯而上，八窗洞然，额曰"飞云阁"。四山抱列如城，缺西南一角，遥见一水浸天，风帆隐隐，即太湖也。倚窗俯视，风动竹梢，如翻麦浪。忆香曰："何如？"余曰："此妙境也。"忽又闻云客于楼西呼曰："忆香速来！此地更有妙境。"因又下楼，折而西，十余级，忽豁然开朗，平坦如台。度其地，已在殿后峭壁之上，残砖缺础尚存，盖亦昔日之殿基也。周望环山，较阁更畅。忆香对太湖长啸一声，则群山齐应。乃席地开樽，忽愁枵腹。少年欲烹焦饭②代茶，随令改茶为粥，邀与同啖。询其何以冷落至此？曰："四无居邻，夜多暴客③，积粮时来强窃。即植蔬果，亦半为樵子所有。此为崇宁寺下院④，长厨中月送饭干一石，盐菜一坛而已。某为彭姓裔，暂居看守，行将归去，不久当无人迹矣。"云客谢以番银一圆。返至"来鹤"，买舟而归。余绘《无隐图》一幅，以赠竹逸，志快游也。

【注释】

① 竹坞（wù）：竹园。坞，可以四面挡风的地方。
② 焦饭：锅巴。
③ 暴客：强盗。
④ 下院：下属寺院。

【译文】

　　星灿游累了，就在池边小憩，我也跟着他，刚要打开酒菜盒小酌，忽然听到忆香仿佛在树梢上喊道："三白快来！这里有妙境。"我仰头去看，不见有人，于是和星烂循着声音去找。从东厢房的一个小门出来，向北走，有一道石磴像梯子一样，大约有几十级；我们上去之后，在竹园中看到一个楼屋，又往上爬。楼顶上八个窗户都大开着，题额写着"飞云阁"。四面群山环抱，像一座城墙，只缺西南一角，从那里远远地看到一片湖水连着天边，湖上帆船隐隐约约，那就是太湖。倚窗俯瞰，风吹着竹梢，仿佛麦浪翻滚。忆香说："怎么样？"我说："这里真是妙境。"忽然又听到吴云客在楼西叫道："忆香快来！这里更有妙境。"于是我们下楼，折向西边，又上了十几级台阶，忽然上面豁然开朗，平坦得像一个平台。揣度这里的位置，已是在大殿后面的峭壁上了，地面的残砖缺础还在，原来是过去某个大殿的遗址。我们环视群山，感觉比在楼屋中眺望更加畅快。忆香对着太湖长啸一声，则群山齐应。于是我们席地而坐，打开酒菜，忽然感到饥肠辘辘。庵中那位少年准备做些锅巴饭代替献茶，我们叫他煮些稀饭来。

　　我们邀请少年一起吃饭，问他这里为什么这样冷清。少年说："四周没有人家，夜里常有强盗，如果存有粮食，他们就抢劫偷窃；即使种些蔬菜瓜果，也大半被樵夫摘走。这里是崇宁寺的下属寺院，崇宁寺的厨房只在每月中旬送来饭干一石，盐菜一坛而已。我是彭家的后代，暂时住在这里看守，不久也准备离去，这里就没有人了。"云客给他一圆番银表示酬谢。回去时我们先到"来鹤庵"，然后雇船回家。

我画了一幅《无隐图》，送给竹逸和尚，以纪念这次愉快的游历。

是年冬，余为友人作中保所累①，家庭失欢，寄居锡山华氏。明年春，将之维扬，而短于资。有故人韩春泉在上洋②幕府，因往访焉。衣敝履穿，不堪入署，投札约晤于郡庙园亭中。及出见，知余愁苦，慨助十金。园为洋商捐施而成，极为阔大，惜点缀各景，杂乱无章，后叠山石亦无起伏照应。

归途忽思虞山③之胜，适有便舟附之。时当春仲，桃李争妍，逆旅④行踪，苦无伴侣。乃怀青铜三百，信步至虞山书院。墙外仰瞩，见丛树交花，娇红稚绿，傍水依山，极饶幽趣，惜不得其门而入。问途以往，遇设篷瀹茗⑤者，就之。烹碧罗春，饮之极佳。询虞山何处最胜？一游者曰："从此出西关，近剑门，亦虞山最佳处也。君欲往，请为前导。"余欣然从之。

【注释】

① "余为"句：指卷三所述作者为友人做保借债五十两银子，而友人挟资遁逃一事。
② 上洋：上海。
③ 虞山：山名，在江苏常熟县西北。
④ 逆旅：客舍。迎止宾客之处故称逆旅。
⑤ 瀹（yuè）茗：烹茶。

【译文】

这年冬天，我因为替友人借钱作保而受到连累，致使家庭失和，我便和芸一起寄居在锡山华氏家中。第二年春天，我准备到扬州谋职，但没有盘缠钱。我有个朋友叫韩春泉，在上海幕府中任职，于是我去拜访他。我的衣履破烂，不便于到官署中去找他，就写了一封信，约他到郡庙园亭中会面。等到他出来见我，知道了我的困境后，慷慨地送给我十两银子。郡庙园亭是用外国商人募捐施舍的钱建造的，极其阔大，可惜各个景点设计，杂乱无章，后面用山石叠成的假山也没有起伏照应。

回去的途中，我突然想看看虞山的胜景，刚好有顺路的船可以乘坐。当时正是仲春，桃李争妍，我一人出外旅行，苦于没有伴侣。于是我拿着三百文铜钱，信步走到虞山书院，从墙外往里看，看到丛树繁花，翠绿娇红，傍水依山，极富幽趣，可惜我不知道院门在哪里，等我问了路再打算去时，遇到一个搭篷卖茶的小店，我就进去了。店主为我烹了"碧螺春"茶，我喝着觉得味道极佳。询问虞山什么地方的风景最好，一个游客说："从这里出西关，快到剑门的地方，是虞山最好的景色。你如果要去，我可以当向导。"我欣然愿意随他前往。

出西门，循山脚，高低约数里，渐见山峰屹立，石作横纹。至则一山中分，两壁凹凸，高数十仞①。近而仰视，势将倾坠。其人曰："相传上有洞府，多仙景，惜无径可登。"余兴发，挽袖卷衣，猿攀②而上，直造其巅。所谓洞府者，深仅丈许，上有石罅③，洞然见天。俯首下视，腿软欲堕。乃以腹面壁，依藤附蔓而下。其人叹曰："壮哉！游兴之豪，未见有如君者。"余口渴思饮，邀其人就野店沽饮三杯。阳乌将落，未得遍游，拾赭石④十余块，怀之归寓。负笈⑤搭夜航至苏，仍返锡山。此余愁苦中之快游也。

【注释】

① 仞：古代长度单位。周制以八尺为一仞。

② 猿攀：像猿猴一样攀登。

③ 石罅（xià）：崖石的裂缝。

④ 赭石：红褐色的石子。

⑤ 负笈：背着书箱。

【译文】

出了西门,沿着山脚,高高低低走了几里路,渐渐看到山峰屹立,山石都呈横纹。到了那人所说的地方,看到一山从中分为两半,两边峭壁凸凹对峙,高达几十丈。从近处仰视,山峰好像要倾倒下来一样。那人说:"相传山上有个洞府,里面的景色就像仙境一样,可惜没有路径可以上去。"我游兴大发,挽袖卷衣,像猿猴一样地爬了上去,直到峰顶。原来所谓的洞府,只有一丈多深,洞顶上有石缝,可以望见天空。我低着头往下看,双腿发软,好像就要摔下去似的。于是我用腹部贴着峭壁,用手抓住藤蔓下山。那个人感叹道:"好样的!从没见过游历山水的人有你这样的豪兴。"我口渴想喝水,就邀那个人到野店饮酒三杯。太阳将落,我不能四处遍游,就拾了十几块赭色的石头,揣在怀里回到旅店,然后背着我的行李,搭夜航船回到苏州,仍然回到锡山。这是我在愁苦生活之中的一次痛快的游历。

嘉庆甲子春,痛遭先君之变,行将弃家远遁,友人夏揖山挽留其家。秋八月,邀余同往东海永泰沙,勘收花息①。沙隶崇明②。出刘河口,航海百余里。新涨初辟,尚无街市,茫茫芦荻,绝少人烟。仅有同业丁氏仓房数十椽,四面掘沟河,筑堤栽柳绕于外。

丁字实初,家于崇,为一沙之首户③,司会计者姓王,俱豪爽好客,不拘礼节。与余乍见,即同故交。宰猪为饷,倾瓮为饮。令则拇战,不知诗文。歌则号呶④,不讲音律。酒酣,挥工人舞拳相扑⑤为戏。蓄牯牛百余头,皆露宿堤上。养鹅为号,以防海贼。日则驱鹰犬,猎于芦丛沙渚间,所获多飞禽。余亦从之驰逐,倦则卧。

【注释】

① 花息:利息。

② 沙隶崇明：永泰沙隶属崇明岛。崇明岛清代属江苏太仓，岛为沙积所成。
③ 首户：首富的大户。
④ 号呶：叫喊。
⑤ 相扑：摔跤。

【译文】
　　嘉庆甲子年的春天，我痛遭父亲去世后家庭的变故，准备弃家遁世。友人夏揖山挽留我住在他家。八月中秋，他邀我同往东海永泰沙去收田息。永泰沙隶属崇明岛，出了刘河口，坐船要走一百多里，这是一片新近由涨潮积沙而生成的陆地，刚刚开辟出来，还没有街市，一片茫茫芦苇，绝少人烟。只有与夏揖山同为业主的一户姓丁的有几十间仓库，他在田地的四面都挖了河沟，筑上堤坝，堤坝外圈栽上柳树。
　　姓丁的人字实初，家在崇明岛，是永泰沙的第一大富户。给他当会计的人姓王，他们都豪爽好客，不拘礼节，与我初次见面，便像老朋友一样。他们杀整头的猪作为粮饷，倾整坛的酒作为饮品，行起酒令来只会划拳，不懂诗文，唱起歌来只会大喊大叫，不懂音律。他酒兴正浓时，就叫工人击拳相扑做为娱乐。他养的牸牛有一百多头，都在堤上露宿，养鹅，以鹅的叫声做为警报，以防海贼偷窃。白天他带着鹰犬，在芦荡、沙渚间打猎，所打到的多是飞禽，我也跟着他追逐猎物，倦了就睡在地上。

　　引至园田成熟处，每一字号①圈筑高堤，以防潮汛。堤中通有水窦②，用闸启闭。旱则长潮时启闸灌之，潦则落潮时开闸泄之。佃人皆散处如列星，一呼俱集，称业户曰"产主"，唯唯听命，朴诚可爱；而激之非义③，则野横过于狼虎，幸一言公平，率然拜服。风雨晦明，恍同太古④。
　　卧床外瞩，即睹洪涛，枕畔潮声，如鸣金鼓⑤。一夜，忽见数十里外有红灯，大如栲栳⑥，浮于海中，又见红光烛天，势同失火。实初曰："此处起现神灯神火，不久又将涨出沙田矣。"揖山兴致素豪，至此益放。余更肆无忌惮，牛背狂歌，沙头醉舞，随其兴之所至，真生平无拘之快游也！事竣，十月始归。

【注释】

① 字号：旧时商店招牌皆谓之字号。在此似指种有不同农作物的田地或不同佃户包租的田地。
② 水窦：此处指水渠。
③ 激之非义：被不公平的事情所激怒。
④ 风雨晦明，恍同太古：指那里的佃户的情感变化，就像远古时代的人们一样。
⑤ 金鼓：军中用器，金指金钲，用以止众，鼓用以进众。执金鼓即可号令军队。
⑥ 栲栳（kǎo lǎo）：用竹篾或柳条编成的盛物器具。

【译文】

　　他引我去看沙田里种植的庄稼，那里的每一块田地都围筑了高堤，以防海潮。堤内通有水渠，用水闸启闭。田地干旱时就乘着涨潮开闸灌溉，田地积涝时就乘着落潮开闸放水。佃户们都住得很分散，星星点点，可是一喊就都来了。他们称业户为"业主"，非常驯良，朴诚可爱，但如果被不公平的事情所激怒，则比虎狼还要凶猛，如果幸而有人能主持公道，他们又立即心悦诚服，他们情感情绪的阴晴变化，就像远古时代的人们一样。

　　我睡在床上往外看，就能看到大海的波涛，躺在枕畔就能听到像战场上鸣金擂鼓般的海潮声。有一天夜晚，我忽然看见数十里外有红灯，大如竹筐，浮在海上，又看到红光映红了天空，好像失火。实初说："是这个地方出现了神灯神火，不久又会涨出一片沙田了！"夏揖山一向性格豪爽,到这里愈发旷放不羁,我更是肆无忌惮,骑在牛背上狂歌,在沙田地头狂舞,任性由情地寻欢作乐。这真是我一生中最无拘无束的一次痛快的游历。夏揖山的事情办完后,我们十月才回家。

吾苏虎丘之胜,余取后山之"千顷云"一处,次则"剑池"而已。余皆半藉人工,且为脂粉①所污,已失山林本相。即新起之白公祠、塔影桥,不过留名雅耳。其"冶坊滨",余戏改为"野芳滨",更不过脂乡粉队,徒形其妖冶而已。其在城中最著名之狮子林,虽曰云林手笔②,且石质玲珑,中多古木;然以大势观之,竟同乱堆煤渣,积以苔藓,穿以蚁穴,全无山林气势。以余管窥③所及,不知其妙。

灵岩山④为吴王馆娃宫⑤故址,上有西施洞、响屧廊⑥、采香径诸胜,而其势散漫,旷无收束,不及天平支硎之别饶幽趣。

【注释】

① 脂粉:胭脂和香粉,也作妇女的代称。在此指一种娇饰柔媚的情调。
② 云林手笔:云林,元末画家倪瓒,号云林。云林手笔,指类似倪云林山水画的风格。
③ 管窥:一孔之见,偏狭的见解。为作者的谦词。
④ 灵岩山:山名。在江苏吴县以西,吴王置馆娃宫于此。
⑤ 馆娃宫:春秋吴宫名。吴王夫差为西施所筑。吴人称美女为娃,故曰馆娃。
⑥ 响屧(xiè)廊:春秋时吴王宫中廊名。相传吴王让西施等穿着木屐过廊,廊虚而响。

【译文】

我们苏州虎丘的胜景,我认为首推后山的"千顷云"一处,其次就是剑池，余下的都是半借人工，并且过于矫饰柔媚，已失去山林的本色。即使是新建筑的白公祠、塔影桥，也不过是留下一个雅名罢了。其中的冶坊滨，我戏改之为"野芳滨"，更不过是涂脂抹粉，徒然表现其妖冶而已。即使是城中最著名的狮子林，虽说是仿照倪云林山水的笔墨，而且山石玲珑，有许多参天古木，然而从大的气势来看，竟然类似于一堆乱煤渣，再积聚一些苔藓，打穿一些蚁穴，全然没有山林的恢宏气势。以我狭窄的见解，不觉得它好在哪里。

灵岩山是吴王馆娃宫的遗址，上面有西施洞、响屦廊、采香径等诸多名胜，但气势散漫，大而无当，不如天平支硎那样别有幽趣。

邓尉山[1]一名元墓，西背太湖，东对锦峰，丹崖翠阁，望如图画。居人种梅为业，花开数十里，一望如积雪，故名"香雪海"。山之左有古柏四树，名之曰"清、奇、古、怪"。清者一株挺直，茂如翠盖；奇者卧地三曲，形同"之"字；古者秃顶扁阔，半朽如掌；怪者体似旋螺，枝干皆然。相传汉以前物也。乙丑孟春[2]，揖山尊人莼芗先生偕其弟介石率子侄四人，往蕨山家祠春祭，兼扫祖墓，招余同往。顺道先至灵岩山，出虎山桥，由费家河进"香雪海"观梅。蕨山祠宇即藏于"香雪海"中。时花正盛，咳吐[3]俱香。余曾为介石画《蕨山风木图》十二册。

【注释】

① 邓尉山：山名。在苏州西南。汉有邓尉曾隐居此地，故名。一名袁墓山，又名万峰山，前瞰太湖，山多梅，花时如雪，香闻数十里。
② 乙丑孟春：清嘉庆十年（1805）暮春。
③ 咳吐：指言谈。

【译文】

邓尉山又名元墓山，西边背靠太湖，东边面对锦峰，赤崖翠阁，望上去好像一幅图画。山上的居民以种梅为业，梅花开放时，几十里的梅林一眼望去就像一片雪海，故名"香雪海"。山的东边有四棵古柏树，名字叫"清""奇""古""怪"，"清"的一棵树干挺拔，枝叶茂盛如翠盖；"奇"的一棵树干卧在地下，有三处转折，形状像个"之"字；"古"的一棵树叶少顶秃，树干扁阔，一半枯朽，像个巴掌；"怪"的一棵树干呈螺旋形，枝干也是如此。相传它们都是汉朝以前的古树。乙丑年（1805）暮春，夏揖山的父亲莼芗先生带着他的弟弟介石，率领子侄四人到幞山家祠中祭奠祖宗，兼扫祖墓，邀我同去，顺道先到灵岩山，出虎山桥，由费家河进"香雪海"观看梅花。他家在幞山的祠庙就隐藏在"香雪海"之中。当时梅花开得正盛，我们连说的话都是香的。我曾为介石画了《幞山风木图》十二帧。

是年九月，余从石琢堂殿撰赴四川重庆府之任。溯长江而上，舟抵皖城①。皖山之麓②，有元季忠臣余公③之墓。墓侧有堂三楹，名曰"大观亭"。面临南湖，背倚潜山。亭在山脊，眺远颇畅。旁有深廊，北窗洞开。时值霜叶初红，烂如桃李。

同游者为蒋寿朋、蔡子琴。南城外又有王氏园。其地长于东西，短于南北，盖北紧背城，南则临湖故也。既限于地，颇难位置，而观其结构，作重台叠馆之法。重台者，屋上作月台为庭院，叠石栽花于上，使游人不知脚下有屋。盖上叠石者则下实，上庭院者则下虚，故花木仍得地气而生也。叠馆者，楼上作轩，轩上再作平台，上下盘折，重叠四层，且有小池，水不漏泄，竟莫测其何虚何实。其立脚全用砖石为之，承重处仿照西洋立柱法。幸面对南湖，目无所阻，骋怀游览，胜于平园，真人工之奇绝者也。

【注释】

① 皖城：地名。故城在今安徽潜山县北。
② 皖山之麓：皖山脚下。皖山，一名潜山，也称皖公山，在安徽潜山县西北，绵亘深远，最高峰峭拔如柱，故称天柱。
③ 余公：余阙（1303—1358），元庐州（今安徽合肥）人。至正十三年（1853）出守安庆，任都元帅，淮南行省左丞，与红巾军相拒数年，十七年冬为陈友谅所围，次年城破身死。

【译文】

这年九月，我跟随着石琢堂殿撰去四川重庆赴任。溯江而上，船到了皖城。皖山脚下，有元代忠臣余阙的墓。墓的一侧有三间亭堂，叫做"大观亭"。面对南湖，背靠潜山，亭子坐落在山梁上，可以眺望远方。旁边有条长廊，北窗大开，当时山上的枫叶刚红，灿烂得宛若桃李。

和我同游的人有蒋寿朋、蔡子琴。南城外还有个王氏园，那里的地形是狭长的，东西方向长，南北方向短，因为北边紧靠南城，南边又临着湖水的缘故。园亭一旦被地形所限，就很难经营布置，而我观察这个园亭的结构，是用了"重台叠馆"的方法。所谓"重台"，就是在屋顶上以阳台为庭院，叠石栽花于屋顶之上，使游人到此不知脚下有屋。因为上面叠石则下面坚实，而上有庭院则下面又空虚，所以花木仍然得到地气而生长；所谓"叠馆"，就是楼上做轩室，轩室上再做平台，上下盘曲重叠四层，而且楼上还筑有小池塘，池中的水也不漏泄，我竟然无法揣度它哪里是虚、哪里是实。它的地基全是用砖石砌的，承重的地方仿照西洋的立柱法。所幸的是面对南湖，视野开阔，可以放开胸怀，尽情浏览，胜于平地上的园林，这真是一处巧夺天工的园林建筑。

武昌黄鹤楼①在黄鹄矶上，后拖黄鹄山②，俗呼为蛇山。楼有三层，画栋飞檐，倚城屹峙，面临汉江，与汉阳晴川阁③相对。余与琢堂冒雪登焉。仰视长空，琼花风舞，遥指银山玉树，恍如身在瑶台。江中往来小艇，纵横掀播④，如浪卷残叶，名利之心，至此一冷。壁间题咏甚多，不能记忆，但记楹对⑤有云：

"何时黄鹤重来，且共倒金樽，浇洲渚千年茂草；但见白云飞去，更谁吹玉笛，落江城五月梅花？"

黄州赤壁在府城汉川门外，屹立江滨，截然如壁，石皆绛色，故名焉。《水经》⑥谓之赤鼻山。东坡游此作二赋⑦，指为吴魏交兵处，则非也⑧。壁下已成陆地。上有二赋亭⑨。

【注释】

① 黄鹤楼：楼名。故址在湖北武昌蛇山的黄鹄矶头。传说三国时人费文祎在此楼乘黄鹤登仙而去。唐崔颢、李白及宋陆游等均有题诗。

② 黄鹄山：黄鹤山的别称，又称为蛇山，在湖北武昌西。黄鹄，即黄鹤，黄天鹅。

③ 晴川阁：在湖北汉阳龟山东麓禹功矶上。建于明代。取唐人崔颢"晴川历历汉阳树"诗句命名。登临其上，可远望江、汉景色。

④ 掀播：上下颠簸。

⑤ 楹对：柱上的对联。

⑥ 《水经》：我国第一部记述河道水系的专著。北魏郦道元为该书作注。

⑦ 二赋：苏轼的《前赤壁赋》《后赤壁赋》。

⑧ "指为"句：苏轼以为黄州赤壁是三国时期孙权与刘备联军与曹操进行"赤壁之战"的赤壁，是错误的。

⑨ 二赋亭：刻有苏轼前后《赤壁赋》的亭子。

【译文】

　　武昌黄鹤楼坐落在黄鹄矶头上，背后拖着黄鹄山，俗称"蛇山"。楼有三层，画栋飞檐，倚城屹立着，面对汉水、长江，与汉阳的晴川阁遥遥相望。我与石琢堂曾冒雪登楼。仰望长空，大雪在风中飞舞，我们指点着远处披上银装的山石树木，恍若置身仙境之中。长江中往来的小船，在波涛之中上下左右颠簸着，仿佛一片片残叶，观此情景人的名利之心，为之一冷。墙壁上题诗很多，我记不得了，只记得有一幅楹联写道："何时黄鹤重来，且共倒金樽，浇洲渚千年芳草；但见白云飞去，更谁吹玉笛，落江城五月梅花？"

　　黄州赤壁在府城汉川门外，屹立在江边，俨然是一整块石壁，因为壁石全是绛红色的，所以叫"赤壁"，《水经》称它为"赤鼻山"，苏东坡游历此地曾写下前后《赤壁赋》，把它说成是三国时吴魏交战的地方，其实并非如此。赤壁之下已成陆地，上面设有"二赋亭"。

　　是年仲冬，抵荆州。琢堂得升潼关观察之信，留余住荆州。余以未得见蜀中山水为怅。时琢堂入川，而哲嗣①敦夫，眷属，及蔡子琴、席芝堂俱留于荆州。居刘氏废园②，余记其厅额曰"紫藤红树山房"。庭阶围以石栏，凿方池一亩，池中建一亭，有石桥通焉。亭后筑土叠石，杂树丛生。余多旷地，楼阁俱倾颓矣。客中无事，或吟或啸，或出游，或聚谈。岁暮虽资斧③不继，而上下雍雍，典衣沽酒，且置锣鼓敲之。每夜必酌，每酌必令。窘则四两烧刀④，亦必大施觞政⑤。

【注释】

① 哲嗣：旧称友人之子为哲嗣，即令嗣之意。
② 刘氏废园：汉末，刘表曾为荆州牧，后荆州曾为刘备所据，此其遗迹。

③ 资斧：行旅之费的统称。

④ 烧刀：烧酒。

⑤ 觞政：酒令。

【译文】

　　这年冬天，我们到了荆州。石琢堂得到他被提升为潼关观察的消息，于是就把我留在荆州，我以不能随他去看看蜀中名山秀水为憾事。当时石琢堂入川后，他的儿子敦夫以及眷属，还有蔡子琴、席芝堂都留在荆州，住在刘氏废园中。我记得那里厅堂的匾额上写着"紫藤红树山房"，庭前的石阶用石栏杆围着。院内凿了个一亩见方的池塘，池塘中间有个亭子，有座石桥可以通过，亭子后面叠有石山，杂树丛生，其余的多是空旷之地。园中楼阁都倾倒坍塌了。我们在此客居，无事可干，有时吟诗，有时长啸，有时出游，有时聚谈。到了年底，虽然大家都手头无钱，却上下和睦，典衣买酒，并置了锣鼓来庆贺新年。我们每夜都要饮酒，每次饮酒都要行令。我在困窘之中只能喝四两烧酒，但总要大行酒令。

　　遇同乡蔡姓者，蔡子琴与叙宗系，乃其族子①也。倩其导游名胜，至府学前之曲江楼。昔张九龄②为长史时，赋诗其上。朱子③亦有诗曰："相思欲回首，但上曲江楼。"城上又有雄楚楼，五代时高氏④所建，规模雄峻，极目可数百里。绕城傍水，尽植垂杨，小舟荡桨往来，颇有画意。荆州府署即关壮缪⑤帅府，仪门内有青石断马槽，相传即赤兔马食槽也。访罗含⑥宅于城西小湖上，不遇；又访宋玉⑦故宅于城北。昔庾信⑧遇侯景之乱⑨，遁归江陵，居宋玉故宅，继改为酒家，今则不可复识矣。

【注释】

① 族子：同宗兄弟之子。

② 张九龄：（673—740），唐代政治家、诗人。韶州曲江（今属广东省）人，长安二年进士，官右拾遗等。玄宗怠于政治，他常评论得失，著有《曲江集》。
③ 朱子：宋代理学家朱熹（1130—1200）。
④ 高氏：五代南平王高季兴。
⑤ 关壮缪：即关羽，建安十九年曾镇守荆州，壮缪为其谥号。
⑥ 罗含：晋耒阳人，擅文章，桓温极重其才。致仕还家，在荆州城西小州上立茅屋而居，阶前皆种兰。后来诗文中常用为才人或退仕后托身有所的典故。
⑦ 宋玉：（？—前223），战国楚鄢人，以辞赋见长。
⑧ 庾信：（513—581），北齐文学家，南阳新野人。
⑨ 侯景之乱：侯景（？—552），南朝人。本为北朝高欢部将，欢死附梁，后又举兵叛变。攻破建康。萧衍（梁武帝）被围于台城，饿死，景自立，称汉帝，到处烧杀抢掠。长江中下游地区遭到极大破坏，史称侯景之乱。

【译文】

　　在这里我们遇到一个姓蔡的人，他与蔡子琴一叙家谱，原来是他的同族兄弟之子，我们请他当向导，游历名胜。我们去过州府学堂前的曲江楼，过去张九龄做长史时，曾在这个楼上赋诗，朱熹也有诗句："相思欲回首，但上曲江楼。"荆州城还有雄楚楼，是五代时南平王高氏所建，规模雄伟峻拔，站在楼上极目远眺，可以望见数百里。围绕城楼的河边，都种着垂杨，坐着小舟荡桨往来其间，颇有画意。荆州府的官署就是原来关羽的帅府，仪门内有青石断马槽，相传是关公的赤兔马吃草料的食槽。我们还在城西的小湖上寻访晋代隐者罗含的故居，没有找到；又在城北寻访宋玉的故居。昔日庾信遇到侯景之乱，隐遁江陵，住在宋玉的故居中，以后这里改为酒店，如今已经无法辨识了。

是年大除①,雪后极寒。献岁发春②,无贺年之扰。日唯燃纸炮,放纸鸢③,扎纸灯以为乐。既而风传花信,雨濯春尘。琢堂诸姬携其少女幼子顺川流而下。敦夫乃重整行装,合帮而走。由樊城登陆,直赴潼关。

　　由河南阌乡县④西出函谷关⑤,有"紫气东来"⑥四字,即老子乘青牛所过之地。两山夹道,仅容二马并行。约十里即潼关⑦,左背峭壁,右临黄河。关在山河之间,扼喉而起,重楼叠垛,极其雄峻,而车马寂然,人烟亦稀。昌黎诗曰:"日照潼关四扇开。"殆亦言其冷落耶!

　　城中观察之下,仅一别驾⑧。道署⑨紧靠北城,后有园圃,横长约三亩。东西凿两池,水从西南墙外而入,东流至两池间,支分三道,一向南,至大厨房,以供日用;一向东,入东池;一向北折西,由石螭⑩口中喷入西池,绕至西北,设闸泄泻,由城脚转北,穿窦而出,直下黄河。日夜环流,殊清人耳,竹树荫浓,仰不见天。

　　西池中有亭,藕花绕左右。东有面南书室三间,庭有葡萄架,下设方石,可弈可饮。以外皆菊畦。西有面东轩屋三间,坐其中可听流水声。轩南有小门,可通内室。轩北窗下另凿小池。池之北有小庙,祀花神,园正中筑三层楼一座,紧靠北城,高与城齐,俯视城外,即黄河也。河之北,山如屏列,已属山西界,真洋洋大观也。

【注释】

① 大除:除夕。

② 献岁发春:进入新的一年,犹言开年。

③ 纸鸢(yuān):风筝。

④ 阌(wén)乡县:旧县名,在河南省西部,今灵宝县内。

⑤ 函谷关：在今河南灵宝东北。
⑥ "紫气东来"：传说老子出函谷关，关令尹喜见有紫气从东而来，知道将有圣人过关。果然老子骑了青牛前来，喜便请他写下了《道德经》。后人因以"紫气东来"表示祥瑞。
⑦ 潼关：关名。在今陕西潼关县北。以潼水而名。西薄华山，南临商岭，北距黄河，东接桃林，为陕西、山西、河南三省要冲，历代皆为军事要地。
⑧ 别驾：官名，刺史的佐吏。
⑨ 道署：道台官署。
⑩ 石螭（chī）：石雕的龙形怪兽，其口泄水。螭，同魑。

【译文】

这一年岁末，雪停之后天气特别严寒。我们跨入新年，而没有相互恭贺寒暄的烦扰。每天只是放鞭炮，放风筝，扎纸灯作为消遣。接着，春风送来了花信，春雨洗濯了尘埃，石琢堂的诸多姬妾带着他的少女幼子顺着川流而下。敦夫于是整理行装，和他们会合起来一起出发，由樊城登陆，直赴潼关。

由河南阌乡县往西走出函谷关，关上有"紫气东来"四个题字，这里就是老子乘着青牛所走过的地方。两山之间夹着一条道路，只能容下二匹马并行，我们走了大约十里就到了潼关。潼关城东靠峭壁，西临黄河，处于山河之间，扼着山河的咽喉而立，重楼迭垛，极其雄伟峻拔。而城中听不到车马声，人烟也很稀少。韩昌黎的诗写道："日照潼关四扇开。"大概也是说它的冷清吧！

城中的官吏在观察之下，仅仅设有一个别驾。道台官署紧靠北城，后面有一块园圃，长方形，面积约有三亩。东西两边凿有两个水池，水从西南方的城墙外引进来，向东流到两个池塘中间，然后分为三条水道。一条向南，到大厨房，供应官署中每天的用水；一条向东，进东池；一条向北转向西，由石雕的龙形怪兽口中喷入西池，又绕向西北方向，经过一个控制泄泻的水闸，由城门脚下转向北方，穿过城中的水洞，直下黄河。水流在园内日夜循环着，使人感到非常清爽。园中竹林树木浓荫密布，人仰头看不见天日。

西池中有个亭子，周围环绕着荷花。东边有朝南的书房三间，庭院中有葡萄架，下边设有石桌石凳，可以供人下棋、饮酒。其余的地方都是菊畦。西边有朝东的轩屋三间，坐在里面可以听到屋外潺潺流水声，轩屋南面有个小门可通内室。北面窗下另外凿有小池塘，池塘北面有个小庙，是祭祀花神的地方。园的正中建有一座三层高的楼房，紧靠北城，和城楼一样高。站在楼上俯看城外，就能看到黄河。在黄河北面，群山像屏风一样地排列着，那里已属山西的地界了。真是蔚为壮观的景象。

余居园南，屋如舟式，庭有土山，上有小亭，登之可览园中之概。绿荫四合，夏无暑气。琢堂为余额其斋曰"不系之舟"，此余幕游以来，第一好居室也。土山之间，艺菊数十种，惜未及含葩①，而琢堂调山左廉访②矣。

眷属移寓潼川③书院，余亦随往院中居焉。琢堂先赴任，余与子琴、芝堂等无事，辄出游。乘骑至华阴④庙。过华封里，即尧时三祝处⑤。庙内多秦槐汉柏，大皆三四抱，有槐中抱柏而生者，柏中抱槐而生者，殿廷古碑甚多。内有陈希夷⑥书"福""寿"字。华山之脚有玉泉院，即希夷先生化形骨蜕处⑦。有石洞如斗室，塑先生卧像于石床。其地水净沙明，草多绛色，泉流甚急，修竹绕之。洞外一方亭，额曰"无忧亭"。旁有古树三株，纹如裂炭，叶似槐而色深，不知其名，土人即呼曰"无忧树"。

太华⑧之高不知几千仞，惜未能裹粮往登焉。归途见林柿正黄，就马上摘食之。土人呼止，弗听，嚼之，涩甚，急吐去。下骑觅泉漱口，始能言。土人大笑。盖柿须摘下，煮一沸始去其涩，余不知也。

【注释】

① 含葩（pā）：含苞欲放。葩，花。
② 山左廉访：山东巡按。
③ 潼川：郡名。辖境相当今四川梓潼县地。
④ 华阴：县名，在陕西省东部。县南有"西岳"华山为名胜地。
⑤ 三祝：即华（huà）封三祝。传说唐尧游于华州，华地守封疆之人祝其多寿、多福、多男子。见《庄子·天地篇》。后因用"华封三祝"为祝颂之辞。
⑥ 陈希夷：陈抟，五代宋初道士。后唐长兴中曾举进士不第，隐居华山。宋太宗赐号希夷先生。著有《无极图》（刻于华山石壁），数传而为周敦颐之太极图；还著有《指玄篇》，言导养与还丹之事。
⑦ 化形骨蜕：指道士羽化登仙。
⑧ 太华：即华山。

【译文】

　　我住在园南，屋子是船形的。庭院中有座土山，山上有个小亭子，登上山去，就可以看到园中的概貌。园中到处都是浓荫，夏天不觉得暑热。石琢堂为我的屋子题的匾额是："不系之舟"。这是我自从游幕以来，住的最好的屋子。在土山之间，我种了几十种菊花，可惜花还没开放，琢堂又被调到山东任巡按了。

　　琢堂的眷属都移居到潼川书院，我也随着他们到书院去住。琢堂先到山东赴任，我和蔡子琴、席芝堂等无事可干，于是出外游历。我们骑着马先到华阴庙，过了华封里，就是传说中唐尧接受华地守封疆的人们三个美好祝愿的地方。华阴庙中多有秦汉时的槐树和柏树，粗的须要三四人合抱。有的槐树环抱着柏树生长，有的柏树环抱着槐树生长。大殿里的古碑很多,其中有陈希夷先生写的"福""寿"字。华山脚下有个玉泉院,就是希夷先生羽化登仙的地方。有个石洞像个斗室,里面塑着希夷先生卧在石床上的塑像。这里水净沙明,有许多绛红色的小草,泉水湍急,修竹绕泉丛生。洞外有一个方亭,匾额上题着"无忧亭"。亭边有古树三株,树纹像干裂的木炭,树叶好像是槐叶,但比槐叶的颜色要深,不知叫什么名字,当地人叫它"无忧树"。

　　华山不知高几千仞,可惜我们没能带着干粮去登山。归途中,我看到树林中的柿子黄澄澄的,便骑在马上顺手摘了一个来吃,当地人叫我别吃,我不听,一嚼,十分涩口,急忙吐掉,下马找到泉水漱了口,这才能开口说话。当地人都大笑。原来柿子摘下以后,一定要放在开水里烫一下,才能去掉涩味,我并不知道。

　　十月初,琢堂自山东专人来接眷属,遂出潼关,由河南入鲁。山东济南府城内,西有大明湖①。其中有历下亭、水香亭诸胜。夏月柳荫浓处,菡萏②香来,载酒泛舟,极有幽趣。余冬日往视,但见衰柳寒烟,一水茫茫而已。趵突泉③为济南七十二泉之冠。泉分三眼,从地底怒涌突起,势如腾沸。凡泉皆从上而下,此独从下而上,亦一奇也。池上有楼,供吕祖④像,游者多于此品茶焉。明年二月,余就馆莱阳⑤。至丁卯⑥秋,琢堂降官翰林,余亦入都。所谓登州海市⑦,竟无从一见。

【注释】

① 大明湖:在山东济南市内。明清以来,已为游览胜地。
② 菡萏(hàn dàn):荷花的别称。
③ 趵(bào)突泉:泉名。在山东济南市旧城西门外,是泺水的源头。泉水向上喷涌高数十厘米。其北有吕祖庙,西有观澜亭,东有漱玉泉。

④ 吕祖：吕洞宾，传说中的八仙之一。
⑤ 莱阳：在山东省东部，以产梨著称。
⑥ 丁卯：嘉庆十二年（1807）。
⑦ 登州海市：登州，州、府名，辖境在今山东蓬莱一带，此地可见渤海庙岛群岛倒映出的海市蜃楼。沈括《梦溪笔谈》："登州海中，时有云气，如宫室、台观、城堞、人物、车马、冠盖，历历可见，谓之'海市'。"

【译文】

十月初，琢堂从山东专程回来接眷属，于是我们出了潼关，从河南进入山东。山东济南城里，西有大明湖，里面有历下亭、水香亭等名胜。如果是在夏天游大明湖，柳荫浓绿，荷花飘香，泛舟载酒，会极有幽趣，而我们是冬天去的，只看见枯柳寒烟，一片白茫茫的湖水而已。趵突泉是济南七十二泉中的第一泉，泉分三个眼，从地底下怒涌突起，水势好像在奔腾滚沸。大凡泉水都是从上往下流，而此泉独独从下往上涌，这也是一个奇观。泉池边有楼阁，供奉着吕洞宾的像。游客大多在这里品茶。来济南后的第二年二月，我又到莱阳县任聘。丁卯年（1807）的秋天，琢堂被降官为翰林，我也跟着他进京去了。所谓登州的海市蜃楼，我竟然一次也没有看到。

卷五　中山记历[1]

嘉庆四年[2]，岁在己未，琉球国[3]中山王尚穆薨[4]。世子尚哲先七年卒，世孙尚温表请袭封[5]。中朝怀柔远藩[6]，锡[7]以恩命，临轩召对，特简儒臣[8]。于是赵介山先生名文楷，太湖人，官翰林院修撰[9]，充正使；李合叔先生名鼎元，绵州人，官内阁中书[11]，副焉。介山驰书约余偕行。余以高堂垂老，惮于远游，继思游幕二十年，遍窥两戒[12]，然而尚囿方隅之见，未观域外，更历瀛溟[13]之胜，庶广异闻，禀商吾父，允以随往。从客凡五人：王君文诰、秦君元钧、缪君颂、杨君华才，其一即余也。

五年五月朔日[14]，随荡节[15]以行。祥飙送风，神鱼扶舳[16]，计六昼夜，径达所届[17]。凡所目击，咸登掌录[18]。志山水之丽崎，记物产之瑰怪，载官司之典章，嘉士女之风节，文不矜奇，事皆记实，自惭谫陋[19]，甘贻测海[20]之嗤，要堪传信，或胜凿空[21]之说云尔。

五月朔日，恰逢夏至，襆被登舟。向来封中山王，去以夏至，乘西南风，归以冬至，乘东北风，风有信[22]也。舟二，正使与副使共乘其一。舟身长七丈，首尾虚艄三丈，深一丈三尺，宽二丈二尺，较历来封舟几小一半。前后各一桅，长六丈有奇，围三尺；中舱前一桅，长十丈有奇，围六尺，以番木为之。通计二十四舱，舱底贮石，载货十一万斤有奇。龙口置大炮一，左右各置大炮二，兵器贮舱内。大桅下横大木为辘轳，移炮升篷皆仗之，舁[23]以数十人。舱面为战台，尾楼为将台，立帜列藤牌，为使臣厅事。下即舵楼，舵前有小舱，实以沙布针盘。中舱梯而下，高可六尺，为使臣会食地。

前舱贮火药贮米，后以居兵。稍后为水舱，凡四井。二号船称是。每船约二百六十余人，船小人多，无立锥处。风信已届，如欲易舟，恐延时日也。

初二日午刻，移泊鳌门[24]。申刻[25]，庆云[26]见于西方，五色轮囷[27]，适与楼船旗帜上下辉映，观者莫不叹为奇瑞。或如玄圭[28]，或如白珂[29]，或如灵芝，或如玉禾，或如绛绡[30]，或如紫纻[31]，或如文杏之叶，或如含桃之颗，或如秋原之草，或如春湘之波，向读屠长卿[32]赋，今始知其形容之妙也。画士施生，为《航海行乐图》，甚工，余见兹图，遂乃搁笔，香匜虽善画，亦不能办此。

初四月亥刻[33]，起碇，乘潮至罗星塔[34]，海阔天空，一望无际。余妇芸娘，昔游太湖，谓得见天地之宽，不虚此生，使观于海，其愉快又当何如！

初九日卯刻[35]，见彭家山[36]，列三峰，东高而西下。申刻，见钓鱼台[37]，三峰离立，如笔架，皆石骨。惟时水天一色，舟平而驶，有白鸟无数，绕船而送，不知所自来。入夜，星影横斜，月光破碎，海面尽作火焰，浮沉出没，木华《海赋》[38]所谓阴火潜然[39]者也。

初十日辰正[40]，见赤尾屿。屿方而赤，东西凸而中凹，凹中又有小峰二。船从山北过，有大鱼二，夹舟行，不见首尾，脊黑而微绿，如十围枯木，附于舟侧，舟人以为风暴将起，鱼先来护。午刻，大雷雨以震，风转东北，舵无主，舟转侧甚危，幸而大鱼附舟，尚未去。忽闻霹雳一声，风雨顿止。申刻，风转西南且大，合舟之人，举手加额，咸以为有神助。得二诗以志之，诗云："平生浪迹遍齐州[41]，又附星槎[42]作远游。鱼解扶危风转顺，海云红处是琉球。""白浪滔滔撼大荒，海天东望正茫茫。此行足壮书生胆，手挟风雷意激昂。"自谓颇能写出尔时光景。

十一日午刻，见姑米山[43]。山共八岭，岭各一二峰，或断或续。

未刻，大风暴雨如注，然雨虽暴而风顺。酉刻，舟已近山。琉球人以姑米多礁，黑夜不敢进，待明而行，亦不下碇，但将篷收回，顺风而立，则舟荡漾而不能进退。戌刻，舟中举号火[44]，姑米山有火应之，询之为球人暗令，日则放炮，夜则举火，《仪》注[45]所谓得信者，此也。

十二日辰刻，过马齿山。山如犬羊相错，四峰离立，若马行空。计又行七更，船再用甲寅针，取那霸港[46]，回望见迎封船[47]在后，共相庆幸。历来针路所见，尚有小琉球、鸡笼山、黄麻屿，此行俱未见。闻知琉球伙长[48]，年已六十，往来海面八次，每度细审，得其准的，以为不出辰卯二位，而乙卯位单，乙针尤多，故此次最为简捷，而所见亦仅三山，即至姑米。针则开洋[49]用单辰，行七更后，用乙辰，自后尽用乙，过姑米，乃用乙卯，惟记更以香，殊难凭准。念五虎门至官塘，里有定数，因就时辰表按时计里，每时约行百有十里，自初八日未时开洋，讫十二日辰时，计共五十八时，初十日暴风，停两时，十一日夜，畏触礁，停三时，实行五十三时，计程应得五千八百三十里，计到那霸港，实洋面六千里有奇[50]。

据琉球伙长云，海上行舟，风小固不能驶，风过大，亦不能驶。风大则浪大，浪大力能壅船[51]，进尺仍退二寸。惟风七分，浪五分，最宜驾驶，此次是也。从来渡海，未有平稳而驶如此者。于时，球人驾独木船数十，以纤挽舟而行，迎封三接如仪[52]。辰刻，进那霸港。先是，二号船于初十日望不见，至是乃先至，迎封船亦随后至，齐泊临海寺前。伙长云：从未有三舟齐到者。

午刻，登岸，倾国人士，聚观于路，世孙率百官，迎诏如仪。世孙年十七，白皙而丰颐，仪度雍容，善书，颇得松雪笔意[53]。按《中山世鉴》：隋使羽骑尉朱宽至国，于万涛间，见地形如虬龙浮水，始曰"流虬"。而《隋书》又作"流求",《新唐书》作"流鬼",《元史》又作"璃求",明复作"琉球"。《世鉴》又载:元延祐元年[54],国分为三大里,凡十八国,或称山南王,或称山北王。余于中山、南山、游历几遍,大村不及二里,而即谓之国,得勿夸大乎?

球人每言大风,必曰台飓,按韩昌黎诗:"雷霆逼飓䬃[55]。"是与飓同称者为䬃。《玉篇》:"䬃,大风也,于笔切。"《唐书·百官志》:"有䬃海道,或系球人误书。"《隋书》称琉球有虎、狼、熊、罴,今实无之。又云无牛羊驴马,驴诚无,而六畜无不备,乃知书不可尽信也。

天使馆西向,仿中华廨署[56],有旗竿二,上悬册封黄旗[57]。有照墙[58],有东西辕门[59],左右有鼓亭,有班房。大门署曰"天使馆",门内廊房各四楹。仪门署曰"天泽门",万历[60]中使臣夏子阳题,年久失去,前使徐葆光补出。门内左右各十一间,中有甬道。道西榕树一株,大可十围,徐公手植。最西者为厨房。大堂五楹,署曰"敷命[61]堂",前使汪楫题。稍北,葆光额曰"皇纶[62]三锡"。堂后有穿堂直达二堂,堂五楹,中为正副使会食之地,前使周公署曰"声教东渐"[63],左右即寝室[64]。堂后南北各一楼,南楼为正使所居,汪楫额曰"长风阁",北楼为副使所居,前使林麟焻额曰"停云楼",额北有诗牌,乃海山先生所题也。

周砺礁石为垣[65],望同百雉[66]。垣上悉植火凤,干方,无花有刺,似霸王鞭,叶似慎火草,俗谓能避火,名吉姑罗。南院有水井。楼皆上覆瓦,下砌方砖。院中平似沙,桌椅床帐,悉仿中国式。寄尘得诗四首,有句云:"相看楼阁云中出,即是蓬莱岛上居。"又有句云:"一舟剪径凭风信,五日飞帆驻月楂[67]。"皆真情真境也。

孔子庙在久米村,堂三楹,中为神座,如王者垂旒摺圭[68],而署其主曰"至圣先师孔子神位"。左右两龛,龛二人立侍,各手一经,标曰"易、书、诗、春秋",即所谓四配也。堂外为台,台东西,拾级以登,栅如棂星门[69]。中仿戟门[70],半树塞以止行者。其外临水为屏墙。堂之东为明伦堂[71],堂北祀启圣[72]。久米士之秀者,皆肄业其中,择文理精通者为之师,岁有廪给[73],丁祭[74]一如中国仪。敬题一诗云:"洋溢声名四海驰,岛邦也解拜先师。庙堂肃穆垂旒贵,圣教如今洽九夷。"用伸仰止之忱[75]。

国中诸寺,以圆觉[76]为大。渡观莲塘桥,亭供辩才天女,云即斗姥。将入门,有池曰"圆鉴",荇藻交横,芰荷半倒。门高敞,有楼翼然。左右金刚四,规模略仿中国。佛殿七楹,更进,大殿亦七楹,名龙渊殿。中为佛堂,左右奉木主[77],亦祀先王神位,兼祀祧主[78]。左序为方丈,右序为客座,皆设席,周缘以布,下衬极平而净,名曰"踏脚绵"。方丈前为"蓬莱庭",左为香积厨,侧有井,名"不冷泉"。客座右为古松岭,异石错舛[79],列于松间。左厢为僧寮[80],右厢为狮子窟。僧寮南有乐楼,楼南为园,饶花木,此乃圆觉寺之胜概也。

又有护国寺,为国王祷雨之所。龛内有神,黑而裸,手剑立,状甚狰狞。有钟,为前明景泰七年[81]铸。寺后多凤尾蕉[82],一名铁树。又有天王寺,有钟,亦为景泰七年铸。又有定海寺,有钟,为前明天顺三年[83]铸。至于龙渡寺、善兴寺、和光寺,荒废无可述者。

此邦海味,颇多特产,为中国之所罕见。一石鮔,似墨鱼而大,腹圆如蜘蛛,双须八手,攒生两肩,有刺,类海参,无足无鳞介,如鲍鱼,登莱有所谓八带鱼者,以形考之,殆是石鮔,或即乌鲗[84]之别种欤?一海蛇,长三尺,僵直如朽索,色黑,状狰狞,土人云能杀虫、疗瘤、已疠[85],殆永州异蛇类[86],土俗甚重之,以为贵品。一海胆,如猬,剥皮去肉,捣成泥,盛以小瓶,可供馔。一寄生螺,大小不一,长圆各异,皆负壳而行。螺中有蟹,两螯八跪[87],跪四大四小，以大跪行，螯一大一小，小者常隐，大者以取食，触之则大跪尽缩，以一大螯拒户[88]，蟹也，而有螺性。《海赋》所云"璅蛣[89]腹蟹"，岂其类欤？《太平广记》谓蟹入螺中，似先有蟹，然取置碗中，以观其求脱之势，力猛壳脱，顷刻死，则又与壳相依为命，造物不测，难以臆度也。一沙蟹，阔而薄，两螯大于身，甲小而缺其前，缩两螯以补之，若无缝，八跪特短，脐无甲，尖团莫辨，见人则凹双睛，噀水[90]高寸许，似善怒，养以沙水，经十馀日，不食亦不死。一蚶[91]，径二尺以上，围五尺许，古人所谓"屋瓦子"，以壳形凹凸，像瓦屋也。一海马[92]肉，薄片回屈如刨，花，色如片茯苓，品之最贵者，不易得，得则先以献王，其状鱼身马首，无毛而有足，皮如江豚。此皆海味之特产也。

此邦果实，亦有与中国不同者。蕉[93]实状如手指，色黄，味甘，瓣如柚，亦名甘露。初熟色青，以糖覆之则黄，其花红，一穗数尺，瓤须五六出，岁实如常，实如其须之数。中国亦有蕉，不闻岁结实，亦无有抽其丝作布者，或其性殊欤？

布之原料与制布之法，亦有与中国异者。一曰蕉布，米色，宽一尺，乃芭蕉沤抽其丝织成，轻密如罗。一曰苎布[94]，白而细，宽尺二寸，可敌棉布。一曰丝布，白而棉软，苎经而丝纬，品之最尚者，《汉书》所谓蕉、筒、荃、葛，即此类也。一曰麻布，米色而粗，品最下矣。国人善印花，花样不一，皆剪纸为范[95]，加范于布，涂灰焉，灰干去范，乃着色，干而浣之，灰去而花出，愈浣而愈鲜，衣敝而色不退。此必别有制法，秘不语人，故东洋花布，特重于闽也。

此邦草木，多与中国异称，惜未携《群芳谱》来，一一辨证之耳。罗汉松，谓之悭木。冬青，谓之福木。万寿菊，谓之禅菊。铁树，谓之凤尾蕉，以叶对出形似也；亦谓之海棕榈，以叶盖头形似也；

有携至中华以为盆玩者,则谓之万年棕云。凤梨[96],开花者谓之男木,白瓣若莲,颇香烈,不实;无花者谓之女木,而实大,如瓜可食;或云,即波罗蜜别种,球人又谓之"阿咀呢"。月橘[97],谓之十里香,叶如枣,小白花,甚芳烈,实如天竹子[98],稍大,闻二月中,红累累满树,若火齐然[99],惜余未及见也。球阳地气多暖,时届深秋,花草不杀,蚊雷不收,荻花盛开,野牡丹,二三月花,至八月复复[100],花累累如铃铎,素瓣,紫晕,檀心[101],圆而大,颇芳烈。佛桑[102]四季皆花,有白色,有深红、粉红二色,因得一诗,诗云:"偶随使节泛仙槎,日日春游玩物华。天气常如二三月,山林不断四时花。"亦真情真景也。

球人嗜兰,谓之孔子花,陈宅尤多异产。有风兰,叶较兰稍长,篾竹为盆,挂风前,即蕃衍。有名护兰,叶类桂而厚,稍长如指,花一箭八九出,以四月开,香胜于兰,出名护岳岩石间,不假水土,或寄树桠,或裹以棕而悬之,无不茂。有粟兰,一名芷兰,叶如凤尾花,作珍珠状。有棒兰,绿色,茎如珊瑚,无叶,花出桠间,如兰而小,亦寄树活。又有西表松兰、竹兰之目,或致自外岛,或取之岩间,香皆不减兰也。因得一诗,诗云:"移根绝岛最堪夸,道是森森阙里[103]花。不比寻常凡草木,春风一到即繁华。"题诗既毕,并为写生,愧无黄筌[104]之妙笔耳。

沿海多浮石,嵌空玲珑,水击之,声作钟磬,此与中国彭蠡[105]之口石钟山[106]相似。

闲居无可消遣,与施生弈,用琉球棋子。白者磨螺之封口石为之,内地小螺拒户有圆壳,海螺大者,其拒户之壳,厚五六分,径二寸许,圆白如砗磲[107],土人名曰"封口石";黑者磨苍石为之,子径六分许,围二寸许,中凸而四周削,无正背面,不类云南子式。棋盘以木为之,厚八寸,四足,足高四寸,面刻棋路。其俗好弈,举棋无不定之说，颇亦有国手，局终数空眼多少，不数实子，数正同。相传国中供奉棋神，画女相如仙子，不令人见，乃国中雅尚也。

六月初八日，辰刻，正副使恭奉谕祭文⑩，及祭银焚帛，安放龙彩亭内，出天使馆东行，过久米林，泊村，至安里桥，即真玉桥，世孙跪接如仪，即导引入庙。礼毕，引观先王庙。正庙七楹，正中向外，通为一龛，安奉诸王神位，左昭⑩自舜马至尚穆，共十六位，右穆⑪自义本至尚敬，共十五位。是日，球人观者，弥山匝地⑫，男子跪于道左，女子聚立远观。亦有施帷挂竹帘者，土人云系贵官眷属。女皆黥首、指节⑬为饰，甚者全黑，少者间作梅花斑。国俗不穿耳，不施脂粉，无珠翠首饰。

人家门户，多树"石敢当"碣⑭，墙头多植吉姑罗或楪树，剪剔极齐整。国人呼中国为唐山，呼华人为唐人。球地皆土沙，雨过即可行，无泥泞。

奥山有却金亭，前明册使⑮陈给事侃归时却金⑯，故国人造亭以表之。辨岳，在王宫东南三里许，过圆觉寺，从山脊行，水分左右，堪舆家⑰谓之过峡，中山来脉也，山大小五峰，最高者谓之辨岳，灌水密覆。前有石柱二，中置栅二，外板阁二，少左，有小石塔，左右列石案五。折而东，数十级至顶，有石垆二：西祭山，东祭海。岳之神，曰祝，祝谓是天孙氏⑱第二女云。国王受封，必斋戒亲祭。正、五、九月，祭山海及护国神，皆在辨岳也。

波上、雪崎及龟山，余已游遍，而要以鹤头为最胜。随正副使往游，陟⑲其巅，避日而坐，草色粘天，松阴匝地，东望辨岳，秀出天半，王宫历历如画；其南，则近水如湖，远山如岸，丰见城巍然突出，山南王之旧迹犹有存者；西望马齿、姑米，出没隐见，若近若远，封舟之来路也；北俯那霸、久米，人烟辐辏⑳。举凡山川灵异，草木阴翳㉑，鱼鸟沉浮，云烟变灭，莫不争奇献巧，毕集目前，乃知前日之游，殊为卤莽。梁大夫小具盘樽，席地而饮，余亦趣仆以酒肴至。未申之交[7]，凉风乍生，微雨将洒，乃移樽登舟。时海潮正涨，沙岸弥漫，遂由奥山南麓折而东北。山石嵌空欲落，海燕如鸥，渔舟似织。俄而返照[8]入山，冰轮出水，文鳐[9]无数，飞射潮头，与介山举觞弄月，击楫而歌，樽不空，客皆醉。越渡里村，漏已三下，却金亭前，列炬如昼，迎者倦矣，乃相与步月而归，为中山第一游焉。

泉崎桥桥下，为漫湖浒，每当晴夜，双门供月，万象澄清，如玻璃世界，为中山八景之一。旺泉味甘，亦为中山八景之一。王城有亭，依城望远，因小憩亭中，品瑞泉，纵观中山八景。八景者：泉崎月夜、临海潮声、久米竹篱、龙洞松涛、笋崖夕照、长虹秋霁、城岳灵泉、中岛蕉园也。亭下多棕榈、紫竹，竹丛生，高三尺余，叶如棕，狭而长，即所谓观音竹也。亭南有蚶壳，长八尺许，贮水以供盥，知大蚶不易得也。

国人浣漱不用汤[10]，家竖石桩，置石盂或蚶壳其上，贮水，旁置一柄筒，晓起，以筒盛水，浇而盥漱之，客至亦然。地多草，细软如毯，有事则取新沙覆之。国人取玳瑁[11]之甲，以为长簪，传至中国，率由闽粤商贩，球人不知贵，以为贱品。昆山[12]之旁，以玉抵鹊，地使然也。

丰见山顶，有山南王第故城，徐葆光诗有"颓垣宫阙无全瓦，荒草牛羊似破村"之句。王之子孙，今为那姓，犹聚居于此。

辻山，国人读为失山，琉球字皆对音[13]，十失无别，疑迭之误也，副使辑《球雅》[14]，谓一字作二三字读，二三字作一字读者，皆义而非音，即所谓寄语[15]，国人尽知之，音则合百余字或十余字为一音，与中国音迥异，国中惟读书通文理者，乃知对音，庶民皆不知也。

久米官之子弟，能言，教以汉语，能书，教以汉文，十岁称若秀才，王给米一石，十五薙发，先谒孔圣，次谒国王，王籍其名，谓之秀才，给米三石，长则选为通事。为国中文物声名最，即明三十六姓后裔也。那霸人以商为业，多富室。明洪武⑬初，赐闽人三十六姓善操舟者，往来朝贡，国中久米村，梁、蔡、毛、郑、陈、曾、阮、金等姓，乃三十六姓之裔，至今国人重之。

与寄公谈玄理，颇有入悟处，遂与唱和成诗。法司蔡温、紫金大夫程顺则、蔡文溥，三人集诗，有作者气。顺则别著《航海指南》，言渡海事甚悉。蔡温尤肆力于古文，有《蓑翁语录》《至言》等目，语根经学，有道学气，出入二氏之学，盖学朱子而未纯者。

琉球山多瘠硗⑭，独宜薯。父老相传，受封之岁，必有丰年。今岁五月稍旱，幸自后雨不愆期⑮，卒获大丰，薯可四收，海邦臣民，倍觉欢欣，佥⑯曰：非受封岁，无此丰年也。六月初旬，稻已尽收。球阳地气温暖，稻常早熟，种以十一月，收以五六月，薯则四时皆种，三熟为丰，四熟则为大丰。稻田少，薯田多，国人以薯为命，米则王官始得食。亦有麦豆，所产不多。五月二十日，国中祭稻神，此祭未行，稻虽登场，不敢入家也。

七月初旬，始见燕，不巢人屋。中国燕以八月归，此燕疑未入中国者，其来以七月，巢必有地。别有所谓海燕，较紫燕⑰稍大，而白其羽，有全白似鸥者，多巢岛中，间有至中国，人皆以为瑞。应潮鸡，雄纯黑，雌纯白，皆短足长尾，驯不避人。香厓购一小犬，而毛豹斑，性灵警，与饭不食，与薯乃食，知人皆食薯矣。鼠雀最多，而鼠尤虐，亦有猫，不知捕鼠，邦人以为玩，乃知物性亦随地而变。鹰、雁、鹅、鸭特少。

枕有方如圭者，有圆如轮而连以细轴者，有如文具藏数层者，制特精，皆以木为之，率宽三寸，高五寸，漆其外，或黑或朱，立而枕之，反侧则仆。按《礼记·少仪》注："颖[13]，警枕也。谓之颖者，颖然[13]警悟也。"又司马文正公[13]，以圆木为警枕，少睡则转而觉，乃起读书，此殆警枕之遗。

衣制皆宽博交衽[13]，袖广二尺，口皆不缉[13]，特短袂，以便作事，襟率无钮带，总名衾[14]。男束大带，长丈六尺、宽四寸以为度，腰围四五转，而收其垂于两胁间，烟包、纸袋、小刀、梳、篦之属，皆怀之，故胸前襟带皱起凸然，其胁下不缝者，惟幼童及僧衣为然。僧别有短衣如背心，谓之断俗，此其概也。

帽以薄木片为骨，叠帕而蒙之，前七层，后十一层。花锦帽，远望如屋漏痕者，品最贵，惟摄政王叔[14]国相得冠之；次品花紫帽，法司冠之；其次则纯紫。大略紫为贵，黄次之，红又次之，青绿斯下。各色又以绫为贵，绢为次。国王未受封时，戴乌纱帽，双翅侧冲上向，盘金，朱缨垂领，下束五色绦，至是冠皮弁[14]，状如中国梨园演王者便帽，前直列花瓣七，衣蟒腰玉。

肩舆如中国饼轿，中置大椅，上施大盖，无帷幔，辕粗而长，无绊，无横木，以八人左右肩之而行。

《杜氏通典》[14]载琉球国俗，谓妇人产必食子衣[14]，以火自炙[14]，令汗出，余举以问杨文凤"然乎？"对曰："火炙诚有之，食衣则否。"即今中山已无火炙俗，惟北山犹未尽改。

嫁娶之礼，固陋已甚，世家亦有以酒肴珠贝为聘者，婚时即用本国轿，结彩鼓乐而迎，不计妆奁，父母送至夫家即返，不宴客，至亲具酒贺，不过数人。《隋书》云：琉球风俗，男女相悦，便相匹配。盖其旧俗也。询之郑得功，郑得功曰："三十六姓初来时，俗尚未改，后渐知婚礼，此俗遂革。今国中有夫之妇，犯奸即杀。"余始悟琉球所以号守礼之国者，亦由三十六姓教化之力也。

小民有丧，则邻里聚送，观者护丧，掩毕即归，宦家则同官相知者，亦来送柩，出即归，大都不宴客。题主官㊽率皆用僧，男书"圆寂大禅定"，女书"禅定尼"，无考妣称，近日宦家亦有书官爵者。棺制三尺，屈身而殓之㊾，近宦家亦有长五六尺者，民则仍旧。

此邦之人，肘比华人稍短，《朝野佥载》㊿亦谓"人形短小，似昆仑⓵。"余所见士大夫短小者固多，亦有修髯丰颐者，颀而长者，胖而腹腰十围者，前言似未足信。人体多狐臭，古所谓愠羝⓶也。

世禄之家皆赐姓，士庶率以田地为姓，更无名，其后裔则云某氏之子孙几男，所谓田、米，私姓也。

国中兵刑，惟三章，杀人者死，伤人及重罪徒⓷，轻罪罚日中晒之，计罪而定其日。国中数年无斩犯，间有犯斩罪者，又率引刀自剖腹死。

七月十五夜，开窗，见人家门外，皆列火炬二，询之土人，云：国俗于十五日盆祭，预期迎神，祭后乃去之。盆祭者，中国所谓盂兰会⓸也。连日见市上小儿，各手一纸幡，对立招展，作迎神状，知国俗盆祭祀先，亦大祭矣。

龟山南岸有窑，国人取车螯⓹大蚶之壳以煅，墍⓺灰壁不及石灰，而粘过者。再东北有池，为国人煮盐处。

七月二十五日，正副使行册封礼，途中观者益众。上万松岭，迤逦而东，衢道修广，有坊，榜⓻曰"中山道"，又进一坊，榜曰"守礼之邦"。世孙戴皮弁，服蟒衣，腰玉带，垂裳结佩，率百官跪迎道左。更进为欢会门，踞山巅，叠礁石为城，削磨如壁，有鸟道⓼，无雉堞⓽，高五尺以上，远望如聚髑髅，始悟《隋书》所谓王居多聚髑髅于其下者，乃远望误于形似，实未至城下也。城外石崖，左镌"龙冈"字，右镌"虎峯"⓾字。王宫西向，以中国在海西，表忠顺面向之意。

后东向为继世门，左南向为水门，右北向为久庆门。再进层崖，有门西北向，曰瑞泉，左右甬道，有左掖、右掖二门。更进有漏西向，榜曰"刻漏"，上设铜壶漏水。更进，有门西北向，为奉神门，即王府门也。殿廷方广十数亩，分砌二道，由甬道进至阙廷，为王听政之所，壁悬伏羲画卦象，龙马负图⑬立其前，绢色苍古，微有剥蚀，殆非近代物。北宫，殿屋固朴，屋举手可接，以处山冈，且阻海飓。面对为南宫。此日正副使宴于北宫，大礼既成，通国欢忭⑭。闻国王经行处，悉有彩饰，泉崎道旁，列盆花异卉，绕以朱栏，中刻木作麒麟形，题曰"非龙非彪⑮，非熊非罴⑯，王者之瑞兽"。天妃宫前，植大松六，叠假山四，作白鹤二，生子母鹿三。池上结棚，覆以松枝，松子垂如葡萄。池中刻木鲤大小五，令浮水面。环池以竹，栏旁有坊，曰"偕乐坊"。柱悬一版，题曰"鹿濯濯，鸟嘒嘒⑰，牣鱼跃⑱"。归而述诸副使，副使曰："此皆《志略》所载，事隔数十年，一字不易，可谓印板文字矣。"从客皆笑。

宜野湾县，有龟寿者，事继母以孝，国人莫不闻。母爱所生子，而短⑲龟寿于其父伊佐前，且不食以激其怒。伊佐惑之，欲死龟寿，将令深夜汲北宫，要⑳而杀之。仆匿龟寿于家，往谏伊佐，伊佐缚而放之，且谓事已露，不可杀，乃逐龟寿。龟寿既被放，欲自尽，又恐张母恶，值天雨雹，病不支，僵卧于路。巡官见之，近而抚其体犹温，知未死，覆以己衣。渐苏，徐诘其故，龟寿不欲扬父母之恶，饰词㉑告之。初，巡官闻孝子龟寿被放，意不平，至是见言语支吾，疑即龟寿，赐衣食，令去。密访得其状，乃传集村人，系㉒伊佐妻至，数其罪而监之，将告于王。龟寿愿以身代，巡官不忍伤孝子心，召伊佐夫妇面谕之。妇感悟，卒为母子如初。副使既为之记，余复为诗以表章之，诗云："軨轩㉓问俗到球阳，潜德㉔端须为阐扬。诚孝由来能感格，何殊闵损㉕与王祥㉖。"以为事继母而不能尽孝者劝。

经迭山、墟方集,因步行集中,观所市物,薯为多,亦有鱼、盐、酒、菜、陶、木器、蕉苎、土布,粗恶无足观者。国无肆店⑭,率业于其家⑮。市货以有易无,不用银钱。闻国中率用日本宽永钱,此来⑯亦不见。昨香厓携示串钱,环如鹅眼,无轮廓,贯以绳,积长三寸许,连四贯而合之,封以纸,上有钤记⑰,此球人新制钱,每封当大钱十。盖国中钱少,宽永钱铜质较美,恐或有人买去,故收藏之,特制此钱应用,市中无钱以此。

国中男逸女劳,无有肩担背负者。趋集、织纫及采薪、运水,皆妇人主之。凡物皆戴⑱之顶。女衣既无钮无带,又不束腰,而国俗男女皆无裤,势须以手曳襟⑲,襟较男衣长,叠襟下为两层,风不得开,因悟髻必偏坠者,以手既曳襟,须空其顶以戴物。童而习之,虽重百斤,登山涉涧,无倾侧,是国中第一绝技也。其动作时,常卷两袖至背,贯绳而束之。发垢辄洗,洗用泥,脱衣结于腰,赤身低头,见人亦不避。抱儿惟一手,又置腰间,即借以曳襟。

东苑在崎山,出欢会门,折而北,逐瑞泉下流,至龙渊桥,汇而为池,广可十丈,长可数十丈,捍以堤⑱,曰"龙潭",水清鱼可数,荷叶半倒。再折而东,有小村,篠屏⑲修整,松盖阴翳,薄云补林,微风啸竹,园外已极幽趣。入门,板亭二,南向;更进而南,屋三楹。亭东有阜⑱,如覆盂。折而南,有岩西向,上镌梵字,下蹲石狮一,饰以五彩。再下有小方池,凿石为龙首,泉从口出。有金鱼池,前竹万竿,后松百挺。再东为望仙阁,前有"东苑阁",后为"能仁堂",东北望海,西南望山,国中形胜,此为第一。

南苑之胜,亦不减于东苑。越中马富盛,折而东,循行阡陌间，水田漠漠，番薯油油，绝无秋景。薯有新种者，问知已三收矣。再入山，松阴夹道，茅屋参差，田家之景可画。计十余里，始入苑村，名姑场川，即同乐苑也。苑踞山脊，轩五楹，夹室为复阁，颇曲折。轩前有池，新凿，狭而东西长。叠礁为桥，桥南新阜累累，因阜以为亭，宜远眺。亭东植奇花异卉，有花绝类蝴蝶，绛红色，叶如嫩槐，曰"蝴蝶花"。有松叶如白毛，曰"白发松"。池东旧有亭圯[18]，以布代之。池西有阁，颇轩敞，四面风来，宜纳凉。有阁曰"迎晖"，有亭曰"一览"，即正副使所题也。轩北有松，有凤蕉，有桃，有柳。

黄昏举烟火，略同中国。余偕寄尘游波上，板阁无他神，惟挂铜片幡，上凿"奉寄御币"[19]字，后署云"元和二年壬戌"。或疑为唐时物，非也。按元和二年为丁亥[20]，非壬戌也。日本马场信武撰《八卦通变指南》，内列三元指掌，云：上元起永禄七年甲子，止元和三年癸亥，如上元起宽永元年甲子，止元和三年癸亥，下元起贞亨元年甲子，今元禄十六年癸未，国中既行宽永钱，证以元和日本僭号[21]，知琉球旧曾奉日本正朔[22]，今讳言之欤？

纸鸢制无精巧者，儿童多立屋上放之。按中国多放于清明前，义取张口仰视，宣导阳气，令儿少疾，今放于九月，以非九月纸鸢不能上，则风力与中国异，即此可验球阳气暖，故能十月种稻。

国俗男欲为僧者听[23]，既受戒，有廪给。有犯戒者，饬[24]令还俗，放之别岛。女子愿为土妓者亦听，接交外客，女之兄弟仍与外客叙亲往来，然率皆贫民，故不以为耻。若已嫁夫而复敢犯奸者，许女之父兄自杀之，不以告王，即告王，王亦不赦。此国中良贱之大防，所以重廉耻也。此邦有红衣妓，与之言不解，按拍清歌，皆方言也，然风韵亦正有佳者，殆不减憨园。近忽因事他迁，以扇索诗，因题二诗以赠之，诗云："芳龄二八最风流，楚楚腰身剪剪㉘眸。手抱琵琶浑不语，似曾相识在苏州。""新愁旧恨感千端，再见真如隔世难。可惜今宵好明月，与谁共卷绣帘看？"

国人率恭谨，有所受，必高举为礼；有所敬，则俯身搓手而后膜拜。劝尊者酒，酌而置杯于指尖以为敬，平等则置手心。

此邦屋俱不高，瓦必瓯㉙，以避飓也。地板必去地三尺，以避湿也。屋脊四出，如八角亭，四面接修，更无重构复室，以省材也。屋无门户，上限㉚刻双沟，设方格，糊以纸，左右推移，更不设暗闩，利省便，恃无盗也，临街则设矣。神龛㉛置青石于炉，实以砂，祀祖神也。国以石为神，无传真也㉜。瓦上瓦狮，《隋书》所谓兽头骨角也。壁无粉墁㉝，示朴也，贵家间有糊矽粉花笺，习华风，渐奢也。

龟山有峰独出，与众山绝，前附小峰，离约二丈许，邦人驾石为洞，连二山，高十丈余，结布幔于洞东。不憩，拾级而登，行洞上，又十余级乃陟巅。巅恰容一楼，楼无名，四面轩豁，无户牖，副使谓余曰："兹楼俯中山之全势，不可无名。"因名之曰"蜀楼"，并为之跋曰："蜀者何？独也。楼何以蜀名？以其踞独山也。"不曰独而曰蜀者，以副使为蜀人。楼构已百年，而副使乃名之，若有待也。楼左瞰青畴㉞，右扶苍石，后临大海，前揖中山，坐其中以望，若建瓴㉟焉。余又请于副使曰："额不可无联。"副使因书前四语付之。归路循海而西，崖洞溪壑皆奇峭，是又一胜游矣。

越南山，度丝满村，人家皆面海，奇石林立。遵海而西，有山，翠色攒空，石骨穿海，曰砂岳。时午潮初退，白石粼粼，群马争驰，飞溅如雨。再西，度大岭村，丛棘为篱，渔网数百晒其上。村外水田漠漠，泥淖陷马，有牛放于冈，汪《录》谓马耕无牛，今不尽然也。

本岛能中山语者，给黄帽，为酋长，岁遣亲云上，监抚之，名奉行官，主其赋讼⑱，各赋其土之宜⑲，以贡于王。间切者，外府之谓，首里、泊、久来、那霸四府为王畿⑳，故不设，此外皆设，职在亲民，察其村之利弊，而报于亲云上。间切，略如中国知府，中山属府十四，间切十，山南省属府十二，山北省属府九，间切如其府数。

　　国俗自八月初十至十五日并蒸米，拌赤小豆，为饭相饷，以祭月，风同中国。是夜，正副使邀从客露饮，月光澄水，天色拖蓝，风寂动息，潮声杂丝肉声自远而至，恍置身三山㉑，听子晋吹笙，麻姑度曲㉒，万缘俱静矣。宇宙之大，同此一月，回忆昔日萧爽楼中，良宵美景，轻轻放过，今则天各一方，能无对月而兴怀乎？

　　世传八月十八日为潮生辰，国俗于是夜候潮波上。子刻，偕寄尘至波上，草如碧毯，沾露愈滑，扶仆行，凭垣倚石而坐。丑刻，潮始至，若云峰万叠，卷海飞来，须臾，腥气大盛，水怪挢风，金蛇掣电，天柱欲折，地轴暗摇，雪浪溅衣，直高百尺，未敢遽窥鲛宫㉓，已若有推而起之者，迷离惝恍，千态万状。观此乃知枚乘《七发》㉔犹形容未尽也。潮既退，始闻嗡吰㉕之声出礁石间，徐步至护国寺，尚似有雷霆震耳，潮至此观止矣。

　　元旦至六日，贺节。初五日，迎灶。二月祭麦神，十二日浚井㉖，汲新水，俗谓之洗百病。三月三日作艾糕㉗。五月五日竞渡。六月六日，国中作六月节，家家蒸糯米，为饭相饷。十二月八日，作糯米糕，层裹棕叶，蒸以相饷，名曰鬼饼。二十四日送灶。正、三、五、九为吉月，妇女率游海畔，拜水神祈福。逢朔日，群汲新水献神，此其略也。余独疑国俗敬佛，而不知四月八日为佛诞辰。腊八鬼饼如角黍，而不知七宝粥。

　　国王送菊二十余盆，花叶并茂，根际皆以竹签标名，内三种尤异类：一名"金锦"，朵兼红黄白三色，小而繁，灿如列星；一名"重宝"，瓣如莲而小，色淡红；一名"素球"，瓣宽，不类菊，重叠千层，白如雪，皆所未见者，媵[20]之以诗，诗云："陶篱韩圃[39]多秋色，未必当年有此花。似汝幽姿真可惜，移根无路到中华。"

见狮子舞，布为身，皮为头，丝为尾，翦彩如毛饰其外，头尾口眼皆活，镀睛贴齿，两人居其中，俯仰跳跃，相驯狎欢腾状。余曰："此近古乐矣。"按《旧唐书·音乐志》，后周武帝时造太平乐，亦谓之五方狮子舞。白乐天《西凉伎》云："假面夷人弄狮子，刻木为头丝作尾。金镀眼睛银贴齿，奋迅毛衣罢[40]双耳。"即此舞也。

此邦有所谓"踏柁戏"[41]者，横木以为梁，高四尺余，复置板而横之，长丈有二尺，虚其两端，均力焉。夷女二，结束衣彩，赤双足，各手一巾，对立相视而歌。歌未竟，跃立两端，稍作低昂，势若水碓[42]之起伏，渐起渐高。东者陡落而激之[43]，则西飞起三丈余，翩翩若轻燕之舞于空也；西者落而陡激之，则东者复起，又如鹜鸟之直上青云也。叠相起伏，愈激愈疾，几若山鸡舞镜，不复辨其孰为影，孰为形焉。俄焉势渐衰，机渐缓，板末乃安，齐跃而下，整衣而立。终戏无虚蹈方寸者[44]，伎至此绝矣。

接送宾客颇真率，无揖让之烦。客至不迎，随意坐，主人即具烟架、火炉、竹筒、木匣各一，横烟管其上，匣以烟，筒以弃灰也。遇所敬客，乃烹茶，以细末粉少许杂茶末，入沸水半瓯[45]，搅以小竹帚，以沫满瓯面为度。客去亦不送。贵官劝客，常以箸[46]蘸浆少许，纳客唇以为敬。烧酒着黄糖则名福，着白糖则名寿，亦劝客之一贵品也。

重阳具龙舟竞渡于龙潭。琉球亦于五月竞渡，重阳之戏专为宴天使而设[17]。因成三诗以志之，诗云："故园辜负菊花黄，万里迢迢在异乡。舟泛龙潭看竞渡，重阳错认作端阳。""去年秋在洞庭湾，亲摘黄花插翠鬟。今日登高来海外，累伊独上望夫山。""待将风信泛归槎，犹及初冬好到家。已误霜前开菊宴，还期雪里访梅花。"

闻程顺则曾于津门购得宋朱文公[18]墨迹十四字，今其后裔犹宝之，借观不得，因至其家，开卷，见笔势森严，如奇峰怪石，有岩岩[19]不可犯之色，想见当日道学气象。字径八寸以上，文曰："香飞翰苑围川野，春报南桥叠萃新。"后有名款，无岁月。文公墨迹流传世间者，莫不宝而藏之，盖其所就者大，笔墨乃其余事[20]，而能自成一家言如此，知古人学力，无所不至也。

又游蔡清派家祠，祠内供蔡君谟[21]画像，并出君谟墨迹见示，知为君谟的派[22]，由明初至琉球，为三十六姓之一。清派能汉语，人亦倜傥，由祠至其家，花木俱有清致，池圆如月。为额其室，曰"月波大屋"。大抵球人工剪剔树木，叠砌假山，故士大夫家率有丘壑以供游览。庭中树长竿，上置小木舟，长二尺，桅舵帆橹皆备，首尾风轮五叶，挂色旗以候风。渡海之家，率预计归期，南风至，则合家欢喜，谓行人当归，归则撤之，即古五两旗遗意。

国王有墨长五寸，宽二寸。有老坑端砚[23]，长一尺，宽六寸，有"永乐四年"[24]字，砚背有"七年四月东坡居士留赠潘邠老"字，问知为前明受赐物。国中有《东坡诗集》，知王不但宝其砚矣。

棉纸清纸，皆以谷皮为之，恶不中书者。有护书纸，大者佳，高可三尺许，阔二尺，白如玉，小者减其半。亦有印花诗笺，可作札。别有围屏纸，则糊壁用矣。徐葆光《球纸诗》云："冷金[25]入手白于练，侧理[26]海涛凝一片。昆刀截截径尺方，叠雪千层无幂面[27]。"形容殆尽。

南炮台间有碑二，一正书，剥蚀甚微。"奉书造"三字，一其国学书，前朝嘉靖二十一年建，惟不能尽识，其笔力正自遒劲飞舞。

有木曰山米，又名野麻姑，叶可染，子如女贞，味酸，土人榨以为醋。球醋纯白，不甚酸，供者以为米醋，味不类，或即此果所榨欤？

席地坐，以东为上，设毡。食皆小盘，方盈尺，著两板为脚，高八寸许。肴凡四进㉑，各盘贮而不相共，三进皆附以饭，至四肴乃进酒二，不过三巡㉒。每进肴止一盘，必撤前肴而后进其次肴。肴饭用油煎面果，次肴饭用炒米花，三肴用饭。每供肴酒，主人必亲手高举，置客前，俯身搓手而退。终席，主人不陪，以为至敬。此球人宴会尊客之礼，平等乃对饮。大要㉓球俗席皆坐地，无椅桌之用。食具如古俎豆㉔，肴尽干制，无所用勺，虽贵官家食，不过一肴、一饭、一箸，箸多削新柳为之。即妻子不同食，犹有古人之遗风焉。

使院"敷命堂"后，旧有二榜，一书前明册使姓名。洪武五年㉕封中山王察度，使行人㉖汤载；永乐二年封武宁，使行人时中，洪熙元年封巴志，使中官柴山；正统七年封尚忠，使给事中俞忭，行人刘逊；十三年封尚思达，使给事中陈传，行人万祥；景泰二年封尚景福，使给事中乔毅，行人童守宏；六年封尚泰久，使给事中严诚，行人刘俭；天顺六年封尚德，使吏科给事中潘荣，行人蔡哲；成化六年封尚圆，使兵科给事中官荣，行人韩文；十三年封尚真，使兵科给事中董旻，行人司司副张祥；嘉靖七年封尚清，使吏科给事中陈侃，行人高澄；四十一年封尚元，使吏科左给事中郭汝霖，行人李际春；万历四年㉗封尚永，使户科左给事中萧崇业，行人谢杰；二十九年封尚宁，使兵科右给事中夏子阳，行人王士正；崇祯元年㉒封尚丰，使户科左给事中杜三策，行人司司正杨伦。凡十五次，二十七人，柴山以前无副也。一书本朝册使姓名。康熙二年㉓封尚质，使兵科副理官张学礼，行人王垓；二十一年封尚贞，使翰林院检讨汪楫，内阁中书舍人林麟焻；五十八年，封尚敬，使翰林院检讨海宝，翰林院编修徐葆光；乾隆二十一年㉔封尚穆，使翰林院侍讲全魁，翰林院编修周煌。凡四次，共八人。

　　清明后，南风为常，霜降后，南北风为常，反是飓飔㉕将作。正二三月多飓，五六七八月多，飓骤发而倏止，飔渐作而多日。九月北风或连月，俗称九降风，间有飓起，亦骤如飓。遇飓犹可，遇飔难当。十月后多北风，飓飔无定期，舟人视风隙以来往。凡飓将至，天色有黑点，急收帆严舵以待，迟则不及，或至倾覆。飔将至，天边断虹若片帆，曰破帆，稍及半天如鲎㉖尾，曰屈鲎，若见北方尤虐㉗。又海面骤变，多秒如米糠，及海蛇浮游，或红蜻蜓飞绕，皆飓风征。

　　自来球阳，忽已半年，东风不来，欲归无计。十月二十五日，乃始扬帆返国。至二十九日，见温州南杞山；少顷，见北杞山，有船数十只泊焉，舟人皆喜，以为此必迎护船也。守备㉘登后艄以望，惊报曰："泊者贼船也！"又报："贼船皆扬帆矣！"未几，贼船十六只，呓喝而来，我船从舵门放子母炮，立毙四人，击喝者堕海，贼退，枪并发，又毙六人，复以炮击之，毙五人，稍进，又击之，复毙四人，乃退去。其时贼船已占上风，暗移子母炮至舵右舷边，连毙贼十二人，焚其头篷㉙，皆转舵而退。中有二船较大，复鼓噪，由上风飞至，大炮准对贼船，即施放，一发中其贼首，烟迷里许。既散，则贼船已尽退。是役也，枪炮俱无虚发，幸免于危。

不一时，北风又至，浪飞过船。梦中闻舟人哗曰："到官塘矣。"惊起。从客皆一夜不眠，语余曰："险至此，汝尚能睡耶？"余问其状，曰："每侧则篷皆卧水，一浪盖船，则船身入水，惟闻瀑布声垂流不息，其不覆者，幸耶！"余笑应之曰："设覆㉓，君等能免乎？余入黑甜乡㉔，未曾目击其险，岂非幸乎？"盥后登战台视之，前后十余灶皆没，船面无一物，爨火断矣。舟人指曰："前即定海，可无虑矣。"申刻乃得泊，船户登岸购米薪，乃得食。

是夜修家书，以慰芸之悬系，而归心益切。犹忆昔年芸尝谓余："布衣菜饭，可乐终身，不必作远游。"此番航海，虽奇而险，濒危幸免，始有味㉕乎芸之言也。

【注释】

① 学术界一般认为《浮生六记》后两记"中山记历"和"养生记道"是后人伪造，所以编者在选取时未加译文，只是略加注释，聊备一格，让读者用自己心智加以判断。

② 嘉庆四年：己未年（1799）。

③ 琉球国：古国名，即今琉球群岛。在我国台湾省东北，日本国南面海上。隋时建国，自大业以来，即与我国频有来往。清光绪五年（1879），日本侵占琉球，俘其国王尚泰，称为冲绳县。

④ 薨（hōng）：《礼记·曲礼·下》："天子死曰崩，诸侯死曰薨。"琉球国当时臣服于清廷，故琉球国君死如诸侯死一样称薨。

⑤ 表请袭封：（尚温）上表朝廷，请求由他继承王位。

⑥ 中朝怀柔远藩：朝廷为了安抚远方的藩国。怀柔，指用政治手段笼络其他族或国，使之归附。

⑦ 锡：同"赐"。

⑧ 临轩召对，特简儒臣：皇帝亲临殿前考核臣属，精心挑选能胜任的儒生作为使臣。简，同'柬'，选择。

⑨ 翰林院修撰：翰林院，官署名，清代翰林院掌编修国史、讲述经史、草拟文件等。修撰，官职名。

⑩ 绵州：州名。治所在今山西绵阳以东。

⑪ 内阁中书：内阁，官署名，清代让官品较低的翰林院官员参预机务，作为皇帝顾问，称为内阁；中书，官职名。

⑫ 两戒：戒，同"界"。《新唐书·天文志一》："北戒为胡门，南戒为越门。"两戒指南方北方。

⑬ 瀴（yìng）溟：杳远貌。

⑭ 朔日：初一。

⑮ 荡节：乘船航行的使节。

⑯ 舳（zhú）：船后持舵处，指代船。

⑰ 所届：所到的地方。届，到。

⑱ 掌录：节度使官使有掌书记，专门记载所见所历。

⑲ 谫（jiǎn）陋：浅陋。

⑳ 测海：持蠡测海，用瓠瓢测量海水，比喻浅薄不能了解高深。

㉑ 凿空：捏造。

㉒ 信：守信用。指风随着季节的变化，定期定向而来。

㉓ 辇（niǎn）：运输器物的役人。

㉔ 鳌门：澳门。

㉕ 申刻：下午三点到五点。

㉖ 庆云：一种彩云，古人以为祥瑞之气。《汉书·天文志》："若烟非烟，若云非云，郁郁纷纷，萧索轮囷，是谓庆云。"

㉗ 轮囷（qūn）：曲折回旋貌。

㉘ 玄圭：黑色的美玉。

㉙ 白珂：白色的美石。

㉚ 绛（jiàng）绡：红色的薄纱。

㉛ 紫绥（tuó）：紫色的丝束。

㉜ 屠长卿：屠隆，明戏曲作家、文学家，字长卿。

㉝ 亥刻：晚上九点到十点。

㉞ 罗星塔：俗称"磨心塔"，在今福建省福州市东南马尾镇的罗星山上。为宋代所建，高七层，登塔可远眺闽江胜景。

㉟ 卯刻：早晨五点至七点。

㊱ 彭家山：疑为今赤尾屿一带。

㊲ 钓鱼台：即台湾附属岛屿钓鱼岛，在我国海域之内，和琉球群岛隔有二千米以上深海沟。

㊳ 木华《海赋》：木华，西晋文学家，擅长辞赋，今仅存《海赋》一篇。《海赋》描写大海的变化情态，瑰奇壮阔，有名于当时。

㊴ 阴火潜然：海中生物所发之光俗称阴火。木华《海赋》："阳冰不冶，阴火潜然。"

㊵ 辰正：七点至九点。

㊶ 齐州：州名。辖境相当于今山东济南等地。

㊷ 星槎（chá）：古代神话中往来天上的木筏。又称星楂。

㊸ 姑米山：琉球群岛以西的山峦。

㊹ 号火：以火为信号，标志。

㊺ 仪注：礼节。

㊻ 那霸：琉球群岛最大的城市，滨东海那霸湾。

㊼ 迎封船：琉球人来迎接清朝使者的船。

㊽ 伙长：船长。

㊾ 开洋：开船航船。

㊿ 奇：零数。

㉕ 壅（yōng）船：阻碍船前进。

㉖ 如仪：按照礼节。

㉗ 松雪笔意：仿肖赵孟的字体。赵孟，元代书法家，号松雪道人。

㉘ 元延祐元年：公元1314年。

㊺ 飓（yù）：大风。

㊻ 廨（xiè）署：官署。旧时官吏办公处的通称。

㊼ 册封黄旗：古代皇帝以封爵授给异姓王时，要经过册封仪式，黄旗是皇帝仪仗所用的黄色旌旗。

㊽ 照墙：又称照壁。中国古代房屋的一种附属建筑。

㊾ 辕门：在此指官署外门。

㊿ 万历：明神宗年号（1573—1620）。

㉑ 敷命：皇帝按官职等级赐给臣下仪物，如玉圭服装等。敷，布施。

㉒ 皇纶：皇帝的诏书。

㉓ 声教东渐：声威和教化向东浸润。

㉔ 寝室：寝室。

㉕ "周砺"句：四周用磨平的礁石作城墙。

㉖ 雉：古代计算城墙面积的单位。长三丈、高一丈为一雉。

㉗ 月楂：意同"星槎"。月亮船。

㉘ 垂旒（liú）搢圭：头上带着前后悬垂玉串的冠冕，腰带上插着玉圭。

㉙ 棂（líng）星门：汉代开始祭灵星，至宋代，祭灵星移用于孔庙，以尊天者尊孔，改灵星门为棂星门。

㉚ 戟（jǐ）门：古代官门立戟，唐制三品以上官员亦得私门立戟。因称显贵之家为"戟门"。

㉛ 明伦堂：旧时各地孔庙的大殿称明伦堂。明伦，即明人伦，为封建社会中所规定的人与人之间的关系。

㉜ 启圣：启蒙的圣人。

㉝ 廪（lín）给：官府发给粮食。

㉞ 丁祭：旧时每年于仲春（阴历二月）及仲秋（阴历八月）上旬丁日祭祀孔子，叫"丁祭"。

㉟ "用伸"句：用以表达景仰孔教的热忱。

㊱ 圆觉：圆觉寺。圆觉，佛教语，指所觉悟之道圆满无缺。

⑦ 木主：神主牌位。

⑧ 祧（tiāo）主：祖庙中所祭的祖宗。

⑨ 错舛（chuǎn）：交互错杂。

⑩ 僧寮：众多和尚同住的小屋。

⑪ 前明景泰七年：公元1456年。景泰，明代宗年号。

⑫ 凤尾蕉：亦名铁树，凤尾松。常绿乔木，叶集生茎顶，大型、坚硬。分布在我国南部和日本南部。

⑬ 前明天顺三年：公元1459年。天顺，明英宗年号。

⑭ 乌鲗（zé）：亦称乌贼、墨鱼。

⑮ 已疹：消除瘟疫。

⑯ 永州异蛇类：和永州异蛇同类。永州异蛇，柳宗元在《捕蛇者说》中曾进行过描述。

⑰ 两螯八跪：螯，蟹首如钳者；跪，蟹足。

⑱ 拒户：抵挡，守护螺口。

⑲ 璅蜌（suǒ jiě）：外壳有花纹的生物。

⑳ 噀（xùn）水：喷水。

㉑ 蚶（hān）：动物名。贝壳两枚，肉可食用，味鲜美，壳面状如瓦楞，因而也称"瓦楞子"。

㉒ 海马：海洋动物。一般长10厘米左右，淡褐色，头形似马头，尾细长能弯曲，主要栖息于热带海中，肉可供药用。

㉓ 蕉：在此指蕉麻。蕉麻形似芭蕉，茎直立，柔软，由粗厚的叶鞘包迭成柱状。穗状花序，浆果，长形似香蕉，叶鞘内纤维粗硬坚韧，可制绳索、供纺织和造纸。

㉔ 苎（zhù）布：用麻为原料纺织的布。

㉕ 范：规范。

㉖ 凤梨：即菠萝。

㉗ 月橘：疑为金桔，果实特小。

⑨⑧ 天竹子：天竹，南天竹的别名。南天竹结子如豌豆，冬季变如红豆颗。

⑨⑨ 齐然：升起貌。

⑩⑩ 复复：又一次开花。

⑩① 檀心：浅绛色的花蕊。

⑩② 佛桑：又名扶桑。灌木，花冠大型，有红色、白色或重瓣品种，全年开花。是南方著名的观赏植物。

⑩③ 阙里：春秋时孔子住地。在今山东曲阜城内阙里街。

⑩④ 黄筌：五代后蜀画家，擅花鸟。画花妙于赋色，勾勒巧细，谓之"写生"。

⑩⑤ 彭蠡：古泽薮名，在今江西鄱阳湖。

⑩⑥ 石钟山：在江西北部湖口县附近，有两山：城南上钟山，城北下钟山，合称"双钟"。下钟山陡壁临长江，山多罅穴，水石相击，声如洪钟，故名。

⑩⑦ 砗磲（chē qú）：热带海洋生物。壳大而厚，肉可食用，外壳通常为白色或浅黄色，外套膜缘呈五彩，极美丽。壳大的可作小儿浴盆，小的可烧制石灰。

⑩⑧ 谕祭文：皇帝施于臣属的祭文。

⑩⑨⑩ 左昭、右穆：古代宗法制度，宗庙次序，以始祖居中，以下父子递为昭穆。二、四、六世位于始祖的左方，称昭；三、五、七世位于右方，称穆。用以分别宗族内部的长幼、亲疏和远近。

⑪ 弥山匝地：犹言漫山遍野。

⑫ 鲸首、指节：在额上、手腕手臂上刺字纹图。

⑬ "石敢当"碣：旧时中国百姓住家正门，正对桥梁、巷口处，常立一石碑，上刻"石敢当"三字，以为可以禁压不祥。这一风俗也传至琉球。

⑭ 册使：前往琉球国行使册封之事的使臣。

⑮ 却金：推辞送礼。
⑯ 堪舆家：风水先生。
⑰ 天孙氏：星官名，指织女星。织女为中国民间神话中巧于织造的仙女，为天帝之孙，故名。
⑱ 陟（zhì）：登。
⑲ 辐辏（fú còu）：车辐凑集于毂上，比喻人或物集聚一处。
⑳ 阴翳（yì）：遮蔽光线。
㉑ 未申之交：下午三点左右。
㉒ 返照：指夕阳回照。
㉓ 文鳐（yáo）：一种热带海洋鱼类。
㉔ 汤：热水。
㉕ 玳瑁（dài mào）：一种海龟，产于热带海洋。玳瑁壳是名贵的装饰材料。
㉖ 昆山：即昆冈，古代传说中的产玉之山。或谓此昆冈指后来以产玉著名的蓝田山。
㉗ 对音：双音，在此似指拼音。
㉘ 雅：雅言，在此指标准语。
㉙ 寄语：传话、转告。在此指口头语言。
㉚ 明洪武：洪武，明太祖朱元璋年号。
㉛ 磝硗（yáo）：贫瘠而高峻。
㉜ 愆（qiān）期：误期。
㉝ 金（qiān）：通"签"。占卜。
㉞ 紫燕：燕的一种，亦称越燕，小而多声，颔下紫色。
㉟ 颖（jiǒng）：警枕。即用圆木做的枕头，熟睡时则欹动，容易觉醒。
㊱ 颖然：清醒明白。
㊲ 司马文正：司马光。北宋时期政治家、史学家。所编《资治通

鉴》为我国重要编年史著作，死谥文正。
⑬ 宽博交衽（rèn）：宽大而衣前襟相交迭。
⑭ 不缉：不缝。
⑭ 衾（qīn）：被子。在此指衣宽大如被子。
⑭ 摄政王叔：代君主处理国政的王叔。
⑭ 皮弁：古冠名，用白鹿皮制作，为视朝的常服。其缝合处名会，缀以五彩玉，天子所戴皮弁有十二会。
⑭ 《杜氏通典》：书名。唐杜佑撰，二百卷，记载历代典章制度的沿革。
⑭ 子衣：胎盘。
⑭ 自炙（zhì）：重烤自己。
⑭ 题主官：旧时丧家在葬之日，请善书者题署死者之名于木主之上。
⑭ 屈身而殓之：让死者屈着身子收殓入棺。
⑭ 《朝野佥载》：书名。旧题唐张撰，记隋唐两代朝廷和民间的故事遗闻。
⑭ 昆仑：古代泛指今中印半岛南部及南洋群岛之地或其居民为昆。
⑮ 愠羝（yùn dī）：即狐臭。
⑮ 徒：徒刑。
⑮ 盂兰会：旧俗阴历七月十五中元节，僧尼结盂兰盆会。
⑮ 车螯：蛤类。壳紫色，璀灿如玉，有斑点，肉可食，自古即为海味珍品。
⑮ 墍（jì）：以泥涂屋。
⑮ 榜：牌坊上的匾额。
⑮ 鸟道：只有鸟才能飞过的道路，比喻山路之险峻。
⑮ 雉堞：泛指城墙。
⑮ 崒（cuì）：险峻。
⑮ 伏羲画卦：伏羲为古代传说中的部落酋长，相传他始画八卦。

⑯ 龙马负图：古传说中的龙形瑞马。《礼记·礼运》："河出马图"，孔颖达疏："伏羲氏有天下，龙马负图出于河。"

⑯ 欢忭（biàn）：欢乐。

⑯ 彪：小老虎。

⑯ 罴（pí）：熊的一种。

⑯ 鹿濯（zhuó）濯，鸟翯（hè）翯：《诗·大雅·灵台》："麀鹿濯濯，白鸟翯翯。"濯濯，肥泽貌；翯翯，洁白貌。

⑯ 牣（rèn）鱼跃：《诗·大雅·灵台》："王在灵沼，于牣鱼跃。"牣鱼跃，指满塘的鱼活蹦乱跳。

⑯ 短：说坏话。

⑯ 要：同"邀"，中途拦截。

⑯ 饰词：编一些掩饰真相的话。

⑯ 系：拘捕。

⑰ 辎（yóu）轩：轻车。古代帝王的使臣多乘车，后因称使臣为"轩使"。

⑰ 潜德：被隐藏着的美德。

⑰ 闵损：春秋鲁国人，孔子弟子，字子骞。童年时后母虐待之，让他穿芦花做的棉衣，父亲知道后，要赶走后母，他劝阻道："母在一子单，母去四子寒。"父亲遂止，后母悔。

⑰ 王祥：汉末琅琊人。事继母朱氏，以孝著称。《二十四孝》中有王祥卧冰取鲤奉母事。

⑰ 肆店：市集贸易的店铺。

⑰ 率业于其家：都在自己家中进行贸易。

⑰ 比来：等到我们来。比，及，等到。

⑰ 钤（qián）记：地方长官委派办事的机关的印记。

⑰ 戴：通"载"。用头顶物。

⑰ 曳襟：用手向下拉着衣襟。

⑱ 捍以堤：用堤防保护住它。
⑱ 筱（xiǎo）屏：一排排的小竹。
⑱ 阜（fù）：土山。
⑱ 亭圮（pǐ）：坍塌的亭子。
⑱ 奉寄御币：皇帝亲发给使臣们的俸钱。奉，通"俸"。寄，古代翻译东方民族语言的官员称寄。
⑱ "按元和"句：此指唐宪宗元和二年（807）为丁亥年。
⑱ 僭（jiān）号：臣属冒用帝王的尊号。
⑱ 奉日本正朔：按日本朝代年号记时。正，一年之始，朔，一月之始，正朔在此指年号。
⑱ 听：听任，任凭。
⑱ 饬（chì）：告诫。通"敕"。
⑲ 剪剪：浅狭貌。
⑲ 瓯：疑为"瓹"（tóng），筒瓦。
⑲ 限：门槛。
⑲ 龛（kān）：有盖的古器物名。
⑲ 传真：画家画的神像。
⑲ 粉墁（màn）：粉刷过的墙壁。
⑲ 青畴：绿色田野。
⑲ 建瓴：高屋建瓴。居高临下之意。
⑲ 赋讼：赋税与诉讼。
⑲ 各赋其土之宜：各自交纳自己地方上的特产。
⑳ 王畿：古代指直属帝王的地域。
㉑ 三山：神话传说中方壶、蓬莱、瀛州三座仙山。
㉒ 麻姑度曲：麻姑，传说中的仙女。度曲，按曲谱歌唱。
㉓ "未敢"句：不敢仓卒地窥视一下海洋。鲛，通"蛟"，传说中的龙。鲛宫，指海洋。

㉔ 枚乘《七发》：枚乘，西汉淮阴人，先后为吴王濞、梁孝王武文学侍从之臣。《七发》是他所作的辞赋篇名，其中有章节描写了大海涨潮时的雄伟壮阔。
㉕ 噌吰（chēng hóng）：象声词，多指钟鼓声。
㉖ 浚（jùn）井：把井淘干，清理脏物。
㉗ 艾糕：加艾叶制成的糕饼。
㉘ 媵（yìng）：致送，相送。
㉙ 韩圃：韩湘子的花园。韩湘子，传说中的八仙之一，相传为韩愈之侄，曾于初冬季节令牡丹开花。
㉚ 罢（pí）双耳：罢通"疲"，低垂双耳，形容舞狮子的姿态。
㉛ 踏柮戏：装置类似今天的跷跷板，但人不是坐在上面，而是在上面跳跃。
㉜ 水碓（duì）：利用水力舂米的装置。
㉝ "东者"句：东边的人陡然落下来，将西边的人反弹上去。
㉞ 无虚蹈方寸者：没有踏空这一小块地方的人。
㉟ 瓯（ōu）：盆盂一类的瓦器。
㊱ 箸（zhù）：筷子。
㊲ "重阳"句：前文所述重阳节的龙舟竞渡是为了招待天朝派来的使者而举行的。
㊳ 朱文公：宋代理学家朱熹。
㊴ 岩岩：高峻貌。
㊵ 余事：次要的方面。
㊶ 蔡君谟：蔡襄，字君谟，北宋书法家。
㊷ 的（dǐ）派：确实的派系。
㊸ 端砚：以广东德庆县端溪产石所制之砚。石质坚实细润且雕琢精美，自唐以来即为人重。
㊹ 永乐四年：明成祖丙戌年（1406）。

㉒㉕ 冷金：指琉球纸。

㉒㉖ 侧理：翻动纸边。

㉒㉗ 幂面：被涂抹处。

㉒㉘ 肴凡四进：菜肴一般上四次。肴，鱼肉之类的荤菜。

㉒㉙ 三巡：三遍。

㉓㉐ 大要：主要，概要。

㉓㉑ 俎豆：俎，置肉的几；豆，盛干肉一类的食物器皿，都是古代宴客、祭祀的礼器。

㉓㉓ 洪武五年：明太祖（朱元璋）壬子年（1372）。

㉓㉓ 使行人：使臣。

㉓㉔ 万历四年：明神宗（朱翊钧）丙子年（1576）。

㉓㉕ 崇祯元年：明思宗（朱由检）戊辰年（1628）。

㉓㉖ 康熙二年：清圣祖（玄烨）癸卯年（1663）。

㉓㉗ 乾隆二十一年：清高宗（弘历）丙辰年（1736）。

㉓㉘ 飓飑（yù）：飓风、飑风。都是发生在海洋上的强烈风暴。

㉓㉙ 鲎（hòu）：海生动物名。吴方言称虹为"鲎"。

㉔㉐ 见北方尤虐：（虹）出现在北方尤其厉害。

㉔㉑ 守备：担任防守、保卫的官员。

㉔㉒ 头篷：领头船的船帆。

㉔㉓ 设覆：假设船翻了。

㉔㉔ 黑甜乡：指梦乡。

㉔㉕ 味：体味。

卷六　养生记道

自芸娘之逝，戚戚无欢，春朝秋夕，登山临水，极目伤心，非悲则恨。读"坎坷记愁"，而余所遭之拂逆可知也。静念解脱之法，行将辞家远出，求赤松子于世外。嗣以淡安、揖山两昆季之劝，遂乃栖身苦庵，惟以《南华经》①自遣。乃知蒙庄鼓盆而歌②，岂真忘情哉？无可奈何，而翻作达③耳！余读其书，渐有所悟。读《养生主》④而悟达观之士无时而不安，无处而不顺，冥然与造化为一，将何得而何失，孰死而孰生耶？故任其所受，而哀乐无所错其间矣。又读《逍遥游》⑤，而悟养生之要，惟在闲放不拘、怡适自得而已，始悔前此之一段痴情，得勿作茧自缚矣乎！此"养生记道"之所为作也。亦或采前贤之说以自广⑥，扫除种种烦恼，惟以有益身心为主，即蒙庄之旨也，庶几可以全生，可以尽年。

余年才四十，渐呈衰象，盖以百忧摧憾，历年郁抑，不无闷损。淡安劝余每日静坐数息，仿子瞻⑦《养生颂》之法，余将遵而行之。调息⑧之法，不拘时候，兀身端坐，子瞻所谓摄身使如木偶也。解衣缓带，务令适然，口中舌搅数次，微微吐出浊气，不令有声，鼻中微微纳之，或三五遍，二七遍，有津咽下，叩齿数通，舌抵上腭，唇齿相着，两目垂帘，令胧胧然渐次调息，有喘不粗，或数息出或数息入，从一至十，从十至百，摄心在数，勿令散乱，子瞻所谓寂然兀然与虚空等也。如心息相依，杂念不生，则止勿数，任其自然，子瞻所谓随也。坐久愈妙，若欲起身，须徐徐舒放手足，勿得遽起。能勤行之，静中光景，种种奇特，子瞻所谓定能生慧，自然明悟，譬如盲人忽然有眼也，直可明心见性，不但养身全生而已。出入绵绵，若存若亡，神气相依，是为真息。息息归根，自能夺天地之造化，长生不死之妙道也。

　　人大言，我小语，人多烦，我少记，人悸怖，我不怒，澹然无为，神气自满，此长生之药。《秋声赋》⑨云："奈何思其力之所不及，忧其智之所不能，宜其渥然丹者⑩为槁木，黟然⑪黑者为星星。"此士大夫通患也。又曰："百忧感其心，万事劳其形，有动乎中，必摇其精。"人常有多忧多思之患，方壮遽老，方老遽衰，反此亦长生之法。舞衫歌扇，转眼皆非，红粉青楼，当场即幻，秉灵烛以照迷情，持慧剑以割爱欲，殆非大勇不能也。然情必有所寄，不如寄其情于卉木，不如寄其情于书画，与对艳妆美人何异，可省却许多烦恼。

　　范文正⑫有云："千古贤贤，不能免生死，不能管后事。一身从无中来，却归无中去，谁是亲疏？谁能主宰？既无奈何，即放心逍遥，任委来往，如此断了，既心气渐顺，五脏亦和，药方有效，食方有味也。只如安乐人，如有忧事，便吃食不下，何况久病，更忧身死，更忧身后，乃在大怖中，饮食安可得下？请宽心将息"云云。乃劝其中舍三哥之帖。余近日多忧多虑，正宜读此一段。放翁⑬胸次广大，盖与渊明、乐天、尧夫⑭、子瞻等同其旷逸，其于养生之道，千言万语，真可谓有道之士。此后当玩索陆诗，正可疗余之病。

　　淴浴⑮极有益。余近制一大盆，盛水极多，淴浴后，至为畅适。东坡诗所谓"淤槽漆斛⑯江河倾，本来无垢洗更轻"，颇领略得一二。治有病不若治于无病，疗身不若疗心，使人疗尤不若先自疗也。林鉴堂诗曰："自家心病自家知，起念还当把念医。只是心生心作病，心安那有病来时。"此之谓自疗之药，游心⑰于虚静，结志[18]于微妙，委虑[19]于无欲，指归[20]于无为，故能达生延命，与道为久。

仙经以精气神为内三宝，耳目口为外三宝，常令内三宝不逐物而流，外三宝不诱中而扰。重阳祖师于十二时中，行住坐卧，一切动中，要把心似泰山，不摇不动，谨守四门，眼耳鼻口，不令内入外出，此名养寿紧要。外无劳形之事，内无思想之患，以恬愉为务，以自得为功，形体不敝，精神不散。

益州老人尝言：凡欲身之无病，必须先正其心，使其心不乱求，心不狂思，不贪嗜欲，不着迷惑，则心君[21]泰然矣；心君泰然，则百骸四体虽有病，不难治疗；独此心一动，百患为招，即扁鹊华陀在旁，亦无所措手矣。林鉴堂先生有《安心诗》六首，真长生之要诀也。诗云："我有灵丹一小锭，能医四海群迷病，些儿吞下体安然，管取延年兼接命。""安心心法有谁知，却把无形妙药医，医得此心能不病，翻身跳入太虚时。"[22]"念杂由来业障[23]多，憧憧[24]扰扰竟如何，驱魔自有玄微诀，引入尧夫安乐窝。""人有二心方显念，念无二心始为人，人心无二浑无念，念绝悠然见太清。"[25]"这也了时那也了，纷纷攘攘皆分晓。云开万里见清光，明月一轮圆皎皎。""四海遨游养浩然，心连碧水水连天，津头[26]自有渔郎问，洞里桃花日日鲜。"

禅师与余谈养心之法，谓心如明镜，不可以尘之也；又如止水，不可以波之也。此与晦庵所言学者常要提醒此心，惺惺[27]不寐，如日中天，群邪自息，其旨正同。又言目毋妄视，耳毋妄听，口毋妄言，心无妄动，贪嗔[28]痴爱，是非人我，一切放下，未事不可先迎，遭事不宜过扰，既事不可留住，听其自来，应以自然，信其自去，忿懥[29]恐惧，好乐忧患，皆得其正，此养心之要也。

王华子曰：斋者，齐也，齐其心而洁其体也，岂仅茹素而已！

所谓齐其心者，澹志寡营，轻得失，勤内省，远荤酒；洁其体者，不履邪径，不视恶色，不听淫声，不为物诱，入室闭户，烧香静坐，方可谓之斋也。诚能如是，则身中之神明自安，升降不碍，可以却病，可以长生。

余所居室，四边皆窗户，遇风即阖，风息即开。余所居室，前帘后屏，太明即下帘，以和其内映，太暗则卷帘，以通其外耀，内以安心，外以安目，心目俱安，则身安矣。禅师称二语告我曰：未死先学死，有生即杀生。有生，谓妄念之初生，杀生，谓立予铲除也。此与孟子勿忘勿助之功相通。

孙真人《卫生歌》云："卫生切要知三戒，大怒大欲并大醉。三者若还有一焉，须防损失真元气。"又云："世人欲知卫生道，喜乐有常嗔怒少。心诚意正思虑除，理顺修身去烦恼。"又云："醉后强饮饱强食，未有此生不成疾。入资饮食以养身，去其甚者自安适。"又蔡西山《卫生歌》云："何必餐霞㉚饵大药，妄意延龄等龟鹤。但于饮食嗜欲间，去其甚者将安乐。食后徐行百步多，两手摩胁并胸腹。"又云："醉眠饱卧俱无益，渴饮饥餐尤戒多。食不欲粗并欲速，宁可少餐相接续。若教一顿饱充肠，损气伤脾非尔福。"又云："饮酒莫教令大醉，大醉伤神损心志。酒渴饮水并啜茶，腰脚自兹成重坠。"又云："视听行坐不可久，五劳七伤从此有。四肢亦欲得小劳，譬如户枢㉛终不朽。"又云："道家更有颐生旨，第一戒人少嗔恚。"凡此数言，果能遵行，功臻旦夕，勿谓老生常谈也。

洁一室，开南牖，八窗通明，勿多陈列玩器，引乱心目。设广榻长几各一，笔砚楚楚。旁设小几一，挂字画一幅，频换。几上置得意书一二部，古帖一本，古琴一张。心目间常要一尘不染。晨入园林种植蔬果，芟草，灌花，莳药，归来入室，闭目定神。

时读快书，怡悦神气，时吟好诗，畅发幽情。临古帖，抚古琴，倦即止。知己聚谈，勿及时事，勿及权势，勿臧否人物，勿争辩是非。或约闲行，不衫不履，勿以劳苦徇礼节[32]。小饮勿醉，陶然而已，诚然如是，亦堪乐志。以视夫蹩足入泮[33]，申胫就羁[34]，游卿相之门，有簪佩之累[35]，岂不霄壤之悬哉！

太极拳非他种拳术可及，太极二字已完全包括此种拳术之意义。太极乃一圆圈，太极拳即由无数圆圈联贯而成之一种拳术，无论一举手，一投足，皆不能离此圆圈，离此圆圈，便违太极拳之原理。四肢百骸，不动则已，动则皆不能离此圆圈，处处成圆，随虚随实。练习以前，先须存神纳气，静坐数刻，并非道家之守窍也，只须屏绝思虑，务使万缘俱静。以缓慢为原则，以毫不使力为要义，自首至尾，联绵不断。相传为辽阳张通于洪武初奉召入都，路阻武当，夜梦异人，授以此种拳术。余近年从事练习，果觉身体较健，寒暑不侵，用以卫生，诚有益而无损者也。

省多言，省笔札，省交游，省妄想，所一息不可省者，居敬[36]养心耳。

杨廉夫有《路逢三叟词》云："上叟前致词，大道抱天全[37]。中叟前致词，寒暑每节宣[38]。下叟前致词，百岁半单眠。"尝见后山诗中一词亦此意，盖出应璩[39]。璩诗曰："昔有行道人，陌上见三叟。年各百岁余，相与锄禾麦。往前问三叟，何以得此寿？上叟前致词，室内姬粗丑。二叟前致词，量腹节所受。下叟前致词，夜卧不覆首。要哉三叟言，所以能长久。"

古人云：比上不足，比下有余。此最是寻乐妙法也。将啼饥者比，则得饱自乐；将号寒者比，则得暖自乐；将劳役者比，则悠闲自乐；将疾病者比，则康健自乐；将祸患者比，则平安自乐；将死亡者比，则生存自乐。

白乐天诗有云："蜗牛角内争何事，石火㊽光中寄此身。随富随贫且欢喜，不开口笑是痴人。"近人诗有云："人生世间一大梦，梦里胡为苦认真？梦短梦长俱是梦，忽然一觉梦何存！"与乐天同一旷达也。"世事茫茫，光阴有限，算来何必奔忙。人生碌碌，竞短论长，却不道荣枯有数，得失难量。看那秋风金谷㊶，夜月乌江㊷，阿房宫冷，铜雀台㊸荒，荣华花上露，富贵草头霜，机关参透，万虑皆忘。夸什么龙楼凤阁，说甚么利锁名缰，闲来静处，且将诗酒猖狂，唱一曲归来未晚，歌一调湖海茫茫。逢时遇景，拾翠寻芳，约几个知心密友，到野外溪旁，或琴棋适性，或曲水流觞㊹，或说些善因果报，或论些今古兴亡，看花枝堆锦绣，听鸟语弄笙簧，一任他人情反复，世态炎凉，优游闲岁月，潇洒度时光。"此不知为谁氏所作，读之而若大梦之得醒，热火世界一帖清凉散也。

程明道㊺先生曰：吾受气甚薄，因厚为保生，至三十而浸盛㊻，四十五十而后完。今生七十二年矣，较其筋骨，于盛年无损也。若人待老而保生，是犹贫而后蓄积，虽勤亦无补矣。

口中言少，心头事少，肚里食少，有此三少，神仙可到。酒宜节饮，忿宜速惩㊼，欲宜力制，依此三宜，疾病自稀。

病有十可却：静坐观空，觉四大㊽原从假合，一也；烦恼现前，以死譬之，二也；常将不如我者巧自宽解，三也；造物劳我以生，遇病少闲，反生庆幸，四也；宿孽现逢，不可逃避，欢喜领受，五也；家室和睦，无交谪之言，六也；众生各有病根，常自观察克治，七也；风寒谨防，嗜欲淡薄，八也；饮食宁节毋多，起居务适毋强，九也；觅高明亲友，讲开怀出世之谈，十也。

邵康节㊾居安乐窝中，自吟曰："老年肢体索温存，安乐窝中别有春。万事去心闲偃仰，四肢由我任舒伸。炎天傍竹凉铺簟，寒雪围炉软布裀。昼数落花聆鸟语，夜邀明月操琴声。食防难化常思节，衣必宜温莫懒增。谁道山翁拙于用，也能康济自家身。"

养生之道，只"清、净、明、了"四字，内觉身心空，外觉万物空，破诸妄想，一无执着，是曰清净明了。

万病之毒，皆生于浓：浓于声色，生虚怯病；浓于货利，生贪饕[50]病；浓于功业，生造作病；浓于名誉，生矫激病。噫，浓之为毒甚矣！樊尚默先生以一味药解之，曰"淡"。云白山青，川行石立，花迎鸟笑，谷答樵讴，万境自闲，人心自闹。

岁暮访淡安，见其凝尘满室，泊然处之，叹曰：所居必洒扫涓洁，虚室以居，尘嚣不杂。斋前杂树花木，时观万物生意。深夜独坐，或启扉以漏月光。至味爽[51]，但觉天地万物，清气自远而届，此心与相流通，更无窒碍。今室中芜秽不治，弗以累心，但恐于神爽未必有助也。

余年来静坐枯庵，迅扫夙习。或浩歌长林，或孤啸幽谷，或弄艇投竿于溪涯湖曲，捐耳目，去心智，久之似有所得。

陈白沙[52]曰："不累于外物，不累于耳目，不累于造次颠沛[53]。鸢飞鱼跃，其机在我[54]。"知此者谓之善学，抑亦养寿之真诀也。

圣贤皆无不乐之理。孔子曰：乐在其中[55]。颜子不改其乐[56]，孟子以不愧不怍为乐[57]。《论语》开首说乐[58]，《中庸》言无入而不自得[59]，程朱教寻孔颜乐趣，皆是此意。圣贤之乐，余何敢望，窃欲仿白傅[60]之"有叟在中，白须飘然，妻孥熙熙，鸡犬闲闲"之乐云耳。

冬夏皆当以日出而起，于夏尤宜。天地清旭之气，最为爽神，失之甚为可惜。余居山寺之中，暑月日出则起，收水草清香之味，莲方敛而未开，竹含露而犹滴，可谓至快。日长漏永，午睡数刻，焚香垂幕，净展桃笙[60]，睡足而起，神清气爽，真不啻天际真人也。

乐即是苦，苦即是乐，带些不足，安知非福？举家事事如意，一身件件自在，热光景即是冷消息。圣贤不能免厄，仙佛不能免劫，厄以铸圣贤，劫以炼仙佛也。牛喘月，雁随阳，总成忙世界；蜂采香，蝇逐臭，同是苦生涯。劳生[62]扰扰，惟利惟名，牿旦昼[63]，蹶寒暑[64]，促生死，皆此两字误之。以名为炭而灼心，心之液涸矣；以利为蛊[65]而螫心，心之神损矣。今欲安心而却病，非将名利两字涤除净尽不可。

余读柴桑翁[66]《闲情赋》，而叹其钟情；读《归去来辞》，而叹其忘情；读《五柳先生传》，而叹其非有情，非无情，钟之忘之而妙焉者也。余友淡公最慕柴桑翁，书不求解而能解，酒不期醉而能醉，且语余曰："诗何必五言，官何必五斗，子何必五男，宅何必五柳。"可谓逸矣。余梦中有句云："五百年谪在红尘，略成游戏；三千里击开沧海，便是逍遥。"醒而述诸琢堂，琢堂以为飘逸可诵，然而谁能会此意乎！

真定梁公每语人：每晚家居，必寻可喜笑之事，与客纵谈，掀髯大笑，以发舒一日劳顿郁结之气。此真得养生要诀也。曾有乡人过百岁，余扣其术，答曰："余乡村人，无所知，但一生只是喜欢，从不知忧恼。"此岂名利中人所能哉！昔王右军云：吾笃嗜种果，此中有至乐存焉。我种之树，开一花，结一实，玩之偏爱，食之益甘。右军可谓自得其乐矣。放翁梦至仙馆，得诗云："长廊下瞰碧莲沼，小阁正对青萝峰。"便以为极胜之景。余居禅房，颇擅此胜，可傲放翁矣。

余昔在球阳，日则步屧于空潭碧涧、长松茂竹之侧，夕则挑灯读白香山、陆放翁之诗，焚香煮茶，延两君子于坐，与之相对，如见其襟怀之澹宕，几欲弃万事而从之游，亦愉悦身心之一助也。

余自四十五岁以后，讲求安心之法，方寸之地，空空洞洞，朗朗惺惺[67]，凡喜怒哀乐，劳苦恐惧之事，决不令之入。譬如制为一城，将城门紧闭，时加防守，惟恐此数者阑入[68]。近来渐觉阑入之时少，主人居其中，乃有安适之象矣。

养身之道，一在慎嗜欲，一在慎饮食，一在慎忿怒，一在慎寒暑，一在慎思索，一在慎烦劳。有一于此，足以致病，安得不时时谨慎耶！

张敦复先生尝言：古之读《文选》而悟养生之理，得力于两句，曰"石蕴玉而山辉，水含珠而川媚"。此真是至言。尝见兰蕙芍药之蒂间，必有露珠一点，若此一点为蚁虫所食，则花萎矣。又见笋初出，当晓，则必有露珠数颗在其末，日出，则露复敛而归根，夕则复上。田间有诗云："夕看露颗上梢行"是也。若侵晓入园，笋上无露珠，则不成竹，遂取而食之。稻上亦有露，夕现而朝敛。人之元气全在乎此，故《文选》二语，不可不时时体察，得诀固不在多也。

余之所居，仅可容膝，寒则温室拥杂花，暑则垂帘对高槐，所自适于天壤间者，止此耳。然退一步想，我所得于天者已多，因此心平气和，无歆羡，亦无怨尤，此余晚年自得之乐也。

圃翁曰：人心至灵至动，不可过劳，亦不可过逸，惟读书可以养之。闲适无事之人，镇日不观书，则起居出入，身心无所栖泊，耳目无所安顿，势必心意颠倒，妄想生嗔，处逆境不乐，处顺境亦不乐也。古人有言：扫地焚香，清福已具。其有福者，佐以读书，其无福者，便生他想。旨哉斯言！且从来拂意之事，自不读书者见之，似为我所独遭，极其难堪，不知古人拂意之事，有百倍于此者，特不细心体验耳。即如东坡先生，殁后遭逢高孝，文字始出[69]，而当时之忧谗畏讥，困顿转徙潮惠之间，且遭跣足涉水，居近牛栏，是何如境界！又如白香山之无嗣[70]，陆放翁之忍饥，皆载在书卷，彼独非千载闻人，而所遇皆如此，诚一平心静观，则人间拂意之事，可以涣然冰释。若不读书，则但见我所遭甚苦，而无穷怨尤嗔忿之心，烧灼不静，其苦为何如耶！故读书为颐养第一事也。

吴下有石琢堂先生之城南老屋，屋有五柳园，颇具泉石之胜，城市之中而有郊野之观，诚养神之胜地也。有天然之声籁，抑扬顿挫，荡漾余之耳边：群鸟嘤鸣林间时所发之断断续续声，微风振动树叶时所发之沙沙簌簌声，和清溪细流流出时所发之潺潺淙淙声。余泰然仰卧于青葱可爱之草地上，眼望蔚蓝澄澈之穹苍，真是一幅绝妙画图也。以视拙政园，一喧一静，真远胜之。

吾人须于不快乐之中，寻一快乐之方法，先须认清快乐与不快乐之造成，固由于处境之如何，但其主要根苗，还从己心发长耳。同是一人，同处一样之境，甲却能战胜劣境，乙反为劣境所征服。能战胜劣境之人，视劣境所征服之人较为快乐，所以不必歆羡他人之福，怨恨自己之命，是何异雪上加霜，愈以毁灭人生之一切也。无论如何处境之中，可以不必郁郁，须从郁郁之中生出希望和快乐之精神。偶与琢堂道及，琢堂亦以为然。

家如残秋，身如昃晚[71]，情如剩烟，才如遣电[72]，余不得已而游于画[73]，而狎于诗[74]，竖笔横墨，以自鸣其所喜，亦犹小草无聊，自矜其花，小鸟无奈，自矜其舌。小春之月，一霞始晴，一峰始明，一禽始清，一梅始生，而一诗一画始成，与梅相悦，与禽相得，与峰相立，与霞相揖。画虽拙而或以为工，诗虽苦而自以为甘。四壁已倾，一瓢已敝，无以损其愉悦之胸襟也。圃翁拟一联，将悬之草堂中："富贵贫贱，总难称意，知足即为称意；山水花竹，无恒主人，得闲便是主人。"其语虽俚，却有至理。天下佳山胜水、名花美竹无限，大约富贵人役于名利，贫贱人役于饥寒，总鲜领略及此者。能知足，能得闲，斯为自得其乐，斯为善于摄生也。

心无止息，百忧以感之，众虑以扰之，若风之吹水，使之时起波澜，非所以养寿也。大约从事静坐，初不能妄念尽捐，宜注一念，由一念至于无念，如水之不起波澜。寂定之余，觉有无穷恬淡之意味，愿与世人共之。

阳明先生[75]曰："只要良知[76]真切，虽做举业[77]，不为心累。且如读书时，知强记之心不是，即克去之；有欲速之心不是，即克去之；有夸多斗靡之心不是，即克去之。如此，亦只是终日与圣贤印对，是个纯乎天理之心，任他读书，亦只调摄此心而已，何累之有！"录此以为读书之法。

汤文正[78]公抚吴时，日给惟韭菜，其公子偶市一鸡，公知之，责之曰：恶[79]有士不嚼菜根而能作百事者哉！即遣去。奈何世之肉食者流，竭其脂膏，供其口腹，以为分所应尔，不知甘脆肥腻，乃腐肠之药也。大概受病之始，必由饮食不节。俭以养廉，澹以寡欲，安贫之道在是，却疾之方亦在是。余喜食蒜，素不贪屠门之嚼，食物素从省俭。自芸娘之逝，梅花盒亦不复用矣，庶不为汤公所呵乎！

留侯邺侯之隐于白云乡[80]，刘阮陶李之隐于醉乡[81]，司马长卿以温柔乡隐[82]，希夷先生以睡乡隐[83]，殆有所托而逃焉者也。余谓白云乡则近于渺茫，醉乡温柔乡抑非所以却病而延年，而睡乡为胜矣。妄言息躬，辄造逍遥之境[84]；静寐成梦，旋臻甜适之乡。余时时税驾[85]，咀嚼其味，但不从邯郸道上向道人借黄粱枕耳[86]。

养生之道，莫大于眠食。菜根粗粝，但食之甘养，即胜于珍错[87]也。眠亦不在多寝，但实得神凝梦甜，即片刻亦足摄生也。放翁每以美睡为乐，然睡亦有诀。孙真人云："能息心，自瞑目。"蔡西山云："先睡心，后睡眼。"此真未发之妙。禅师告余伏气[88]，有三种眠法：病龙眠，屈其膝也；寒猿眠，抱其膝也；龟鹤眠,踵其膝也。余少时见先君子于午餐之后,小睡片刻,灯后治事,精神焕发。余近日亦思法之,午餐后于竹床小睡,入夜果觉清爽,益信吾父之所为一一皆可为法。

余不为僧而有僧意,自芸之殁,一切世味,皆生厌心,一切世缘皆生悲想,奈何颠倒不自痛悔耶![89]近年与老僧共话无生,而生趣始得。稽首世尊[90],少忏宿愆[91],献佛以诗,餐僧以画。画性宜静,诗性宜孤,即诗与画必悟禅机,始臻超脱也。

【注释】

① 《南华经》：即《庄子》。据《新唐书·艺文志》："天宝元年,诏号《庄子》为《南华真经》。"
② 蒙庄鼓盆而歌：蒙庄,即庄子,因他是宋国蒙人,又做过蒙漆园吏,故有此称；鼓盆而歌,敲着瓦盆歌唱。《庄子·至乐》："庄子妻死,惠子吊之,庄子则方箕踞鼓盆而歌。"
③ 翻作达：反而转向达观。
④ 《养生主》：《庄子》篇名,取顺应自然以养其生为义。
⑤ 《逍遥游》：《庄子》篇名,大意以为天地之间,万物贵任性自然即为逍遥至乐。
⑥ 自广：自我发挥,推而广之。
⑦ 子瞻：苏轼,北宋文学家,字子瞻。
⑧ 调息：养生法中的调整呼吸。
⑨ 《秋声赋》：宋代文学家欧阳修的散文名篇。
⑩ 渥（wò）然丹者：润泽的朱砂。形容女子脸色红润。
⑪ 黟（yī）然：黑貌。
⑫ 范文正：宋代政治家、文学家范仲淹,谥号文正。
⑬ 放翁：陆游,宋代著名诗人,号放翁。
⑭ 尧夫：邵雍（1011—1077）,宋代理学家,字尧夫。

⑮ 沕（hū）浴：沐浴。
⑯ 淤槽漆斛：沉积着淤泥的木槽和油漆过的澡盆。斛，容器单位。
⑰ 游心：留心，注意。
⑱ 结志：志向所在，心所专注。
⑲ 委虑：寄托思虑。
⑳ 指归：意向，归宿。
㉑ 心君：古人以心为人身的主宰，故称心为心君。
㉒ 太虚：玄妙高深的境界。
㉓ 业障：罪孽。业，指过去所作；障，即障碍，谓前世所作的种种恶果，成为今生的障碍。
㉔ 憧（zhuàng）憧：心神不定貌。
㉕ 太清：道家所谓三清之一。《淮南子·道应》注："太清，元气之清者也。无穷，无形也。"《抱扑子·杂应》："上升四十里，名为太清，太清之中，其气甚刚，能胜人也。"
㉖ 津头：渡口。在此借陶渊明在《桃花源记》中所描写的武陵源的渡口，比喻养生经过修炼得道，进入佳境。
㉗ 惺惺：机警，警觉。
㉘ 嗔（chēn）：怒。
㉙ 忿懥（zhì）：愤怒。
㉚ 餐霞：服食日霞，道家修炼之术。《汉书·司马相如传·大人赋》："呼吸沆瀣兮餐朝霞。"注引应劭："朝霞者，日始欲出赤黄气也。"
㉛ 户枢：门轴。《吕氏春秋·尽数》："流水不腐，户枢不蝼，动也。"说明经常运动可以不受外物侵蚀。
㉜ "勿以"句：不要为了礼节而使自己很劳累。徇，作牺牲，通"殉"。
㉝ 蹙（cù）足入泮：急切地去参加科考。蹙，急促，迫切；入泮，科举时代，学童考进县学为生员。

㉞ 申脰（dòu）就羁：伸长了脖子让人去捆缚。申，通“伸”，脰，颈项。

㉟ 簪佩之累：为显贵的地位所累。簪佩，古代官吏的冠饰，服饰，借以喻显贵。

㊱ 居敬：居常保持恭敬。《论语·子路》：“居处恭，执事敬，与人忠。”

㊲ 大道抱天全：遵循常理正道保持不假雕饰的天然状态。

㊳ 节宣：谓养生之道，劳逸有节，以宜散其气。

㊴ 应璩：诗人，三国魏汝南人。

㊵ 石火：击石所迸发的火星，用以形容人生之短暂。

㊶ 金谷：金谷园。晋太康中巨富豪家石崇所筑，极尽奢华。

㊷ 乌江：水名。此暗指楚霸王项羽于乌江自刎事。

㊸ 铜雀台：台名。汉末建安十五年曹操所建。台高十丈，顶置大铜雀舒翼若飞，故名铜雀台。兵乱毁圮。

㊹ 曲水流觞：古代风俗，每逢三月初三于水滨结聚宴饮，以祓除不祥。后来仿行，于环曲的水渠旁宴集，在水上放置酒杯，杯流行停其前，当即取饮，称为曲水流觞。王羲之《兰亭集序》对此曾有详细记述。

㊺ 程明道：即程颢，宋代理学家，世称明道先生。

㊻ 浸盛：逐渐强壮。

㊼ 惩：警戒，戒止。

㊽ 四大：古人称大功、大名、大德、大权为四大。

㊾ 邵康节：邵雍。宋代理学家，字尧夫。名所居处为“安乐窝”，自号安乐先生。谥号康节。

㊿ 贪饕（tāo）：贪婪，贪财。

(51) 昧爽：拂晓，天未全明之时。

(52) 陈白沙：陈献章（1428—1500），明代儒学家。居白沙里，门人称白沙先生。其教学，以静为主，但令端坐澄心，于静中悟道。

㊓ 造次颠沛：造次，仓卒急促；颠沛，倾复，仆倒。

㊔ 鸢（yuān）飞鱼跃，其机在我：大意为，人要像鸢鸟在天上飞鱼在水中跃那样自由自在，关键在于自己把握时机。

㊕ "孔子曰"句：出自《论语·述而第七》："子曰：'饭疏食饮水，曲肱而枕之，乐在其中矣。不义而富且贵，于我如浮云。'"

㊖ 颜子不改其乐：出自《论语·雍也》："一箪食，一瓢饮，在陋巷之中，人不堪其忧，回也不改其乐。"回，即颜回，孔子弟子，安贫乐道。

㊗ "孟子"句：出自《孟子·尽心上》："父母俱存，兄弟无故，一乐也；仰不愧于天，俯不怍于人，二乐也；得天下英才而教育之，三乐也。"

㊘ "论语"句：《论语》首篇为《学而第一》："子曰：学而时习之，不亦说（悦）乎？"

㊙ "中庸"句：出自《中庸·十四》："素富贵，行乎富贵；素贫贱，行乎贫贱，……君子无入而不自得焉。"意谓君子不论处在什么情况下，没有不是悠然自得的。

㊀ 白傅：唐白居易曾为太子少傅，后来诗文中常省称为白傅。

㊁ 桃笙：竹名。节高而皮软，可以织席。在此指竹席。

㊂ 劳生：辛劳的一生。

㊃ 牿（gù）旦昼：像牛马一样整日被束缚着。牿，养牛马的圈栏。

㊄ 蹶寒暑：不分严寒酷暑地竭力奔忙。蹶，颠仆。

㊅ 虿（chài）：蝎子一类的毒虫。

㊆ 柴桑翁：即东晋大诗人陶渊明，因其为浔阳柴桑（今江西九江）人，故称。

㊇ 朗朗惺惺：朗朗，非常明亮；惺惺，清醒，机智。

㊈ 阑入：擅自闯入。

⑩ "即如东坡"句：苏东坡一生坎坷。神宗时期曾贬官黄州，哲宗时期又先后被贬官岭南的惠州和海南的琼州，徽宗即位方大赦内徙，次年卒于常州。高宗孝宗时期，予谥文忠，文章方为世人所重。

⑰ 白香山之无嗣：宋葛立方《韵语阳秋》载：白居易老而无子，五十八岁始得一子号崔八，后三岁而亡，白居易曾赋诗哀悼之。

⑪ 昃（zè）晚：傍晚。昃，太阳偏西。

⑫ 遣电：闪过的电光。

⑬ 游于画：与画交游。

⑭ 狎于诗：与诗亲狎。

⑮ 阳明先生：王守仁，明代哲学家，陆王心学的创立人。尝筑室于故乡（余姚）阳明洞中，世称阳明先生。

⑯ 良知：天赋的道德观念。

⑰ 举业：科举时代称应试的诗文为举业。

⑱ 汤文正：汤斌（1627—1687），清代理学家，曾在江苏任过巡抚，推行儒学教育。谥号文正。

⑲ 恶（wū）：哪里。

⑳ "留侯"句：留侯，汉张良的封爵。汉高祖刘邦定天下，使良自择三万户，良愿封留，于是封为留侯；邺侯，唐李泌的封爵。李泌历任玄、肃、代、德四朝重臣，位至宰相，数以权悻忌妒，常以智免，封邺县侯，白云乡；传说中神仙所居之地。

㉑ "刘阮"句：刘伶、阮籍、陶潜、李白归隐于醉乡。醉乡，嗜好饮酒。

㉒ "司马"句：司马相如归隐于温柔乡。温柔乡，指美色迷人之境。

㉓ "希夷"句：陈抟归隐于睡乡。睡乡，入睡后的境界。

㉔ "妄言"句：漫说是休息身体，却一下子创造出逍遥的境界。

㉕ 税驾：犹解驾、停车，比喻休息或归宿。

㉖ "但不从"句：此句借用唐传奇《邯郸梦》的典故。

(87) 珍错：山珍海错。海错，即海味。

(88) 伏气：控制呼吸。

(89) “奈何”句：如何不反反复复地独自痛悔呢？奈何，如何；颠倒，反复。

(90) 世尊：佛子对释迦牟尼的尊称。

(91) 宿愆（qiān）：佛教谓前生的罪恶。